CATHY GLASS

Infância interrompida

EDITORA FUNDAMENTO

2013, Editora Fundamento Educacional Ltda.

Editor e edição de texto: Editora Fundamento
Editoração eletrônica: Ctrl S Comunicação e Edição (Kelly Sumeck)
CTP e impressão: SVP – Gráfica Pallotti
Preparação de texto: Outstanding Traduções e Revisões Comerciais Ltda. (Marsely de M. Martins Dantas)
Tradução: Beatriz Sidou

Publicado originalmente em inglês por HarperCollins Publishers Ltd. sob o título DAMAGED: The Heartbreaking True Story of a Forgotten Child.

Dados Internacionais de Catalogação na Publicação (CIP)
(Maria Isabel Schiavon Kinasz)

Glass, Cathy
G546 Infância interrompida / Cathy Glass ; tradução de Beatriz Sidou – [versão brasileira da editora] – 1.ed. - São Paulo : Editora Fundamento Educacional Ltda, 2013.
288p.; 23cm

ISBN 978-85-395-0700-9

1. Serviço social – Relatos. 2. Lares adotivos. 3. Crianças – Acolhimento. I. Título.

CDD 361.733 (22.ed)
CDU 364.442

Índice para catálogo sistemático:
1. Serviço social - relatos 361.733

Fundação Biblioteca Nacional

Depósito legal na Biblioteca Nacional, conforme Decreto nº 1.825, de dezembro de 1907.

Impresso no Brasil

Telefone: (41) 3015 9700
E-mail: info@editorafundamento.com.br
Site: www.editorafundamento.com.br

Este livro foi impresso em papel pólen soft 80 g/m² e a capa em papel-cartão 250 g/m².

Cathy Glass já havia acolhido cinquenta crianças em mais de vinte anos, mas nenhuma delas havia sido tão perturbada quanto Jodie, uma problemática menina de 8 anos, cuja violência e agressividade despacharam cinco acolhedores em apenas quatro meses.

Quando Jodie chegou, Cathy não tinha a menor ideia do que havia por trás do comportamento chocante da menina – entre outras coisas, esfregar fezes por toda a casa, irromper em violentos ataques de raiva e até cortar os próprios braços. Pouco a pouco, conforme a raiva foi deparando com paciência e compreensão, Jodie começou a confiar em Cathy e a contar a história pavorosa que a levara ao tormento em que vivia.

Este livro é uma obra de não ficção baseada nas recordações e anotações de Cathy Glass. Os nomes de pessoas, lugares, datas e detalhes de eventos foram mudados para proteger a privacidade de terceiros. A autora assegurou aos editores que, com a exceção de detalhes que não afetam a maior parte da precisão da obra, o conteúdo deste livro é verdadeiro.

Hoje, na Inglaterra, mais de 75 mil crianças estão sob os cuidados das autoridades locais. Essas são as que tiveram sorte. Ocultas atrás desse número estão incontáveis outras crianças, que são violadas e maltratadas sem que o Serviço Social descubra e, quando isso acontece, muitas vezes, é tarde demais.

Este livro conta a história real do meu relacionamento com uma dessas crianças, uma menininha de 8 anos chamada Jodie. Fui sua acolhedora e ela foi a criança mais perturbada que jamais passara por meus cuidados. Espero que a minha história proporcione uma visão do mundo geralmente oculto do acolhimento e do Serviço Social.

Detalhes, como nomes, lugares e datas, foram alterados para proteger inocentes.

Agradecimentos

Agradeço, de coração, a David, Andrew Lownie, Kirsty Crawford, Carole Tonkinson e toda a equipe da HarperCollins. Obrigada a vocês todos por fazer do livro o que ele é.

CAPÍTULO UM

CHANTAGEM EMOCIONAL

O telefone tocou. Era Jill, meu contato da agência de acolhimento.

– Cathy, não foram dois acolhedores, foram *cinco* – disse ela. – Cinco, desde que ela chegou, há quatro meses!

– Minha nossa – fiquei atônita. – E só tem 8 anos? Deve ter acontecido alguma coisa. O que ela andou aprontando?

– Não sei muito bem. O pessoal do Serviço Social quer uma entrevista antes dessa nova colocação para garantir que ela não tenha de se mudar mais uma vez. Você continua interessada?

– Não sei o suficiente para não estar. Quando?

– Amanhã, às 10 horas.

– Está bem, vejo você lá. Como é o nome dela?

– Jodie. Obrigada, Cathy. Se você não conseguir, ninguém consegue.

Senti-me aconchegada com a lisonja, era bom ser apreciada depois de todo esse tempo. Jill e eu já estávamos trabalhando juntas há quatro anos e tínhamos estabelecido um bom relacionamento. Como contato na Agência de Acolhimento Procura-se um Lar, Jill era a ponte entre os acolhedores e os assistentes sociais que tratavam de um caso especial. Ela coordenava as necessidades dos serviços sociais com os acolhedores e dava apoio e ajuda quando necessário. O contato, muitas vezes, precisava dar muito apoio e muitas explicações sobre o sistema a um acolhedor inexperiente. Como Jill e eu estávamos trabalhando juntas havia algum tempo, e eu já era uma acolhedora experiente, estávamos habituadas uma à outra e nos dávamos bem. Se Jill acreditava que eu estava à altura daquela tarefa, eu tinha certeza de que ela tinha razão.

Mas fazer uma reunião de pré-colocação? Devia ser ruim. Em geral, as crianças simplesmente chegavam, com uma rápida apresentação, quando vinham de outro acolhedor. Ou então, apenas com as roupas do corpo, quando vinham de casa. Eu já tinha bastante experiência com essas duas situações, mas nenhuma com uma reunião de pré-colocação. Geralmente havia uma reunião com todos os envolvidos no caso assim que a criança chegava ao lar, mas eu nunca tive de participar de uma reunião anterior a isso.

Foi a minha primeira dica de quanto o caso era fora do comum.

Na manhã seguinte, continuamos com nossa rotina tranquila. Cada um se levantava, vestia-se, tomava o café da manhã, e depois as crianças saíam para a escola. Eu tinha dois filhos meus – Adrian, que estava com 17 anos, e Paula, a mais nova, com 13. Lucy, que fora acolhida por nossa família dois anos antes, agora tinha 15 anos e era um membro permanente da família, como minha filha e irmã de Adrian e Paula. Era uma história que tinha dado certo. Ela havia chegado magoada e furiosa; com o tempo, aprendera a confiar novamente e acabou se acalmando e passando a uma existência normal, em que tinha apenas as angústias habituais da adolescência com que se preocupar em vez do turbilhão que havia conhecido quando criança. Eu me orgulhava dela, que era uma comprovação de minha convicção de que amor, bondade, atenção e limites firmes eram a base do que qualquer criança precisava para se desenvolver.

Quando vi as crianças saindo para a escola naquela manhã, senti um arrepio de preocupação. A criança sobre a qual me informariam hoje, com toda a certeza, precisava de tudo isso aos montes. Se eu a acolhesse, teria de estar preparada para dizer adeus à minha rotina relativamente tranquila e estável até que ela aprendesse a confiar em mim e se acalmasse, assim como acontecera com Lucy. Porém, essa era a parte interessante do acolhimento – não era nada fácil, mas as recompensas eram imensas. Além do mais, eu vinha acolhendo menores quase que constantemente por mais de vinte anos e já não conseguia me lembrar de como era a vida antes...

Depois que as crianças saíram, subi rapidamente, troquei o moletom da minha corrida matinal por uma roupa melhor e fui para o escritório do Serviço Social. Fazia esse caminho há anos e o conhecia como o da minha própria casa. Eu também conhecia muito bem aquela decoração de um cinza monótono com iluminação fluorescente e aquele ar de gente ocupadíssima e caos mal contido.

– Olá, Cathy!

Assim que entrei na sala da recepção, Jill veio ao meu encontro. Ela estava me esperando com um sorriso de boas-vindas.

– Oi, Jill! Como vai?

– Ótima, obrigada. Você está muito bem!

– É... a vida está boa, por enquanto. As crianças vão indo bem, completamente envolvidas com a própria vida e com a escola. Está na hora de mais um desafio – disse sorrindo.

– É melhor começarmos logo essa reunião. Acho que estão nos esperando.

Jill me conduziu pelo corredor até a sala de reuniões. Logo que entramos, vi que era um caso sério: umas doze pessoas já estavam sentadas em volta da imensa mesa oval de mogno. O que significava aquilo? Pelo que Jill me dissera, eu sabia que não era um caso simples – não há muitas crianças que passam por cinco lares em quatro meses – mas, para falar a verdade, nenhuma criança é simples. Elas são sempre singulares e seus problemas são distintamente os problemas de cada uma delas. Tirar as crianças de seus pais nunca seria um acontecimento banal. Sempre era traumático, sensível e difícil.

Apesar de tudo, algo me dizia que aquele era um caso bem mais complexo que qualquer uma das minhas experiências. Senti outra pontada de apreensão, como a que senti na primeira vez que Jill me falou sobre o caso, no dia anterior, mas eu também estava interessada. Como seria aquela criança para merecer tamanho envolvimento de tanta gente?

Jill e eu nos sentamos nas duas cadeiras vazias na ponta da mesa, e senti todos os olhos em mim, avaliando-me.

Quem presidia a reunião era Dave Mumby, o chefe da equipe do Serviço Social, que deu início com uma rodada de apresentações. À esquerda, estava Sally, a "guardiã *ad litem*": ela havia sido nomeada pelo juiz como representante dos interesses de Jodie. A senhora a seu lado se apresentou como Nicola, professora particular de Jodie.

Professora particular? Por que a menina não estava na escola? Fiquei imaginando.

Depois vinha Gary, o atual assistente social encarregado de Jodie. Ele explicou que estava deixando o caso e passaria Jodie para Eileen, que estava sentada a seu lado. Olhei para Eileen atentamente – se eu pegasse Jodie, teríamos de trabalhar juntas. À primeira vista, não dava para dizer muito sobre ela: uma mulher na faixa dos 40 anos, com um ar sereno e tranquilo. Até ali, tudo bem.

Não me surpreendeu que eu já estivesse testemunhando uma troca de assistente social. Acontecia o tempo todo – parte da natureza do trabalho é que as pessoas tinham de seguir adiante –, embora fosse uma tristeza para as crianças e as famílias envolvidas, que estavam sempre conhecendo novos rostos, criando confiança e estabelecendo novos relacionamentos com estranhos que não acabavam mais. Eu sentia por Jodie, embora soubesse que aquilo não poderia ser alterado, era simplesmente parte do sistema, com todas as suas falhas. Mudar de assistente social significaria mais um rompimento, e eu me perguntava por quantos ela já teria passado.

Em seguida, Deirdre apresentou-se. Ela era o contato da agência com os atuais acolhedores de Jodie. Depois foi a minha vez, e os olhos de todos em volta da mesa viraram-se para mim.

Olhei em volta da mesa, encontrando os diversos olhares.

– Sou Cathy Glass – disse da forma mais clara e confiante que consegui. – Sou uma acolhedora da Agência de Acolhimento Procura-se um Lar.

Àquela altura, eu não tinha muito mais para acrescentar, já que sabia tão pouco sobre o que estava acontecendo, por isso passei a bola para Jill.

Depois de Jill, veio alguém do departamento de contabilidade, seguido por um membro da equipe de colocação da autoridade local. Enquanto falavam, olhei para Gary. Era jovem, devia estar com seus 20 e poucos anos. Teria conseguido estabelecer um relacionamento com Jodie? Continuei imaginando. Talvez Eileen, sendo mulher, se desse melhor, criando uma empatia com a menininha. Talvez a troca de assistente social fosse melhor nesse caso. Eu tinha esperanças.

Uma vez terminadas as apresentações, Dave agradeceu por estarmos ali e fez um panorama do que estava acontecendo – para usar a terminologia correta: contou a história do caso até aquele momento. Adorei Dave imediatamente. Ele falava com delicadeza, mas era direto, e me olhava nos olhos enquanto falava. Tomei nota mental dos pontos mais importantes: Jodie estivera no registro "em risco" desde que nasceu, o que significava que o Serviço Social monitorava a família há oito anos. Embora houvesse sinais de abuso físico e emocional de parte dos pais de Jodie, ninguém havia tomado nenhuma providência para tirá-la de casa, nem a ela nem a seus irmãos menores, Ben e Chelsea. Então, há quatro meses, Jodie começou um incêndio na casa, ao colocar fogo em seu cachorro de estimação – estremeci ao escutar aquilo, chocada com a peculiar crueldade do ato –, e isso havia sido o catalisador para que o Serviço Social a levasse junto com seus dois irmãos para acolhimento. Ben e Chelsea foram deixados com acolhedores e estavam indo bem. Mas Jodie apresentava um "comportamento bastante complicado". Ouvi Dave expressar tal eufemismo e arqueei as sobrancelhas. Todos os acolhedores sabiam o que aquilo realmente queria dizer. Significava "completamente fora de controle".

– Acho que será bom para você ouvir o assistente social dela agora – disse Dave, olhando para mim. – O Gary está no caso há dois anos. Sinta-se à vontade para fazer quaisquer perguntas.

Apesar da juventude, Gary foi confiante e metódico quando me deu um panorama geral sobre Jodie e sua família.

– O quadro geral não é bom, como você deve estar imaginando. Há um sério rompimento na família. A mãe de Jodie é usuária de drogas injetáveis, e o pai é alcoólatra. Nos últimos anos, Jodie sofreu uma série de ferimentos em casa, como queimaduras, escaldaduras, cortes, machucados e um dedo quebrado. Tudo isso foi registrado no hospital e, embora eu acredite que alguns desses ferimentos não tenham sido acidentais, é impossível provar.

Gary continuava sua história de negligência e infelicidade, e eu me concentrava em absorver os fatos. Era uma história pavorosa, mas eu tinha escutado histórias semelhantes muitas vezes antes. No entanto, jamais deixava de ficar impressionada e horrorizada ao saber que as pessoas eram capazes de tratar seus filhos com tanta crueldade e indiferença, e já sentia muito por essa pobre menininha. Como poderia alguma criança crescer e ser normal em tais circunstâncias e tendo pais como aqueles de modelo?

Gary continuava:

– Jodie não está mais na escola por causa das mudanças recentes, e é por isso que está com uma professora particular. Ela tem dificuldades de aprendizagem e um documento que fala de suas necessidades especiais.

Aquilo era bastante direto – eu estava acostumada a cuidar de crianças com retardos no desenvolvimento e dificuldades de aprendizagem. Comecei a imaginar que Gary estava me dando uma versão censurada do caso de Jodie. Em todos os meus anos de acolhimento, eu jamais tinha ouvido falar de uma criança que tivesse passado por cinco acolhedores em quatro meses. Quando ele fez uma pausa e olhou para mim, aproveitei a oportunidade.

– Seria muito útil se você pudesse me contar como eram as famílias dos acolhedores que ela teve – disse, com a esperança de encontrar pistas que me explicassem por que Jodie havia passado por tanta coisa e tão depressa. – Quantos filhos eles têm, eram mais velhos ou mais jovens do que ela? Esses acolhedores haviam tido experiência com esse tipo de criança?

Gary deu uma tossidinha e pareceu um pouco evasivo.

– Os rompimentos com as colocações anteriores foram apenas circunstanciais – disse ele. – Para um dos casais, era a primeira vez. Jodie jamais devia ter sido levada para eles... foi um erro de nossa parte e não é surpresa que não tenha funcionado.

Era algo bastante honesto, mas, quando começou a falar sobre as outras colocações, ele não soava nada convincente aos meus ouvidos: todos os outros tinham sido profissionais experientes, e, mesmo assim, um deles só havia aguentado três dias... A explicação de Gary, de que a culpa deveria recair nas circunstâncias, era evidentemente um exercício de limitação do dano, visando proteger Jodie, para que eu não me assustasse.

Deirdre era o contato que representava os atuais acolhedores de Jodie e sentiu-se na obrigação de falar em defesa deles. Afinal de contas, se Jodie era tão inofensiva quanto Gary insinuava, era algo que não se refletia muito bem na capacidade deles de lidarem com a menina.

– Jodie tem um retardo no desenvolvimento – disse ela. – Em muitos aspectos, ela age como se tivesse 3 ou 4 anos, não como se tivesse 8. Ela tem ataques de raiva pavorosos e é sempre agressiva, não colabora em nada. Mesmo estando com Hilary e Dave há pouco tempo, ela quebrou uma porção de objetos, entre os quais uma sólida porta de madeira.

Arqueei as sobrancelhas. Feito impressionante para uma menininha de 8 anos.

Deirdre ainda não havia terminado e continuou com a ladainha dos erros e defeitos de Jodie. Os acolhedores de Jodie a descreviam como "fria, calculista, manipuladora, muito grosseira e impossível de se gostar". Palavras duras para rotular uma menininha.

Com certeza, pensei, haveria alguém que pudesse dizer algo agradável sobre ela, ainda que fosse apenas que ela gostasse da comida. As crianças que estão em acolhimento tendem a comer com voracidade, porque, em seu passado, muitas não sabiam quando chegaria a próxima refeição. Não, nem ao menos algo como "ela gosta de chocolate". Aparentemente, Jodie não tinha um único aspecto amável, terno. Em vez de afeto, havia apenas uma lista de transgressões, com uma nota de rodapé, dizendo que os acolhedores atuais a achavam fisicamente assustadora: Jodie era uma menina grande e os ameaçara.

Troquei olhares com Jill. "O casal se sentira ameaçado?" Pensei com meus botões: "Mas ela só tem 8 anos! Como poderia ser tão perigosa?" Comecei a me sentir do lado de Jodie. Como deve ser saber que todos ao redor, de modo tão veemente, não gostam de você? Não é de se admirar que a menina não conseguisse se sentir bem em lugar nenhum.

A próxima a falar foi Sally, a guardiã *ad litem*, que rapidamente apresentou um panorama da situação legal: Jodie havia sido levada aos cuidados do Serviço Social sob a chamada ordem de acolhimento temporário – isso significava que ela havia sido tirada de casa contra a vontade dos pais e agora estava sob a tutela da autoridade local. As medidas judiciais para decidir o futuro de Jodie estavam começando agora; se o Tribunal julgasse que ela estaria melhor em casa, e todos os receios em relação à sua segurança tivessem terminado, ela seria devolvida aos pais. Se o Tribunal considerasse que ela ainda estava em risco se voltasse para casa, a ordem de acolhimento passaria a ser uma ordem de acolhimento definitivo. Jodie seria tirada permanentemente de seus pais e passaria a acolhimento de longo prazo, adoção ou (a opção menos provável) entraria em alguma unidade residencial de acolhimento. Todo esse processo é demorado e complicado; embora devesse levar o menor tempo possível, em geral, leva pelo menos um ano, às vezes mais, antes que o Tribunal chegue a uma decisão final.

Quando Sally terminou, foi seguida pela professora particular, Nicola, que explicou estar dando aulas a Jodie há um mês, usando material planejado para crianças da educação infantil, que funcionava para a etapa básica 1. Poderia ser chocante, mas, pela minha experiência, não era muito incomum. Eu já havia cuidado de crianças que não sabiam ler nem escrever muito depois que seus colegas já dominavam a leitura, a escrita e as quatro operações aritméticas. Um histórico complicado e uma vida difícil em casa, muitas vezes, parecem gerar crianças incapazes de aprender tão depressa quanto as que têm uma família estável.

Depois, o representante das finanças confirmou que continuaria disponível o financiamento para as aulas particulares até que se encontrasse uma escola. Olhei para o relógio da parede: quase uma hora já havia se passado. Todos haviam falado, e Dave olhava esperançoso para Jill.

– Se Cathy não a pegar, nossa única solução será a unidade residencial – disse ele.

Aquilo tinha cheiro de chantagem emocional, e Jill se levantou em minha defesa.

– Temos de pensar no que acabamos de escutar. Discutirei a questão com Cathy, e amanhã vocês saberão a nossa conclusão.

– Precisamos saber disso hoje – disse Deirdre objetivamente. – Ela terá de sair de lá ao meio-dia de amanhã. Eles estão sendo inflexíveis.

Silêncio em volta da mesa. Estávamos todos pensando a mesma coisa: será que os acolhedores não eram nada profissionais mesmo, como estava parecendo? Ou será que Jodie, de alguma forma, os levava a tamanho grau de desespero?

– Mesmo assim, precisaremos de tempo para discutir a questão – disse Jill com firmeza. – Embora eu não tenha escutado nada que me possa fazer aconselhar Cathy a não pegar a menina e Cathy tenha muita experiência, a decisão deve ser dela.

Jill me olhou de soslaio.

Senti os olhos de todos em cima de mim, com um desejo desesperado de escutar que eu estava disposta a pegar a garotinha. Até então, eu ouvira de Gary que ela era uma vítima inocente, cujo extraordinário recorde de passar por diversos acolhedores nada tinha a ver com ela; e de Deirdre que ela era um pequeno demônio encarnado, cujo tamanho, força e pura maldade estavam na mais completa desproporção em relação à sua idade. Comecei a achar que a verdade estaria em algum ponto no meio do caminho. Contudo, mesmo com uma visão mais equilibrada, eu via que seria muito difícil controlar Jodie, para dizer o mínimo.

Eu não me sentia muito segura. Estaria pronta para assumir uma criança com esse grau de problemas de comportamento? Será que eu poderia – e, o mais importante: será que a minha família poderia – assumir o tipo de turbilhão que isso, com certeza, envolveria? Eu não deixava de estremecer um pouquinho só de pensar em aceitar o desafio que certamente essa criança iria impor. Em todo caso, por outro lado, a minha fórmula de atenção, bondade e amor misturados com firmeza ainda não havia me abatido, e tudo dito e feito, Jodie era apenas uma criança... uma garotinha que tivera um terrível começo na vida, que merecia uma chance de recomeçar e ter pelo menos um pouquinho da felicidade que toda criança precisa. Será que eu iria deixá-la enfrentar a tal alternativa possível? Agora que eu havia escutado a história dela, será que realmente conseguiria virar as costas e ir embora?

Naquele momento, soube que não poderia fazer isso. Eu tinha de dar a ela essa chance. Assim que entrei naquela sala, eu sabia, lá no fundo do coração, que levaria Jodie. Eu não seria capaz de virar as costas para ela.

– Ela é muito pequena para entrar numa unidade residencial – disse, olhando Dave nos olhos. – Vou levar a menina, estou apostando nela.

– Tem certeza? – perguntou Jill, preocupada.

Fiz que sim com a cabeça, e escutei um suspiro de alívio geral, especialmente da moça da contabilidade. Custa até mais de 3 mil libras por semana para manter uma criança em uma unidade residencial; por conseguinte, as 250 libras semanais que eu passaria a receber eram um excelente negócio para o governo local.

– Maravilhoso, Cathy – disse Dave, radiante. – Muito obrigado. Todos nós temos você em alta conta e estamos encantados por saber que está disposta a assumir essa menina.

Houve um murmúrio de concordância e a sensação geral de um peso sendo tirado das costas. A reunião estava encerrada. Por enquanto, o problema de Jodie estava resolvido. Todos se levantaram, juntaram seus apetrechos e se prepararam para voltar ao trabalho, passar para outros casos e pensar em outras situações.

Umas palavrinhas e uma decisão precipitada mudaram minha vida. Para mim, o problema de Jodie estava apenas começando.

CAPÍTULO DOIS

O CAMINHO PARA JODIE

Eu havia começado a acolher vinte anos atrás, antes de ter meus próprios filhos. Um dia, eu estava folheando um jornal quando vi um daqueles anúncios – havia uma fotografia de uma criança, meio indistinta e em preto e branco, e uma pergunta mais ou menos assim: *Você poderia dar um lar ao pequeno Bobby?* Não sei bem por que ela chamou minha atenção, mas depois eu não conseguia deixar de pensar naquilo. Não me considero uma pessoa sentimental, mas, por alguma razão, não conseguia tirar aquela foto da minha cabeça. Conversei a respeito com meu marido – sabíamos que desejávamos ter uma família nossa em algum momento, e eu estava ansiosa por isso, mas, nesse meio-tempo, eu sabia que poderia dar um bom lar para uma criança que precisasse. Sempre tive uma ligação com crianças e cheguei a ter ambições de ser professora.

– Temos um quarto, e eu adoraria trabalhar com crianças – eu disse. – Por que, pelo menos, não descobrimos um pouco mais a respeito do assunto?

Assim, peguei o telefone, respondi ao anúncio e, não demorou muito, vimo-nos em um curso de introdução ao mundo do acolhimento. Depois que satisfizemos todas as exigências, entre as quais uma formação a respeito, acolhemos a nossa primeira criança, um adolescente que precisava de um lar estável por algum tempo. Foi isso. Fiquei encantada.

Descobri que o acolhimento não é nada fácil. Se um acolhedor começar esperando receber uma criança como Annie, a pequena órfã otimista e corajosa do musical, terá um choque horrível. Aquela criancinha meiga, de cabelinhos despenteados, que teve um pouco de má sorte e só precisa de um tantinho de amor e afeto para desabrochar e disseminar a felicidade pelo mundo... não existe. As crianças acolhidas não chegam a sua casa de olhos arregalados e sorrindo. Elas tendem a estar retraídas por causa do que lhes aconteceu e, muitas vezes, serão distantes, furiosas e difíceis de alcançar, o que não é de se surpreender muito. Nos piores casos, podem ser verbal ou fisicamente violentas. O único fator constante é que cada uma é diferente e que elas precisam de atenção e bondade para lidar com sua infelicidade. Nunca é uma caminhada fácil.

O primeiro ano de acolhimento não foi nada fácil para mim - e, quando penso, nenhum ano desde então tem sido o que eu chamaria de "fácil" - mas, no final, eu sempre sabia que desejava continuar. Um acolhedor geralmente perceberá, quase de cara, se é algo que deseja levar adiante ou não, e certamente saberá depois daquele primeiro ano. Eu havia descoberto algo para o qual tinha talento, e aquilo foi muitíssimo compensador. Eu queria continuar, mesmo tendo meus próprios filhos. Descobri que a diferença que eu fazia para a vida de meus filhos acolhidos, mesmo sendo pequena, permanecia comigo. Não que eu seja o ser mais altruísta desde a Madre Teresa ou que seja especialmente santa - acredito que fazemos essas coisas por nós mesmos, e, para mim, era a satisfação que eu obtinha de tornar a vida melhor para crianças que precisavam de ajuda.

Enquanto meus filhos eram pequenos, eu acolhia adolescentes - em geral, é recomendado que se peguem crianças em fases diferentes das de seus próprios filhos. Quando Adrian e Paula cresceram, comecei a pegar crianças mais jovens, o que significou que eu jamais tive de lidar com problemas sérios, como drogas, que hoje são endêmicas entre uma porção de adolescentes - e sou muito grata por isso. Meus dois filhos cresceram sem saber de outra vida, a não ser a de ter crianças acolhidas vivendo conosco, portanto era algo que eles aceitavam completamente. Por definição, as crianças acolhidas precisam de muito tempo e muita atenção; muitas vezes, os meus dois filhos achavam que aquilo nunca terminaria. Depois de um dia canalizando as minhas energias na preparação para o acolhimento, com reuniões e aprendizagem, eu ainda tinha uma papelada para examinar, e tudo isso tomava o tempo que eu deixava para minha família. No entanto, não importava quanto eles se ressentissem do tempo que eu não podia dar a eles. Meus filhos jamais jogaram isso em cima das crianças acolhidas que compartilhavam a nossa casa. De alguma forma, eles pareciam compreender que essas crianças vinham de histórias complicadas e haviam tido um início de vida muito duro. À sua maneira, meus filhos eram solidários e faziam o melhor que podiam para tornar mais fácil a vida de qualquer criança problemática que estivesse vivendo conosco. Isso é algo que notei em outras crianças, além das minhas – muitas vezes, elas têm mais compreensão e empatia do que se poderia esperar.

Adrian e Paula certamente tiveram de aceitar muita coisa durante anos, especialmente quando meu marido e eu nos divorciamos, mas nunca reclamaram de todos aqueles garotos perturbados entrando e saindo de seu lar. No correr dos anos, tivemos a experiência de todos os tipos de crianças, boa parte das quais apresentava “comportamento desafiador”. A maioria das crianças que vinham para mim havia sofrido negligência de um algum tipo, e o engraçado é que isso é algo que acho relativamente fácil de entender. Quando os pais são alcoólatras ou viciados em drogas, ou sofrem de problemas mentais, evidentemente não estão em condições de cuidar adequadamente de seus filhos e olhar para suas necessidades de modo que eles venham a ser capazes de superar os problemas. Essa maneira de educar uma criança não é cruel de propósito, como são cruéis os maus-tratos físicos ou o abuso sexual – é um triste efeito colateral de um problema diferente. O resultado ideal é que a criança seja devolvida aos pais quando os fatores que causaram a negligência, como o vício, forem tratados.

Uma criança que sofreu negligência terá passado por um período infeliz e pode chegar à minha casa em estado muito perturbado. Às vezes, são petulantes e metidas a valentes – isso, em geral, é disfarce para uma completa falta de autoestima. Muitas vezes, elas são completamente desobedientes e más porque não tiveram nenhum limite ou orientação dos pais em casa e como forma de buscar atenção. Sua raiva e seu ressentimento podem vir da natureza imprevisível da vida em casa, onde nada nunca dá certo: será que a mamãe hoje está bêbada demais para interagir? O papai estará baratinado ou violento? Além do mais, os limites dos dois, quem era o adulto e quem era a criança, quem estaria preocupado com quem, muitas vezes são difusos. Essas crianças, às vezes, tentam destruir coisas, roubar, são manipuladoras e egoístas. Para ser honesta, sabendo o que algumas delas tiveram de enfrentar em suas vidas tão curtas, quem as poderá censurar?

A maneira que encontrei normalmente é a melhor com crianças com esse histórico e é bastante simples: proporciono estabilidade e um ambiente positivo em que o bom comportamento é recompensado com elogios. As crianças, em geral, desejam aprovação e querem ser amadas; a maioria consegue desaprender os padrões negativos de comportamento e aceita um comportamento diferente quando percebe quanto a vida fica melhor com essa nova ordem. Para muitas, a rotina proporciona um bom alívio para o caos e a imprevisibilidade da vida em casa, e logo elas reagem a um ambiente calmo e positivo, em que sabem que certas coisas acontecerão em certos momentos. Algo simples, como saber com certeza quando e onde será a próxima refeição, pode ser uma âncora para crianças problemáticas que só conheceram a incerteza e a decepção. A rotina é segura; é possível conseguir as coisas certas dentro de uma rotina – e conseguir as coisas certas é maravilhoso quando está atrelado a ser elogiado, aprovado e recompensado.

É claro, por mais simples que possa parecer, nunca é realmente fácil. Às vezes, chegavam crianças que haviam sofrido maus-tratos muito sérios e que precisavam de muita ajuda profissional para superar as experiências pelas quais haviam passado. Muitas têm dificuldade de aprendizagem e necessidades especiais. Algumas foram retiradas de seus lares tarde demais, quando já eram adolescentes, e já sofreram tanto que não conseguem superar tudo aquilo por que passaram; são incapazes de reagir a um ambiente positivo da maneira como uma criança mais jovem consegue – seu futuro parece bem mais sombrio.

Não obstante, quase todas as minhas experiências de acolhimento foram boas, e a criança deixava a nossa casa de uma forma melhor do que quando havia chegado.

Enquanto voltava para casa depois da reunião no Serviço Social, naquele dia em que concordara em pegar Jodie, eu sabia que aquela criança poderia ser bem mais difícil do que a maioria, e me perguntava qual seria a melhor maneira de contar para os meninos sobre esse novo acréscimo. Eles não ficariam muito satisfeitos. Já havíamos tido crianças com "comportamento difícil" – portanto eles sabiam muito bem o que poderiam esperar. Pensei em Lucy, que estava conosco há quase dois anos, e estava indo muito bem. Eu tinha esperanças de que as explosões problemáticas de Jodie não a fizessem regredir. Adrian, aos 17 anos, era bastante reservado, a não ser que houvesse uma crise ou quando não conseguia encontrar a camisa de manhã. Eu me preocupava mais com Paula, que era uma criança sensível, nervosa e, embora Jodie fosse cinco anos mais jovem do que ela, havia o risco de ser intimidada. Crianças com problemas emocionais podem causar estragos até mesmo em uma família bem integrada. Meus filhos sempre haviam reagido muito bem a outras crianças que entravam em nossa família, ainda que tivéssemos passado por algumas tempestades, e eu não tinha nenhum motivo para pensar que, desta vez, seria diferente.

Eu tinha a impressão de que as crianças não se surpreenderiam com a novidade. Fazia menos de um mês que a nossa última criança acolhida havia ido embora, portanto estava na hora de um novo desafio. Normalmente eu fazia uma pausa de uns quinze dias entre as colocações, para me acalmar física e mentalmente e dar a todos um tempo para se reagruparem. Eu também precisava de um tempo para me recuperar da tristeza de dizer adeus a alguém de quem tanto me aproximara. Mesmo quando uma criança se saiu muito bem, fez excelentes progressos e talvez estivesse voltando para o lar, para pais agora capazes de proporcionar um ambiente de amor e bons cuidados, há um período em que sinto o luto por sua partida. É sempre uma miniperda, algo a que nunca me acostumei, ainda que, uma ou duas semanas depois, eu já estivesse pronta para outra.

Resolvi abordar o assunto "Jodie" na hora do jantar, que era o momento em que aconteciam as nossas conversas. Embora eu me considere liberal, insisto que a família faça junto a refeição da noite e nos fins de semana, porque é a única parte do dia em que estamos todos reunidos.

Naquela noite, servi no jantar a torta de carneiro que as crianças adoravam. Quando começaram a comer, ajustei minha voz para um tom leve e calmo.

– Vocês se lembram de que eu disse que estava indo para uma reunião de pré-colocação hoje? – perguntei, sabendo que eles muito provavelmente não lembrariam, porque ninguém estava ouvindo quando eu disse. – Eles me falaram sobre uma garotinha que precisa de um lar. Bom, concordei em pegar a menina. Ela se chama Jodie e tem 8 anos.

Olhei em volta da mesa para alguma reação, mas eles nem piscaram. Estavam ocupados comendo, mas eu sabia que estavam escutando.

– Parece que ela teve uma vida bem difícil e mudou de casa uma porção de vezes, por isso está bastante perturbada. Ela teve uma vida horrível com os pais e já esteve sob os cuidados de alguns acolhedores. Agora estão pensando em mandar a garotinha para uma unidade residencial se não conseguirem encontrar alguém que a pegue, e vocês podem imaginar como seria horrível para ela... Vocês sabem... um lar de crianças – acrescentei, enfatizando a questão.

Lucy e Paula levantaram os olhos, e eu sorri corajosamente.

– Como eu... – disse Lucy inocentemente.

Ela havia mudado bastante até finalmente se estabelecer conosco, e sabia muito bem o que era a confusão causada pelas mudanças.

– Não. Você se mudava porque os seus parentes não eram capazes de cuidar de você. Não tinha nada a ver com o seu comportamento – fiz uma pausa, perguntando-me se aquele recado sutil tinha sido entendido. Tinha.

– O que foi que ela fez? – rosnou Adrian, com sua nova voz de homem.

– Bom, ela tem chiliques e quebra coisas quando está chateada... mas ainda é muito pequena, e eu tenho certeza de que, se todos ajudarem, conseguiremos dar um jeito nela.

– Ela tem visto a mãe dela? – perguntou Paula, de olhos arregalados, imaginando o que, para ela, seria a pior coisa do mundo: uma criança que não pudesse ver sua mãe.

– Sim, e o pai também. Ela terá o contato supervisionado duas vezes por semana no Serviço Social.

– Quando é que ela vem? – perguntou Lucy.

– Amanhã de manhã.

Os três olharam para mim e depois se entreolharam. Amanhã haveria um novo membro na família e, pelo jeito, não seria nada fácil. Eu sabia que deveria ser perturbador para eles.

– Não se preocupem – tentei tranquilizá-los. – Tenho certeza de que ela vai estar bem.

Nesse momento, dei-me conta de que era melhor ser rápida, porque, assim que o jantar terminasse, eles desapareceriam, voltando para seus quartos. Por isso, cortei o atalho e fui direta: lembrei as regras do "acolhimento mais seguro" que sempre entravam em vigor quando chegava uma nova criança acolhida.

– Agora, não se esqueçam: há uma porção de coisas que não sabemos sobre ela, por isso vocês têm de ser muito cuidadosos, para proteção de vocês mesmos. Se ela quiser brincar, é aqui embaixo, não lá em cima... e você, Adrian, não entre no quarto dela, mesmo que ela peça uma coisa simples, como que você abra uma janela. Se acontecer algo assim, chame a mim ou a uma das meninas. E lembre-se: nada de brincadeiras de contato físico até sabermos um pouco mais. E, claro, não deixe que ela entre no seu quarto, está bem?

– Sim, mamãe – resmungou ele, parecendo ainda mais um adolescente desajeitado.

É claro que ele já tinha escutado tudo aquilo antes. Há certos códigos padronizados que se aplicam a todas as casas dos acolhedores, e a minha turma sabia muito bem como se comportar. Mas Adrian, às vezes, era capaz de ser um tanto confiante demais para seu próprio bem.

– E, evidentemente, isso é para todos: contem-me se ela fizer alguma confidência sobre qualquer coisa de seu passado que possa preocupar – disse, dirigindo-me aos três. – É bem provável que ela primeiro se sinta mais próxima de vocês antes de começar a se relacionar comigo.

Os três acenaram com a cabeça, *sim*. Achei que era o suficiente. Eles tinham o panorama geral e estavam bem enfronhados na questão. Os filhos dos acolhedores em geral amadurecem rapidamente, em função dos problemas e dificuldades a que são expostos – mas não tão depressa quanto as próprias crianças, que tiveram sua infância sacrificada na sobrevivência do dia a dia.

Depois do jantar, como esperado, os meus meninos sumiram em seus quartos, e a paz de mais uma noite tranquila desceu sobre a casa. Eu tinha me saído melhor do que poderia ter esperado e gostei de ver a maturidade e aceitação que eles demonstraram.

Até aqui, tudo bem... – pensava eu, enquanto enchia a máquina de lavar louça. Depois sentei para ver televisão sem ter a menor ideia de quando teria outra oportunidade.

CAPÍTULO TRÊS

A CHEGADA

Era um dia úmido e frio de primavera, em abril. A chuva martelava nas janelas enquanto eu preparava a chegada de Jodie. Ela chegaria pelo meio do dia, mas eu tinha certeza de que estaria ali mais cedo. Eu estava no que seria o novo quarto dela, tentando ver com os olhos de uma criança. Estaria atraente e acolhedor? Eu havia espetado pelas paredes cartazes coloridíssimos de animais, e comprei um acolchoado novo de plumas, com um urso enorme estampado. Também havia espalhado alguns brinquedos de pano pela cama, embora estivesse certa de que Jodie, tendo estado em acolhimento por algum tempo, talvez já tivesse acumulado algumas posses. O quarto parecia claro e alegre, o tipo de canto que uma garotinha de 8 anos gostaria de ter. Agora só faltava a nova residente.

Dei uma olhada geral em volta, saí e fechei a porta, satisfeita por ter feito o melhor que podia. Segui pelo andar e fechei todas as portas dos quartos. Quando chegasse a hora de mostrar a casa para ela, seria importante fazer com que entendesse o que era privacidade, e seria mais fácil se as regras básicas fossem estabelecidas desde o início.

Lá embaixo, enchi a chaleira e me ocupei na cozinha. Seria um dia agitado, e, mesmo depois de todos aqueles anos de acolhimento, eu ainda me sentia nervosa. A chegada de uma nova criança era um grande acontecimento para uma família acolhedora, talvez tanto quanto para a própria criança. Eu tinha esperança de que Jill chegasse cedo, para que nós duas pudéssemos ter uma conversa calma e oferecer apoio antes da grande chegada.

Pouco antes das 11h30, a campainha tocou. Abri a porta para encontrar Gary, ensopado pela caminhada da estação até minha casa. Ele entrou, ofereci uma toalha e café, e o deixei enxugando o rosto no *hall* de entrada, enquanto voltava para a cozinha. Antes que a chaleira começasse a ferver, a campainha tocou de novo. Fui para a porta, esperando ver Jill nos degraus. Não tive a sorte. Era o contato com a agência de ontem, Deirdre, com outra mulher, que sorria valentemente.

– Esta é Ann, minha colega – disse Deirdre, dispensando conversa fiada. – E esta é Jodie.

Olhei para baixo, mas Jodie estava se escondendo atrás de Ann, e eu só consegui ver um par de pernas fortes vestidas com uma calça vermelha.

– Olá, Jodie – disse animada. – Eu sou Cathy. É muito bom conhecer você. Entrem!

Ela devia estar agarrada no casaco de Ann, e havia resolvido que não entraria em lugar nenhum, pois Ann, de repente, foi puxada para trás, quase perdendo o equilíbrio.

– Não seja boba – disse Deirdre rapidamente, e fez um gesto para agarrar algo atrás da colega.

Jodie foi mais rápida e, tenho a impressão, era mais forte, porque Ann balançou de novo, desta vez para o lado. Ainda bem que a nossa velha gata resolveu fazer uma entrada cronometrada, dando uma volta preguiçosamente pelo saguão. Aproveitei a deixa.

– Veja só quem veio conhecer você, Jodie! – exclamei, com uma animação totalmente fora de proporção em relação à nossa gata gorda e letárgica. – É a Toscha. Ela veio dizer oi.

Funcionou: ela não conseguiu resistir e deu uma espiadela. Por trás da cintura de Ann, espreitava um par de olhos cinza-azulados cravados em uma testa ampla. Jodie tinha um cabelo amarelo-palha, amarrado em duas marias-chiquinhas, e, só pelo jeito dela, era evidente que os acolhedores anteriores haviam perdido o controle. Debaixo do casaco, usava uma camiseta verde-limão, calças vermelhas e botinhas de chuva. Nenhum adulto mais sensível a teria vestido assim. Era evidente que Jodie tinha seu próprio jeito.

Com o interesse despertado, ela resolveu dar uma olhada mais de perto na gata e deu outro empurrão em Ann, que mandou as duas para dentro de casa, tropeçando pelos degraus. Deirdre veio atrás, e a gata sensivelmente sumiu. Rapidamente fechei a porta.

– Ela foi embora! – berrou Jodie, o rosto transtornado de raiva.

– Não se preocupe, ela volta daqui a pouco. Deixe-me tirar o seu casaco molhado – e, antes que o sumiço da gata virasse uma cena, abri o zíper e tentei distrair a atenção dela. – Gary está lá dentro, esperando por você.

Ela olhou para mim por um momento, parecendo que realmente tinha vontade de me bater, mas a menção a Gary, um nome conhecido naquele cenário desconhecido, a atraiu para dentro. Ela estendeu os braços, livrando-se do casaco, e foi pisando duro pelo corredor antes de desaparecer na sala de visitas.

– Eu quero aquela gata – grunhiu para Gary.

As duas mulheres trocaram um olhar que se traduzia como "Deus ajude esta mulher. Quanto tempo ela aguentará?"

Ofereci café e lhes mostrei a sala de visitas. Jodie havia encontrado a caixa de Lego e agora estava sentada de pernas cruzadas no meio da sala, fazendo um esforço desajeitado de forçar duas peças a se encaixarem.

Voltando à cozinha, apanhei quatro canecas e comecei a preparar café instantâneo. Escutei uns passos pesados, e Jodie apareceu no limiar da porta. Era uma garota de aparência estranha, que não atraía imediatamente, mas pensei que isso, em grande parte, fosse por causa do porte agressivo de seu rosto e corpo, como se estivesse sempre em guarda.

– O que é isso aí? – perguntou ela, abrindo uma gaveta da cozinha.

– Talheres – disse inutilmente, pois o clamor resultante anunciava o que era.

– O quê? – perguntou ela, olhando para mim.

– Talheres. Você sabe: garfos, facas e colheres. Na hora do jantar, vamos comer com eles. Você vai ter de me contar do que você gosta.

Deixando a primeira gaveta, ela passou para a outra, e para a seguinte, com a intenção de abrir todas. Deixei que olhasse tudo. Eu não estava preocupada com a curiosidade, que era natural, o que mais me incomodava era a fúria que havia em todos os seus movimentos. Eu nunca tinha visto uma fúria tão pronunciada.

Com todas as gavetas abertas, e a chaleira fervendo, peguei um prato e um pacote de biscoitos.

– Eu quero um! – pediu ela, investindo em direção ao pacote.

Eu a detive delicadamente.

– Daqui a pouco. Primeiro, eu gostaria que você me ajudasse a fechar essas gavetas, senão vamos tropeçar nelas, você não está vendo?

Ela me lançou um olhar desafiador. Será que ninguém jamais a impedira de fazer qualquer coisa, ou será que ela estava deliberadamente me testando? Houve uma pausa de alguns segundos, um pequeno impasse, enquanto ela pensava no que eu havia pedido. Notei que Jodie estava bem acima do peso. Estava claro que ou ela andara comendo à vontade, ou lhe deram comida para acalmá-la; provavelmente as duas coisas.

– Vamos – disse para estimulá-la, e comecei a fechar as gavetas.

Ela observava, depois, com as duas mãos, fechou a gaveta mais próxima com toda a força.

– Devagar, assim – demonstrei, mas ela não ofereceu mais nenhuma ajuda e eu não quis forçar a questão.

Ela mal havia chegado e, pelo menos, havia cedido, fechando uma.

– Agora os biscoitos – disse, arrumando-os no prato. – Eu gostaria que você me ajudasse. Tenho certeza de que você é boa para ajudar, não é?

De novo, ela fixou em mim aquele olhar desafiante quase de ridicularização, mas havia um toque de curiosidade, uma faísca de interesse pela pequena responsabilidade que eu lhe estava atribuindo.

– Jodie, eu gostaria que você levasse isto para a sala de visitas e oferecesse a todos um biscoito. Depois pegue um para você, está bem?

Coloquei o prato nas mãos gorduchas estendidas, perguntando-me quais seriam as chances de chegar intacto. Quando se virou, ela transferiu a travessa para a mão esquerda, enfiando a direita em cima dos biscoitos – o que pelo menos era seguro, embora não muito higiênico.

Fui atrás com a bandeja de refrigerantes, satisfeita porque ela havia feito o que eu pedira. Passei as canecas com o café, e a campainha tocou de novo, indicando a chegada da última pessoa esperada. Jodie se levantou com um pulo e saiu correndo para a porta. Fui atrás depressa; não é bom uma criança abrir a porta, mesmo quando convidados são esperados. Expliquei isso para Jodie, depois abrimos a porta juntas.

Jill estava de pé na soleira. Sorria de forma estimulante, e olhou para a criança emburrada que a olhava desafiadora.

– Olá – disse Jill animadamente. – Você deve ser Jodie...

– Eu queria abrir! – protestou a menina antes de sair batendo os pés para se juntar aos outros.

– Está tudo bem? – perguntou Jill entrando.

– Até aqui, tudo bem. Nenhum desastre maior por enquanto.

Peguei o casaco de Jill, e ela foi para a sala de visitas. Apanhei outro café, e começamos a mexer na papelada. Há uma porção de formulários a serem preenchidos quando uma criança é entregue a novos acolhedores, e muito café. Gary escrevia loucamente.

– Eu mal tinha completado a última mudança – disse ele alegremente. – Para não mencionar a de três dias antes daquela. É Cathy com C?

Confirmei que era, dei meu código postal e o nome e endereço do meu médico. Jodie, que estava razoavelmente satisfeita observando Gary e fizera parte desse processo muitas vezes antes, resolveu que estava na hora de recomeçar a exploração. Levantou-se e desapareceu na cozinha. Eu não poderia deixá-la sozinha ali – além do risco de mexer nos armários, ali estavam muitos objetos que poderiam ser perigosos nas mãos erradas. Chamei-a, mas ela não respondeu. Fui até lá e a encontrei tentando abrir o armário debaixo da pia, que estava protegido por uma tranca de criança, pois continha diversos produtos de limpeza.

– Vamos, Jodie, deixe isso por enquanto. Vamos lá para a sala – disse. – Depois mostro a casa para você. Vamos ter bastante tempo depois que eles saírem.

– Eu quero beber alguma coisa – pediu ela, puxando a porta do armário com mais força.

– Certo, mas não está aí...

Abri o armário dos copos, onde estava uma porção de sucos. Ela olhou para a fileira de garrafas de cores alegres.

– Laranja, limão, framboesa ou maçã? – ofereci.

– Refrigerante – exigiu ela.

– Sinto muito, não tenho refrigerante. É muito ruim para os seus dentes – "para não falar em hiperatividade", pensei comigo mesma. – Que tal maçã? Paula, minha filha caçula, gosta de maçã. Mais tarde, você vai conhecê-la.

– Aquele ali – ela tentou subir na bancada para apanhar a garrafa.

Tirei a garrafa de framboesa do armário e enchi o copo, depois levei tudo para a mesa de café. Puxei uma cadeirinha de vime do tamanho de criança, que, em geral, elas gostam.

– Esta é exatamente do seu tamanho – disse. – É a sua cadeira.

Jodie simplesmente me ignorou, apanhou o copo e se instalou no lugar em que eu tinha estado sentada no sofá, ao lado de Jill. Sentei-me ao lado de Gary, enquanto Jill acalmava Jodie com um joguinho em seu celular. Observei-a por alguns momentos. Então essa era a criança que passaria a viver conosco. Era difícil pensar qualquer coisa a respeito dela tão cedo; em geral, as crianças apresentam comportamento difícil nos primeiros dias em um novo lar. Não obstante, ela tinha algo fora de comum que eu não conseguia entender muito bem: era raiva, claro, e teimosia – misturadas com alguma outra coisa que eu tinha a impressão de não ter visto antes. Só o tempo dirá, pensei. Observei os movimentos descoordenados de Jodie e a maneira como ela deixava a língua caída sobre o lábio inferior. Quase me sentindo culpada, notei como aquilo lhe dava um ar um tanto embotado, vazio, e me lembrei de que ela havia sido classificada como tendo apenas "leves" dificuldades de aprendizagem, não "graves".

Um quarto de hora depois, todos os formulários de colocação estavam completos. Assinei tudo, e Gary me entregou as minhas cópias. Deirdre e Ann imediatamente se levantaram para sair.

– Vamos tirar as coisas do carro – disse Ann. – Tem uma porção de coisas.

Deixei Jodie com Gary e Jill, enfiei rapidamente o casaco e os sapatos e, aos poucos, começamos a suar, indo e vindo até o carro. "Uma porção" era pouco. Eu nunca tinha visto tantos sacos e sacolas para uma criança em acolhimento. Empilhamos tudo pelo corredor, e as duas mulheres se despediram rapidamente de Jodie. Ela as ignorou, evidentemente sentindo-se rejeitada. Gary ficou por mais uns dez minutos, conversando com Jodie sobre mim e minha casa, e depois também fez um movimento para sair.

– Quero ir junto – ela abriu um enorme sorriso, colocando-se a seu lado. – Me leve com você. Eu quero ir no seu carro.

– Eu não tenho carro – disse Gary calmamente. – Você vai ficar com Cathy. Lembra-se do que falamos? Agora este é o seu novo lar.

Ele apanhou sua pasta e foi a meio caminho da porta, quando Jodie abriu a boca e começou a berrar. Era realmente de furar os ouvidos. Corri e pus meus braços em volta dela e, com a cabeça, fiz um gesto para Gary ir embora. Ele deslizou para fora, e eu a segurei até a barulheira acalmar. Não havia nenhuma lágrima, mas o rosto pálido agora estava muito vermelho.

A última pessoa a sair foi Jill. Ela foi até o corredor e apanhou seu casaco.

– Você vai ficar bem, Cathy? – perguntou ela, enquanto se preparava para sair na chuva. – Telefono lá pelas cinco.

Ela sabia que, quanto mais cedo Jodie e eu ficássemos sozinhas, mais cedo ela se acalmaria.

– Vamos ficar muito bem, não é, Jodie? – disse. – Vou mostrar a casa para você e depois vamos guardar as suas coisas.

Eu estava mais ou menos esperando outro berreiro, mas ela só olhava diretamente para mim, com um olhar vazio de quem não estava entendendo. Solidarizei-me com ela; a menina devia estar se sentindo muito perdida naquela que era sua sexta casa em quatro meses. Segurei a mão dela enquanto víamos Jill saindo.

Agora éramos só nós duas. Eu já estivera nessa situação muitas vezes, recebendo uma pessoinha confusa e magoada em minha casa, esperando pacientemente que se aclimatasse em um ambiente novo e estranho, mas, desta vez, parecia um tanto diferente. Havia algo no vazio dos olhos de Jodie que era de arrepiar. Eu nunca tinha visto aquilo antes, nem em uma criança nem em um adulto. Mentalmente, sacudi a cabeça. Vamos, tentei me convencer. Ela é uma garotinha e você tem vinte anos de experiência em tomar conta de crianças. Como é que pode ser tão difícil assim?

Levei-a de volta para a sala e, na hora certa, Toscha reapareceu. Mostrei para Jodie a maneira correta de acariciar a gata, mas ela perdeu o interesse assim que comecei.

– Estou com fome, quero um biscoito.

Ela correu para a cozinha.

Fui atrás e ia começar a explicar que biscoitos demais não fazem bem, quando senti um cheiro forte.

– Jodie, você quer ir ao banheiro? – perguntei como que por acaso.

Ela abanou a cabeça.

– Você quer fazer cocô?

– Não!

Ela sorriu e, antes que eu me desse conta do que fazia, a mão dela estava enfiada nas calças e depois passava as fezes pelo rosto.

– Jodie! – agarrei, horrorizada, o pulso dela.

Ela se encolheu envergonhada no mesmo instante, protegendo com o rosto.

– Você vai me bater?

– Não, Jodie. É claro que não. Nunca faço isso. Você vai tomar um banho e, da próxima vez, vai me dizer quando quiser ir ao banheiro. Agora você é uma menina grande.

Bem devagar, subi a escada na frente do meu novo encargo, e ela veio atrás, arrastando-se pesadamente, com o rosto lambuzado com excremento.

Onde é que eu tinha amarrado o meu cavalinho?!

CAPÍTULO QUATRO

UMA NOVA IRMÃZINHA

Acolhedores não são santos. Somos apenas pais como quaisquer outros, com espaço para mais um em nossa casa e nosso coração – enquanto eu abria a torneira do chuveiro e ajudava Jodie a tirar a roupa e a calcinha suja, perguntava-me se o meu coração era grande o suficiente. Eu a coloquei debaixo da água quente do chuveiro e comecei a esfregá-la. Meu estômago se revirava enquanto o calor intensificava o cheiro, e fechei a boca, tentando respirar só pelo nariz. Limpei o rosto e as mãos dela, depois entre as dobras da pele pálida no meio do tronco. Jodie tinha forma de pera, o que é incomum para uma criança. Suas ancas pareciam as de uma mulher de meia-idade. Contudo, ela estava dócil, erguendo os braços e fazendo esforços para ajudar. Ela parecia gostar de estar sendo tratada como um bebê. Eu me consolava pensando que, pelo menos, o resto da família não estava em casa para testemunhar o truque de boas-vindas da recém-chegada.

Eu não deixava de me sentir intrigada com aquilo – ela não parecia ter ficado nada perturbada com o incidente, e era improvável que alguém de sua idade não tivesse controle dos intestinos e não soubesse quando estava para fazer cocô. Teria sido deliberado? Claro que não. Provavelmente era a ansiedade.

Eu a ajudei a sair do banho e a enrolei numa toalha.

– Enxugue-se sozinha, Jodie, enquanto vou colocar essas roupas sujas na máquina de lavar.

Recolhi a roupa suja e a levei para a máquina de lavar lá embaixo. Pus algumas gotas de desinfetante junto com o sabão e liguei a máquina. O som de Jodie falando para si mesma flutuava do banheiro, e eu a escutava resmungar palavras e frases isoladas que não tinham ligação, não faziam nenhum sentido.

Voltando ao corredor, apanhei a mala maior e a carreguei para cima.

– Você está bem, Jodie? – perguntei, ao atravessar o corredor lá em cima.

Silêncio, depois:

– *Tô* – e recaiu de novo naquele tatibitate sem sentido.

No quarto dela, abri a mala, apanhei um moletom, uma blusa, uma calcinha e levei tudo para o banheiro. Ela estava de pé como eu a deixara, embrulhada na toalha, mas pingando água.

– Vamos, enxugue-se! – procurei incentivá-la. – Você agora é uma menina grande.

Ela abanou a cabeça, mal-humorada, e comecei a secá-la com a toalha. Ela era como um bebê de mais de quarenta quilos e muito desajeitada; eu tinha certeza de que isso era por causa daqueles rolinhos de gordura.

– Não quero essas – disse ela ao ver as roupas que eu trouxera.

– Está bem, quando você estiver seca, vamos procurar outras. Você tem um monte de roupas para escolher a que quiser. Agora, venha antes que pegue um resfriado.

Ela tirou a toalha e disparou nua pelo corredor até seu quarto, onde começou a remexer nas roupas. Pegou um *short* cor-de-rosa e uma camiseta. Tentei explicar que aquelas roupas não eram boas para o frio que fazia, mas era como se eu estivesse falando russo: nem sinal de resposta.

– Que tal esta calça *jeans*? – perguntei, mostrando a calça. – E este blusão é bonito e quentinho... Agora ache uma calcinha e vista-se logo, vamos, depressa!

Ela segurou uma calcinha e a enfiou com um pouco de esforço, depois voltou a remexer, procurando no meio das roupas. O tempo inteiro ficava tagarelando sem parar, mas, quando tentava entrar na conversa, ela me lançava um olhar vazio antes de continuar a busca e lá vinha aquele monólogo ininteligível. Finalmente, ela escolheu uma calça preta e um blusão cinza, e ficou ali de pé, esperando que eu a vestisse. Só para apressar as coisas, fiz o que ela exigia e depois comecei a arrumar as pilhas de roupas descartadas, dobrando ou pendurando em cabides e enfiando-as nas gavetas e no armário. Jodie não disse nada sobre seu quarto, e, quando perguntei se gostava, respondeu com um olhar inexpressivo, de quem não estava gostando. Apanhou um dos bonecos de pano e o jogou na porta.

– Não é meu! Não quero! – seu rosto se retorcia de raiva.

– Está bem, mas não atire assim. Eu sei que você tem uma porção. Vou deixar estes de lado e procurar os seus. É isso que você quer, não é? – juntei os brinquedos e fui para a porta.

– Aonde é que você está indo? – perguntou ela, a raiva ainda mais intensa.

– Jogar esses aqui fora e trazer alguns dos seus próprios brinquedos – sorri e saí, consciente de que, por pouco, evitara mais uma cena.

Joguei os brinquedos rejeitados em cima da minha cama, depois desci e abri algumas das malas. Estavam cheias de roupas, em uma quantidade despropositada. Ela não poderia usar todas nem que trocasse de roupa três vezes por dia durante quinze dias. A mala seguinte estava abarrotada de brinquedinhos de plástico: bonequinhos, bichinhos, brindes de lanchonetes. Parecia rifa de quermesse da escola. Arrastei a mala para cima.

– Dê uma olhada nisso aqui enquanto eu separo o resto das suas roupas – disse, animada. Há uma cama debaixo da sua cama, você pode colocar tudo isso nela.

O rostinho dela suavizou e trabalhamos lado a lado por alguns minutos, embora eu sentisse que a paz era tênue. Eu não estava equivocada. Cinco minutos depois, ela jogou um jacaré de plástico na caixa e saiu correndo do quarto, entrando no quarto de Adrian, ao lado.

Fui atrás.

– Jodie, você quer dar uma olhada na casa agora? Podemos arrumar as coisas mais tarde.

Ela estava apertando os botões do celular de Adrian, que ele deixara carregando ao lado da cama.

Fui até ela e delicadamente tirei-o de sua mão.

– Não vamos tocar nisso, não é nosso. Este é o quarto de Adrian – ela olhou para mim intrigada. – Ele é meu filho, está na escola. Você vai encontrá-lo mais tarde.

Ela deixou o telefone cair no chão, depois saltou para cima da cama onde começou a pular desajeitadamente. Estendi a mão para pegar a dela.

– Vamos, vou mostrar os outros quartos, depois preparo um lanche para você.

A menção ao lanche selou a brincadeira, e, com outro salto, ela estava ao meu lado, as tábuas do chão sacudiram, e dali Jodie saiu correndo e entrou no quarto seguinte.

– Este é o quarto de Lucy – disse, alcançando-a. – Ela tem 15 anos e está conosco há dois anos. Você também vai conhecê-la mais tarde.

Ela disparou do quarto de Lucy e entrou no de Paula, onde viu a caixa da boneca de pano de Paula largada em cima da cama.

– É minha, é minha! – gritou ela, agarrando-a ao peito. – Eu quero ela.

– É de Paula – disse calmamente. – É especial, ela ganhou de aniversário.

– É minha! – grunhiu ela. – Eu quero ela! Eu quero uma, senão eu dou um chute em você!

Franzi as sobrancelhas e delicadamente tirei-a de seus braços. Como é que ela teria acumulado todos aqueles brinquedos? Comprou ou conseguiu à base de chutes? Arrumei de novo a boneca em cima do travesseiro e tirei Jodie do quarto. Abri a porta do meu quarto apenas o suficiente para ela dar uma espiadela.

– É aqui que eu durmo, mas, é claro, é um lugar privado. Todos os nossos quartos são privados, e só entramos quando somos convidados.

Ela deu um sorriso, com uma careta estranha que lhe dava um ar desagradável, malévolo. Ela olhou para a cama de casal.

– Você tem um homem?

Abanei a cabeça.

– Não. Sou divorciada. Eu tenho uma cama grande só para mim.

Ela me lançou um olhar de pena; resolvi que já tinha visto o bastante do meu quarto e fechei a porta. No corredor, aproveitei para reforçar a nossa regra da privacidade.

– Jodie, cada um de nós tem seu quarto e cada um tem coisas especiais nele. Ninguém entrará no seu quarto, e você não pode entrar no quarto de ninguém sem ser convidada. Está entendendo?

Ela fez que sim vigorosamente com a cabeça; mas tive a impressão de que a aquiescência era mais para apressar o lanche e não um compromisso aceito.

– Estou com uma fome! Quero batata frita e chocolate.

E desceu a escada pesadamente, batendo no corrimão. Alcancei-a na cozinha, onde ela já estava abrindo gavetas e armários.

– Está bem, espere um minuto, que vou procurar alguma coisa para você.

Mostrei uma série de pacotes de batatas fritas e deixei-a escolher um. Ela rasgou o pacote de batatas sabor bacon defumado e começou a enfiar punhados na boca.

– O que você quer no sanduíche? Presunto? Queijo? Manteiga de amendoim? Ou geleia?

– Geleia e pasta de chocolate.

Dei uma risada.

– Não no mesmo sanduíche, não é?

Mas ela só me olhou fixamente, sem compreender.

– Quero beber alguma coisa.

– Posso beber alguma coisa, por favor? – corrigi, resolvendo que não faria nenhum mal apresentar pelo menos um pouco de bons modos para ela.

Fiz um sanduíche de levedura de cerveja e um de pasta de chocolate; depois peguei um copo e coloquei um pouco de refrigerante de laranja.

– Deixa que eu *faz* isso – disse ela, arrancando o copo da minha mão.

– Está bem, mas com calma. Não se arranca o copo da mão dos outros, é muito feio.

Mostrei como abrir a tampa, e esperei enquanto ela enchia o copo.

– Você quer me ajudar, Jodie? Você costumava ajudar em casa? Na casa dos outros acolhedores?

Ela bateu o fundo do copo na mesa e adotou a atitude de uma dona de casa sobrecarregada de trabalho, com as mãos na cintura, o queixo para frente e uma expressão de rabugice decidida:

– *Cozinhar! Limpar! E essas malditas crianças no meu pé o dia todo! Não sei por que eu tive você. Você é chata demais!*

Vi que ela estava assumindo um papel, provavelmente repetindo o que ouvira a mãe dizer, mas tive a impressão de que também havia alguma verdade naquilo. Sendo a mais velha dos três irmãos, ela deve ter tido algum papel na criação do irmão e da irmã enquanto os pais estavam drogados ou bêbados demais para cuidar deles. Isso me fez lembrar o motivo pelo qual estávamos passando por aquela ceninha, e a rápida visão que Jodie me deu de seu passado me ajudou a juntar as energias para enfrentar os humores instáveis e as constantes exigências que eu sabia que estavam chegando.

A tarde passou, não sei bem como. Não desfizemos as malas porque todo o meu tempo foi tomado na tentativa de manter a atenção de Jodie por mais de dois minutos. Mostrei para ela os armários cheios de jogos, tentando descobrir algo que a envolvesse. Ela gostou dos quebra-cabeças, mas os únicos que poderia ter alguma esperança de completar eram aqueles de meia dúzia de peças, feitos para crianças de 2 anos. Eu já tinha visto retardos no desenvolvimento em crianças que acolhera e estava acostumada a lidar com dificuldades de aprendizagem. Não obstante, estava começando a achar que Jodie estava mais perto do espectro "moderado" do que o "leve" retardamento que Gary havia descrito.

Sentamos juntas no chão, mas ela mal parecia perceber a minha presença. Em vez disso, resmungava apartes para pessoas chamadas Paul, Mike e Sean:

– *Está vendo esse pedacinho? Aqui dentro é um cavalo. Eu disse pra você! Eu sei. Onde?*

Pelo que entendi, não eram nomes de ninguém de sua família imediata, por isso achei que ela estava brincando com amigos imaginários. Esse tipo de comportamento não é muito incomum em crianças, mesmo com 8 anos, mas eu nunca tinha visto uma criança distraída àquele ponto.

– Quem são essas pessoas? – perguntei mais tarde.

Ela me lançou aquele olhar inexpressivo.

– Paul, Mike e Sean? São seus amigos imaginários? De fingimento... que só você pode ver?

Lá veio um olhar de incompreensão, depois ela ficou olhando ameaçadora por cima de meu ombro esquerdo.

– Mike, se você não prestar atenção no que está fazendo, eu vou matar você de tanto chute.

Quando Paula e Lucy chegaram em casa, às 15h30, eu estava tentando fazer a Barbie dirigir em seu carro esporte com o Ken a seu lado. Ouvi a porta fechar. E, em seguida, a reação de Lucy quando viu os sacos que eu não tivera tempo de levar para cima.

– *Minha nossa!* Quantos vieram desta vez?

– Só uma – respondi.

Para comprovar, Jodie se levantou com um pulo e correu até a entrada.

– E quem é você? – perguntou ela, mãos na cintura, assumindo novamente a pose de dona de casa rabugenta.

As meninas não disseram nada, mas eu sabia o que estavam pensando. Com aquele jeito esquisito e aquela postura agressiva, ela não era exatamente a irmãzinha acolhida que as duas esperavam.

– Esta é Jodie – disse simplesmente. – Ela chegou na hora do almoço. Jodie, esta é Lucy e esta, Paula.

Ela apontou o queixo para frente, numa atitude de "venham se forem capazes".

– Olá – disse Lucy com esforço.

– Oi – Paula acrescentou baixinho.

Jodie estava bloqueando o caminho delas, por isso delicadamente pus uma das mãos em seu ombro para tirá-la da frente. Ela me empurrou.

– *Saiam daqui!* – explodiu ela de súbito para as meninas. – Esta é a *minha* casa! Fora!

Fiquei chocada. Como ela poderia acreditar naquilo quando eu havia falado sobre as meninas e mostrado os quartos delas? As duas riram, o que era compreensível, mas não muito aconselhável. Antes que eu pudesse detê-la, Jodie correu e chutou a canela de Paula com toda força. Ela deu um pulo para trás e gritou.

– Jodie! O que é que você está fazendo? – gritei, virando o rosto dela para mim. – Isso é maldade. Você não pode ficar chutando os outros. Esta aqui é a casa delas tanto quanto é a sua casa. Está entendendo?

Ela arreganhou os dentes num sorriso mau.

– Você está bem? – perguntei para Paula.

Ela conhecia a agressão de outros irmãos em acolhimento – todos nós tínhamos passado por isso – mas nunca tão rápido e tão intensamente.

Paula fez que sim com a cabeça. Segurei Jodie enquanto as meninas subiam a escada. Elas sempre passavam um tempo trocando de roupa e guardando as coisas quando chegavam da escola enquanto eu preparava o jantar. Levei Jodie para a cozinha e, mais uma vez, reforcei a maneira como vivíamos em família. Perguntei se gostaria de ajudar, mas ela cruzou os braços e rescostou-se na mesa, resmungando comentários, a maioria dos quais era impossível acompanhar.

– *Não são minhas...* – ela rosnava.

– As batatas? – respondi. – Não, estou descascando para o jantar de nós todos.

– Quem?

– Para quem são essas batatas? Para todos nós.

– No carro?

– Não. Você chegou aqui no carro. Agora estamos na cozinha.

– Aonde? – perguntou ela, erguendo a tampa da panela que eu acabara de pôr no fogo.

– Cuidado, Jodie – disse – Está muito quente.

– Eu estava caminhando... – disse ela, e continuou resmungando frases desconjuntadas, como se estivesse tirando palavras de um cesto, ao acaso.

Ela ajudou a pôr a mesa, mostrei qual seria seu lugar. Sempre nos sentávamos no mesmo lugar, como as crianças preferiam, e isso facilitava a vida.

– *Paula! Lucy! Jantar...!* – chamei.

Adrian estava jogando rúgbi naquele fim de tarde, por isso deixei o jantar dele no forno. As meninas desceram, e cada uma de nós se sentou em seu lugar. Depois de sentada, Jodie, de repente, ficou furiosa porque não podia sentar-se no lugar de Lucy.

– Lucy sempre se senta ali, Jodie – expliquei. – É o lugar dela. O seu lugar é aquele.

Ela encarou Lucy com raiva e maldosamente deu-lhe uma cotovelada nas costelas.

– Jodie, não! Isso dói! Não faça isso. Seja uma boa menina – eu sabia que devia fazer com que pedisse desculpas, mas era a nossa primeira refeição juntas e deixei passar. Ela ainda estava olhando raivosamente para Lucy, que se afastou, sentindo-se incomodada.

– Vamos, Jodie, coma sua refeição – eu tentava incentivá-la. – Você me disse que gostava de frango assado.

A porta da frente abriu, e Adrian entrou, ainda enlameado do jogo. Ele tinha mais de um metro e oitenta e se inclinou ao entrar na cozinha.

Eu esperava que Jodie não ficasse intimidada, mas me tranquilizei porque era um rapaz muito pacífico, e as crianças, em geral, gostavam dele.

– Adrian, esta é Jodie – disse.

– Oi, Jodie – ele sorriu, tirou o prato do forno e sentou-se na frente dela.

Ela transferiu o olhar raivoso de Lucy para ele e depois, retorcendo-se na cadeira, começou a chutá-lo por baixo da mesa.

– Jodie, pare com isso – disse com firmeza. – Nada de chutar ou dar cotoveladas. Não é nada bom.

Ela me olhou zangada, e finalmente pegou o garfo e faca e começou a comer. Eu a observava com o canto do olho. Ela mal conseguia segurar o garfo e a faca, seus movimentos eram tão descoordenados que a boca tinha de estar bem perto do prato para se ter alguma chance de fazer a comida entrar.

– Você quer uma colher? – perguntei depois de algum tempo. – Se eu cortar tudo primeiro, talvez fique mais fácil.

– Minhas luvas – disse ela. – Está quente.

E aí, sem nenhuma razão aparente, ela se levantou com um pulo, deu três voltas correndo em volta da mesa, depois se atirou na cadeira de novo e começou a comer com os dedos. Fiz um gesto para os outros, para ninguém dizer nada, e a refeição passou em um silêncio tenso, não muito natural.

Fiquei aliviada quando o jantar terminou, e sugeri a Jodie que ela poderia gostar de me ajudar a encher a máquina de lavar pratos. Assim que entrou na cozinha, ela viu Toscha sentada muito satisfeita perto do aquecedor de água.

– Por que ela está olhando para mim? – perguntou ela, como se a gata tivesse alguma intenção maliciosa.

– Ela não está olhando para você, querida. Os gatos em geral se sentam e ficam olhando para o espaço. Ela só encontrou um lugar quentinho.

Ela, com passos enormes, agressivos, foi em direção à gata, e eu senti que lá vinha outro pontapé e rapidamente a interceptei.

– Vamos, a Toscha está velha, vamos deixar a gata ali sossegada para dormir.

Cheguei à conclusão de que a máquina de lavar pratos poderia esperar até Jodie estar na cama e a levei para a sala. Tentei diverti-la com mais jogos e quebra-cabeças, enquanto Adrian, Paula e Lucy faziam a lição de casa lá em cima. Às 19 horas, eu estava exausta. Ela precisava da atenção constante de uma pessoa para se manter envolvida com qualquer coisa, e aquele blá-blá-blá ininterrupto e sem sentido estava começando a me dar nos nervos.

– Vamos terminar de abrir suas malas antes da hora de dormir – sugeri.

Ela se levantou.

– Eu quero o parque.

– Hoje não, está muito tarde. Iremos amanhã, se o tempo estiver bom.

Ela virou as costas e começou a falar com David, outro amigo imaginário. Eu ouvia as palavras estranhas: *está vendo... aqui dentro...!* – mas nada relacionado ao parque ou ao que acabávamos de jogar, e eu me consolava, pensando que aquele mundo imaginário desapareceria com o tempo, assim que ela começasse a se sentir segura conosco. Foi preciso um misto de coerção e repetição para persuadi-la a subir a escada, onde desfizemos mais um saco; depois, vesti sua camisola e a lavei, deixando-a pronta para ouvir uma história às 20 horas. Ela encontrou um livro que trouxera: *Os três porquinhos*. Li duas vezes para ela, depois fiz com que subisse na cama e eu disse boa noite. Ao sair, apaguei a luz.

– Não! – gritou ela em pânico. – Escuro, não. Tenho medo do escuro. Pare!!!

– Está bem, querida. Não se preocupe – acendi de novo e virei o *dimmer* até a claridade abaixar, mas ela ainda não estava contente. Só ficaria na cama se a luz ficasse bem acesa.

– Você quer que eu deixe a porta aberta ou fechada? – perguntei, como sempre perguntava para as crianças em sua primeira noite.

A maneira como dormiam era importante para ajudar a se sentirem seguras e calmas.

– Fechada. Bem fechada! – disse ela.

Eu disse boa noite mais uma vez, soprei um beijo para ela, saí e fechei a porta. Fiz uma pausa diante da escada e escutei. As tábuas do chão estalaram quando ela saiu da cama, verificou se a porta estava mesmo bem fechada, e voltou para a cama.

Às 9, Adrian, Paula e Lucy desceram para comer alguma coisinha, e nos sentamos juntos na sala de visitas. A televisão estava ligada, mas eu não estava vendo. Estava remoendo os acontecimentos do dia.

– Bom, o que vocês acharam?– perguntei, sorrindo para Lucy, que me entregava uma xícara de chá.

– Ela é esquisita – disse Lucy, sentando-se ao meu lado.

– Eu não gosto dela – disse Paula, e ficou olhando meigamente para mim, esperando uma repreensão.

– E você, Adrian? Qual foi a sua primeira impressão?

– Ela me lembra o boneco Chucky daquele filme de horror. Você sabe qual, aquele que é possuído pelo demônio.

– Adrian! – adverti, mas senti um arrepio gelado de reconhecimento. "Com a testa ampla, olhos azuis acinzentados, a mais completa falta de empatia e seu distanciamento do mundo real, ela poderia muito bem estar possuída pelo demônio." Eu me peguei dizendo para mim: "O que é mesmo que eu estava pensando?" Ela era apenas uma criança que havia passado por um momento infeliz e precisava da nossa ajuda, e não havia nada mais sinistro do que isso. Eu havia assumido esse desafio e agora estava devendo a Jodie verificar tudo pelo tempo que ela precisasse. Parte dos problemas dela certamente vinha do fato de que as pessoas falhavam no primeiro obstáculo que surgia ao lidarem com ela, passando-a adiante para outros. Eu não poderia fazer isso com ela de novo.

Tentei parecer tranquila.

– Tenho certeza de que ela vai melhorar com o tempo.

CAPÍTULO CINCO

AUTOFERIMENTO

Talvez eu estivesse preocupada pela imagem do boneco possuído que não saía da minha cabeça, porque, de repente, eu acordei de olhos arregalados e meus sentidos em alerta. Virei e olhei o relógio: quase 2h25 da madrugada. Escutei com atenção. A casa estava em silêncio. Contudo, algo me dizia que nem tudo estava bem, um sexto sentido de anos tomando conta de crianças.

Tirei os pés do acolchoado de plumas e procurei os chinelos. A casa estava fria porque o aquecimento central estava desligado para a noite. Remexi e consegui enfiar os braços no robe, amarrei frouxamente o cinto e abri a porta do quarto. De repente, fiquei sem fôlego com o choque. Jodie estava do lado de fora da porta, o rosto coberto de sangue.

– O que é isso? O que você fez? – freneticamente passei a mão em seu rosto e seu pescoço, procurando a origem daquele sangue. – Onde você está ferida? Diga-me! Vamos, depressa!

Eu não conseguia encontrar nada, mas era sangue fresco.

Num estado como que de transe, ela ergueu lentamente as mãos e mostrou as palmas. Estavam lambuzadas de sangue, mas eu não encontrava nenhum sinal de corte. Levantei as mangas do pijama e aí vi. Ela havia cortado o antebraço esquerdo, um corte com uns dois dedos de comprimento, que pingava um pouco de sangue. Levei-a para a pia do banheiro, abri a torneira e deixei a água correr sobre o corte. Ela nem piscou e cheguei a me perguntar se não estaria em estado de sonambulismo.

– Jodie? – perguntei em voz alta. – Jodie! Você está me ouvindo?

Ela deu aquele sorriso maldoso em seu reflexo no espelho, e eu soube que estava acordada.

– O que aconteceu? Como é que você fez isso?

Ela encontrou meu olhar no espelho, mas não disse nada.

Lavei bem a ferida e a examinei. Não era profunda e não precisaria de pontos, portanto não deveria haver tanto sangue. Aparentemente, ela havia se lambuzado de sangue para obter o maior efeito possível. Mas... como? Por quê? Ninguém havia mencionado nada sobre Jodie se ferindo, mas eu duvidava que fosse a primeira vez. Olhei mais de perto e vi que havia uma série de outras cicatrizes finas, cor-de-rosa, correndo pelos dois braços. Quanto tempo tinham era difícil dizer.

– Fique aqui, Jodie – disse. – Vou lá embaixo pegar uma gaze.

Ela deu outro daqueles sorrisos maldosos. Aquele sorriso estranho, sem alegria, parecia conter significados que eu não conseguia sondar e me dava arrepios. Cobri o braço dela com uma toalha limpa, desci até a cozinha, abri a caixa de primeiros socorros e tirei um curativo grande. Minha cabeça rebobinava. Ela não estava sequer perturbada, o que deixava tudo ainda mais preocupante. Exatamente como antes, quando passara o cocô no rosto, ela mantinha aquele distanciamento e aquela calma fria que eram tão estranhos para uma criança tão nova. Era como se ela não sentisse dor, talvez nem ao menos tivesse consciência do que havia feito. Ela não deve ter gritado quando se cortou, pois eu teria escutado – anos de acolhimento me deram um sono muito leve. De repente, tive uma imagem horrível de Jodie calada, sentada em seu quarto, espremendo o corte e esfregando o sangue no rosto.

Lá em cima de novo, a encontrei olhando para o espelho. Fazendo uma careta, mas não de dor. Ela parecia estar tentando se fazer o mais feia possível, retorcendo o rosto, descobrindo os dentes num enorme esgar. Tirei a proteção do curativo, selei o corte, depois molhei uma flanela e limpei o rosto e o pescoço dela. Lavei as mãos em água quente com sabonete, lembrando tarde demais que eu deveria usar luvas quando tratava de ferimentos, para evitar infecções de parte a parte. No pânico da emergência, havia me esquecido.

Quando ela estava limpa e seca, tive a sensação da normalidade voltando.

– Tudo bem, Jodie – disse, estimulando-a. – Vamos voltar para a cama.

Ela continuava muda.

Conduzi-a pelo corredor quando Lucy apareceu na porta de seu quarto.

– Tudo bem, Cathy? – ela perguntou, os olhos meio fechados.

– Sim, sim, não se preocupe. Amanhã explico.

Ela fez que sim e voltou para a cama.

No quarto de Jodie, vi seu acolchoado empilhado no chão. Não havia nenhum sangue nele, mas em cima estava um canivete de descascar fruta que eu nunca vira. Peguei-o.

– Onde foi que você conseguiu isto? – eu tentava manter a acusação fora do tom de minha voz.

Por fim, ela falou.

– Na casa da Hillary e do Dave.

Os acolhedores antes de mim.

– Eles sabem que você pegou?

Ela abanou a cabeça maldosamente, como se tivesse sido apanhada num jogo. Eu não poderia repreendê-la – estava mais aborrecida com aqueles acolhedores por terem permitido que ela tivesse acesso ao canivete, mas compreendia. Somente com a experiência eu havia aprendido que deixar uma criança por quinze segundos nas vizinhanças da cozinha podia causar perigos incalculáveis. Uma vez acolhi uma adolescente que feria a si mesma, mas nunca soubera de uma criança da idade de Jodie fazendo algo assim. Quando uma criança sofreu maus-tratos em casa, ela tem muito pouco respeito pelo próprio corpo e, muitas vezes, são descuidadas e acabam se machucando. O autoferimento deliberado é relativamente raro e geralmente está no terreno dos adolescentes. Eu jamais ouvira falar de uma criança de 8 anos de idade se cortando de propósito com um canivete. Era muito preocupante.

– Você pegou mais alguma coisa? – perguntei calmamente.

Ela abanou a cabeça; em todo caso, verifiquei o quarto e só depois arrumei a cama.

– Vamos, entre. Falamos nisso amanhã de manhã.

Ela abanou a cabeça, furiosa.

– Parque! – ela exigia. – Eu quero ir pro parque. Você disse.

– Estamos no meio da noite, Jodie. Iremos amanhã. Ninguém vai ao parque quando está escuro. Todos os portões estão fechados.

– Abra eles!

– Não posso. Não tenho as chaves – percebi o absurdo daquela conversa. – Jodie, suba na cama e vá dormir antes que você acorde a casa toda.

– Não. Não quero.

Ela se dirigiu para a porta. Apanhei-a delicadamente pela cintura, e a puxei delicadamente para mim.

– Vamos, menina boazinha, suba na cama e vou contar uma história para você. Amanhã de manhã, vamos ao parque. Quando estiver claro.

Jodie lutou por um momento, depois se jogou em cima de mim. Deitei-a na cama, puxei o acolchoado até seu queixo. Olhei sua cabecinha no travesseiro, o cabelo louro espalhado sobre o rosto. Inclinei-me sobre a cama e acariciei sua testa até o rosto relaxar.

– Jodie, você deve estar muito machucada por dentro para se cortar assim. Você está querendo me contar alguma coisa?

Os olhos dela já estavam pesados de sono.

– História – ela resmungou. – Os porquinhos...

– Está bem.

Continuei acariciando sua testa e comecei a história, que sabia de cor. Os olhos foram fechando, e a respiração ficou mais profunda. Beijei o rostinho, saí calmamente e fechei a porta.

Às 5 da manhã, acordei com um barulhão. Enfiei os chinelos e o robe, e fui cambaleando até o quarto dela, desorientada pelo sono. Bati rapidamente e entrei.

– Jodie, o que você está fazendo a esta hora?

Ela estava de pé, vestida, com uma bola na mão e tudo o que havia nas prateleiras espalhado pelo chão.

– Solte isso – disse zangada. – Não se joga bola aqui.

– Eu jogo – ela agarrou a bola, protegendo-a em seu peito.

Fui tirar a bola dela, mas ela a agarrou com mais força. Eu estava aborrecida comigo mesma, devia saber que isso só a tornaria mais defensiva. Mudei de tática.

– Está bem, Jodie. Ponha a bola no chão e volte para a sua cama. Se você não consegue dormir, sente sem fazer barulho e olhe um livro. Vou dizer quando estiver na hora de acordar.

Não esperei uma resposta, saí do quarto e fechei a porta. Sem um enfrentamento direto, tinha a esperança de que ela fizesse o que eu havia pedido. Esperei, fiquei escutando. O quarto estava silencioso, então voltei para minha cama e me ajeitei nos travesseiros. Cinco minutos passados, quando ouvi a porta do quarto dela se abrindo e, depois, outra porta. Corri de camisola e vi a porta do quarto de Adrian aberta. Apressei-me e a encontrei tentando subir na cama dele.

– Jodie! Saia daí – gritei. – Aí não!

Puxei-a com cuidado. Ela era uma garota grande e fazia um peso morto, sem nenhuma cooperação. Adrian resmungou e se virou. Pus as mãos debaixo dos braços dela e a fui arrastando até o corredor. Ela se deixou cair no chão, cruzou os braços e fez uma carranca zangada. Respirei fundo e me ajoelhei a seu lado.

– Jodie, bonequinha... você não pode ficar aí. Venha para o seu quarto, vamos ligar a televisão. Todo mundo está dormindo.

Ela pensou um pouco, depois se pôs de quatro e começou a engatinhar para seu quarto, mãos e pés batendo nas tábuas do chão. Eu a segui, aliviada por ter esse tanto de cooperação. Ela se sentou no chão do quarto, de pernas cruzadas, olhando com expectativa para a tela vazia. Liguei a televisão e passei pelos canais. Estava muito cedo até para os programas infantis, mas o futebol pareceu prender a atenção dela.

– Mantenha o volume baixo para não acordar os outros – sussurrei.

Enrolei o acolchoado em torno de seus ombros e voltei para o meu quarto, para enfiar o robe e os chinelos. Desci e liguei o aquecimento central. Não valia a pena voltar para a cama, eu não conseguiria mais dormir. Meus pensamentos estavam disparados, e minha cabeça estava zunindo com tudo o que havia acontecido.

Fiz uma xícara de café e a fui tomar na sala de visitas. O quarto de Jodie ficava bem em cima, e estava tudo calmo. Sentei-me no sofá, descansando a cabeça para trás e tomei um gole. De repente, a calma foi estilhaçada pela voz de um homem ribombando distorcida. Perdi o fôlego – o barulho era para acordar a casa toda. Corri para cima, entrei no quarto dela e desliguei a televisão.

– *É miiiinha!* – ela guinchava, e avançou para mim com as mãos levantadas como garras. – Eu quero ela! Saia daqui! Saia da *merda* do meu quarto!

Agarrei seus ombros e segurei-a com os braços estendidos.

– Jodie, acalme e escute o que vou dizer. Eu disse para você manter o som baixo. Todos estão dormindo, e você vai acordá-los com esse barulho. Quando você estiver mais calma, ligamos de novo. Entendeu?

Ela me olhou nos olhos.

– Eu quero a televisão.

– Eu sei, mas, gritando e xingando, você não vai conseguir.

Eu estava cansada demais para dar um sermão comprido.

– Agora, sente-se, e eu ligo, mas o volume tem de ficar baixo.

Ela retomou a posição de pernas cruzadas no chão, e eu liguei a tevê. Enfiei o controle remoto no bolso e voltei para a sala. Sentei-me bocejando; o sol estava saindo numa manhã fria de primavera. A nossa primeira noite juntas estava encerrada.

CAPÍTULO SEIS

UMA CRIANÇA PROBLEMÁTICA

— Você não deve bater os pés no chão, nem chutar, morder ou empurrar – eu disse pela terceira vez naquela manhã. – Nem a Lucy, nem a Paula nem a mim ou qualquer pessoa. Dói. É ruim. Você está entendendo?

Ela não disse nada. Eram quase 11h30 do sábado, o dia seguinte da chegada de Jodie, e as meninas tinham descido depois de ficar na cama até tarde, como faziam no fim da semana. Lucy foi saudada por um chute de Jodie.

– Eu não quero ter de dizer isso para você de novo, Jodie. Fui clara?

Ela fez uma cara feia e saiu batendo os pés pelo corredor.

– Desculpe, Lucy – eu disse.

Lucy deu de ombros. Todos nós sabíamos que não havia muito a ser feito com o comportamento maldoso de Jodie, a não ser reforçar o tempo todo que era má conduta e que ela não devia fazer aquilo.

Um momento depois, Jodie reapareceu, os punhos fechados e agitados no ar.

– São elas! Vou matar vocês de tanto chutar! Saiam daqui! Eu odeio vocês todas!

Os olhos dela faiscavam enquanto, desta vez, tentava chutar Paula, que habilmente saiu do caminho. Fui até ela e evitei um chute dirigido a mim.

– Jodie – comecei calmamente. – Jodie. Acalme-se e venha cá.

Ela berrou, depois caiu de joelhos e começou a bater o rosto e a cabeça maldosamente. Ela queria muito se machucar. Enquanto Jodie batia com os punhos na cabeça, eu me ajoelhei por trás dela e agarrei seus braços, cruzando-os em seu peito. Ela ainda berrava e agitava as pernas, mas, com os braços dobrados, não conseguia machucar a si mesma nem a mim. Segurei-a com as costas em meu peito. A gritaria e a agitação das pernas atingiram um pico e foram se acalmando. Esperei pacientemente até ela estar calma, depois lentamente afrouxei o aperto.

– Está bem? – perguntei tranquilamente antes de soltá-la.

Ela fez que sim com a cabeça, e eu a virei para encará-la. Estávamos as duas ainda no chão. Seu rosto estava vermelho e sujo; ela parecia surpresa, talvez porque eu conseguira dominar sua raiva, em vez de fugir para a segurança de outra peça da casa. Pouco depois, ajudei Jodie a se levantar, levei-a para a cozinha, onde passei uma esponja em seu rosto. Dei-lhe um copo de suco. Ela agora estava calma, mais calma do que eu a vira desde que chegara. Eu esperava que ela tivesse tirado alguma coisa de seu sistema.

Paula reapareceu na cozinha.

– Jodie, você quer fazer um quebra-cabeça comigo? – perguntou ela como que por acaso.

– Boa ideia! – exclamei, impressionada com a capacidade de recuperação e a generosidade de Paula.

Ela entendia perfeitamente que o comportamento violento de Jodie não se dirigia a ela pessoalmente. Jodie queria arrebentar o mundo inteiro porque estava muito ferida, e quem quer que estivesse em seu caminho teria de aguentar a violência de sua dor. Paula percebia isso e estava pronta para esquecer e oferecer sua amizade e seu tempo. Eu me sentia muito orgulhosa dela.

– Vamos até o armário para escolher um? – perguntou Paula.

Encontramos um quebra-cabeça e fomos para a sala, onde Paula e Jodie se instalaram para montar o quebra-cabeça. Deixei as duas envolvidas naquilo e voltei para a cozinha, fui preparar o almoço. Eu podia escutar Paula sugerindo onde as peças deveriam entrar e Jodie respondendo:

– *É isso, minha garota...! Você consegue!*

Ela era como uma pequena velhinha, mas pelo menos estava se relacionando bem com Paula.

Com seu reduzido período de atenção, não demorou muito para Jodie se cansar. Então Paula arrumou umas folhas de papel em cima da mesa da cozinha e tentou ajudá-la a pintar, enquanto eu fazia uma xícara de chá. Jodie mal podia segurar o pincel, e não conseguia apreender o conceito de pintar "alguma coisa".

– O que é que você está pintando, Jodie? – perguntou Paula.

– O escuro.

– É um carneiro ou um cavalo? Parece um cavalo bem grande.

Jodie não respondeu, concentrada em seu projeto desajeitado.

– Quem sabe você poderia pintar o céu com esse azul tão bonito?

– Não. É preto – disse Jodie.

Apesar do incentivo de Paula, Jodie continuava a pintar grandes manchas escuras, sem nenhum interesse em outras cores e sem nenhum desejo aparente de que as pinturas representassem alguma coisa. Eu já tinha visto isto: crianças que foram maltratadas e estão magoadas às vezes só usam cores muito escuras. É como se a sua sensibilidade estivesse fechada e elas não notassem nada no mundo à sua volta; elas não enxergam cores e formas como as crianças normais.

Almoçamos em relativa calma, embora, para mim, mais parecesse jantar, estando acordada há tanto tempo. A paz durou a tarde inteira, e pensei que seria um bom momento de tirar uma foto de Jodie, pois o Serviço Social exigia para seus arquivos. Apanhei minha câmera e expliquei para Jodie por que estava tirando a foto.

– Posso tirar uma fotografia sua, querida? – perguntei.

Era importante dar a Jodie o máximo controle possível, para aumentar sua sensação de estabilidade e segurança. Ela deu de ombros, o que tomei como consentimento. Paula saiu para o lado, para que só Jodie aparecesse na foto. Olhei pelas lentes, enquadrei sua cabeça e ombros com a parede no fundo, centrando-a no visor.

– Pode sorrir, Jodie – eu disse.

Ela parecia dura.

Vi seu rosto se contrair num sorriso manso, depois um braço levantou e ela desapareceu de vista.

– Muito engraçado, Jodie. Venha e fique parada.

Eu ainda estava olhando pelas lentes. Aí subiu o outro braço, com o blusão.

Baixei a câmera.

– Jodie, o que você está fazendo?

– Tirando as minhas roupas.

– Por quê? – perguntou Paula, e rapidamente enfiou o blusão em Jodie.

Ela não respondeu. Olhava para mim, mas sem fazer nenhuma careta, e aproveitei para tirar a foto, depois fechei a câmera.

– Jodie, normalmente não se tira a roupa para uma fotografia – disse. – Por que você fez aquilo?

Ela pegou uma peça do quebra-cabeça e tentou enfiar no lugar.

– Eu quero – disse ela, abaixando a voz. – Eu quero. Minhas roupas.

– Eu sei, querida, mas por que tirar a roupa para uma foto? Eu não pedi que você fizesse isso.

Ela se virou para Paula e indagou:

– Você vai ajudar, garota, ou não vai?

Sorri para Paula e fiz sinal para ela continuar. Fui até meu arquivo de pasta suspensa debaixo da escada e o abri com a chave. Eu não ia sair tirando conclusões sobre o comportamento de Jodie, mas tinha de fazer uma anotação no diário de bordo. Peguei o diário que a agência de acolhimento tinha dado a mim e anotei tudo o que havia acontecido até aquele momento. O "diário de bordo" é um registro diário do progresso de uma criança, algo que todos os acolhedores mantêm. É usado para manter o assistente social atualizado e para monitorar o progresso de uma criança; às vezes, é usado no tribunal como prova em processos de acolhimento. Eu sempre o mantinha em dia, porque sabia muito bem como um incidente poderia se misturar com outro e como noites perturbadas acabavam parecendo iguais depois de algum tempo. O detalhe era importante: somente com anotações cuidadosas, um padrão de comportamento começaria a emergir. Anotei exatamente o que havia acontecido na noite em que ela se cortou e o estranho ar distante; a agressão a outras pessoas e o violento chilique marcado pelo desejo de Jodie ferir a si mesma; e essa estranha reação perturbadora ao saber que eu ia tirar uma fotografia dela. Por que teria começado a tirar a roupa?

Eu estava decidida a não me precipitar fazendo quaisquer julgamentos apressados. Por enquanto, tinha de aceitar Jodie exatamente como ela era e ver o que poderia surgir em seu padrão de comportamento. Em todo caso, eu não me sentia muito à vontade; também achei catártico ser capaz de pôr tudo aquilo no papel.

Como os outros dois tinham saído para passar o dia todo fora, Paula e eu nos revezamos para entreter Jodie pela tarde afora. Apesar disso, e sem nenhuma razão aparente, ela teve outro grande chilique. Permiti que ela continuasse por alguns minutos, na esperança de que terminasse em algum momento. Como não terminou, e o berreiro esganiçado se tornou insuportável, envolvi-a em meus braços como havia feito antes, até ela se acalmar. Mais tarde, anotei o comportamento instável de Jodie no diário de bordo. Eu andava escrevendo muito.

Nosso primeiro fim de semana com Jodie foi uma experiência exaustiva e perturbadora. Embora ninguém tivesse dito nada a respeito, era óbvio que estávamos todos pensando a mesma coisa. Mas eram os primeiros dias, e todos nós sabíamos, por experiência, que as crianças se acalmam depois de um período inicial de comportamento estranho.

– Ela é uma criança muito problemática – eu disse, quando Jill me telefonou na segunda-feira seguinte, para saber como as coisas estavam indo.

Contei dos cortes que ela fizera em seu braço e os chiliques agressivos e violentos.

– Sim, isso é ruim – disse Jill. – É um comportamento muito perturbado, especialmente em uma criança tão nova. Você acha que consegue lidar com ela?

– Estou decidida a tentar – eu disse. – Ela mal chegou, e quero dar a ela todas as chances possíveis. Além do mais, desde o início, nós sabíamos que não seria fácil, portanto não podemos nos surpreender se ela é um problema sério. Em todo caso, estou fazendo anotações detalhadas de tudo o que está acontecendo.

– Muito bom. Temos apenas de monitorar e ver como a coisa anda. Tenho toda a certeza de que você é a melhor pessoa com quem ela poderia estar; desde que você esteja contente, eu sei que ela está em boas mãos...

Parei para escutar Jodie – ela estava ocupada com um vídeo dos Tiny Tots – e continuei com meu diário de bordo, tentando pensar em algo positivo para dizer.

– Ela come bem. Para falar a verdade, ela regurgita. Estou tendo de limitar o que ela ingere. Ontem, quase passou mal. Fora esse apetite saudável, creio que ela não tem muito mais a seu favor no momento.

– Você acha que ela poderá ser contida dentro de uma família, Cathy? Se não puder, a prefeitura terá de começar a procurar uma unidade terapêutica, e são poucas e bem longe uma da outra. Tenho muita fé em sua opinião.

Apreciei o cumprimento, mas era só um pequeno consolo. Eu já estava exausta. Estava preocupada em saber se eu seria ou não capaz de enxergar o quadro por inteiro, e a perspectiva de falhar antes mesmo de ter começado não ajudava muito o meu ânimo.

– Amanhã ela terá contato com os pais, e a professora particular virá passar umas duas ou três horas na semana que vem. Talvez um rosto conhecido ajude a acalmá-la. Ela está com essa professora desde setembro.

– Está bem, Cathy, veremos como a coisa anda. Vou passar tudo isso para a Eileen. O que você vai fazer com ela hoje?

– Terapia de varejo. Cortesia do supermercado Tesco.

Jill deu uma risada.

– Vou manter uma distância razoável disso.

Aparentemente, Jodie adorava fazer compras de comida, ao contrário do resto da minha família, que não achava nada pior do que uma viagem ao supermercado. Ela estava se sentindo em casa empurrando o carrinho para cima e para baixo, dizendo o que eu devia ou não comprar. Estava tão entusiasmada que tive de limitar a exuberância dela e devolver alguns artigos às prateleiras.

Aquilo não era nada fora do comum. As crianças em acolhimento, muitas vezes, sentem que todos os seus problemas podem ser resolvidos com uma bolsa sem fundo. As crianças que estiveram sob meus cuidados, em geral, tinham uma necessidade desesperada de bens materiais. Elas vinham de lares em que o dinheiro era curto e, quando havia algum, era gasto em bebida, drogas e cigarros. Quando comecei a comprar pequenas gulodices para os meus acolhidos, achavam incrível e agradável; gulodice era algo que aquelas crianças conheciam pouquíssimo. Contudo, era preciso ter cuidado na administração das expectativas delas, pois poderiam se tornar exigentes muito depressa e pressupor que receberiam qualquer coisa que quisessem. Contudo, Jodie era um caso diferente: pela aparência de sua bagagem e por seu peso, as gulodices aparentemente nunca estiveram em falta – o que significava que ela estava habituada a conseguir qualquer coisa que imaginasse. Eu tinha esperanças de que não fosse uma luta muito grande restringi-la a um limite sensato, mas a experiência já estava me ensinando a esperar uma batalha.

– Três caixas de cereais é demais – disse. – Escolha uma de qual você goste, e devolverei as outras.

Ela queria todas, é claro, e todos os pacotes de biscoitos, e todas as sobremesas que estavam no *freezer*. Eu estava passando tanto tempo tirando coisas do carrinho quanto colocando coisas dentro, mas, pelo menos, ela estava ocupada e satisfeita.

Foram quase duas horas para completar as compras da semana e, quando finalmente chegamos ao caixa, Jodie deparou com a vitrine dos doces, que ficava tentadoramente no corredor ao lado. Comecei a descarregar o carrinho na correia transportadora e disse que ela poderia escolher uma barra de chocolate porque tinha sido uma boa garota e tinha me ajudado.

– *Uma só* – repeti, quando os sacos de doces começaram a chover no carrinho.

Eu via que a cooperação de minutos atrás estava desaparecendo depressa.

– Leve os bombons de chocolate, você gosta deles...

– Eu quero TODOS! – berrou ela, e sentou-se no chão desafiadora.

A mulher na fila atrás de nós evidentemente não estava nada impressionada com as minhas habilidades maternas e me lançou um daqueles olhares. Descarreguei na esteira as últimas compras, entre as quais os bombons, e deixei o resto no carrinho. Eu observava Jodie com o canto do olho. A fúria dela estava subindo, ela cruzou as pernas, cruzou os braços e fez uma cara desdenhosa. Chutou o carrinho, que bateu na minha anca. Mordi os dentes, fingindo que não tinha doído. Passei o carrinho pelo corredor entre os caixas e o deixei na ponta, preparado para receber as sacolas de compras.

– Você vai me ajudar a empacotar? – perguntei, tentando distraí-la. – Você me ajudou muito, e eu preciso da sua ajuda agora.

Ela se recusava a olhar nos olhos, e comecei a me perguntar como eu poderia tirá-la do corredor, mas eu havia decidido que ela não ganharia o que desejava fazendo uma cena em público.

– *Eu NÃO QUERO esses bombons!* – berrou ela de repente. – Eu não gosto deles.

Olhei para ela.

– Não grite, por favor. Eu disse que você poderia escolher um, mas depressa. Estamos quase acabando.

As pessoas agora estavam olhando abertamente. Petulante, Jodie se levantou, apanhou um saco de balas tamanho família e jogou no caixa.

– Jodie! – virei para o caixa, que estava ocupado trocando olhares significativos com a mulher atrás de nós e disse: – Desculpe.

Paguei, pedi desculpas de novo, e saímos.

Lá fora, eu ignorei os berros pedindo os chocolates e empurrei o carrinho depressa até o carro. Abri as portas e a prendi no banco com o cinto de segurança.

– Fique aí enquanto eu ponho as compras no porta-malas. Estou zangada, Jodie. Aquilo foi muito feio.

Eu a observava pela janela de trás. O queixo estava bem apertado, ela resmungava para si mesma e batia no assento a seu lado. Eu sabia como ela estava se sentindo, eu também estava com disposição para bater no assento. Já tinha sido uma experiência de esgotar, e agora eu ainda tinha de me preparar para mais tempestades e ataques histéricos. A longo prazo, ceder aos chiliques não faria nada bem a ela ou a mim.

Empurrei o carrinho de volta e sentei-me na frente.

– Me dá os bombons – ela grunhiu. – Eu quero eles *agora*.

– Quando você estiver mais calma e pedir desculpas, Jodie. Não vou aceitar aquele comportamento em público.

– Me dá ou eu vou fazer cocô no banco de trás – ameaçou ela.

– Como é? É claro que você não vai fazer isso!

Então, pensei, ela estava pronta para borrar a calça toda se eu não desse exatamente o que ela queria. Teria sido isso o que aconteceu logo no primeiro dia? Será que ela estava tentando exercer a sua vontade e não ansiedade ou mau controle dos intestinos? Por mais que não desejasse que ela fizesse a sujeira no banco de trás, eu não estava preparada para ceder àquele tipo de chantagem.

– Jodie, se você sujar o banco de trás de propósito, não vai ganhar nenhum chocolate o dia inteiro. Você não pode simplesmente criar uma confusão e conseguir tudo o que você quer. Tenho certeza de que você não fez isso nos outros acolhedores.

– Fiz. Fiz sim! Fiz cocô!

Dei a partida no carro e me dirigi à saída do estacionamento. Eu não duvidava de que ela estivesse dizendo a verdade. Dado o medonho comportamento de Jodie, não era de se espantar que os acolhedores de antes tivessem cedido às exigências dela apenas para mantê-la calma. Devia ter sido assim que ela conseguira aquelas pilhas de roupas e brinquedos com que havia chegado. Dei uma olhadela pelo espelho. Ela mostrou a língua, depois começou a chutar meu encosto.

– Jodie, eu sei que é uma lição bem ruim, mas, sendo malcriada, você não vai conseguir o que quer. Para falar a verdade, vai acontecer exatamente o contrário.

– Eu tinha tudo o que eu queria em casa – disse ela, subitamente mais coerente.

– Ah... é mesmo? – eu disse nada impressionada.

– Eu fazia cocô ou então eu ia contar...

Hesitei.

– Contar o quê, Jodie?

Houve um longo silêncio.

– Nada. Posso pegar o meu chocolate agora, Cathy? Desculpe. Não vou fazer de novo.

– Está bem. Assim que chegarmos em casa.

Quando entramos na entrada da garagem, o cheiro azedo que vinha do banco de trás me fez perceber que ela tinha sido boa na ameaça. Seria outro encontro desagradável com o chuveiro para nós duas, assim que passássemos pela porta da frente.

CAPÍTULO SETE
O CONTATO

– Será que os acolhedores anteriores disseram algo sobre a defecação como meio de controle? – perguntei a Eileen, a assistente social de Jodie, que telefonou no dia seguinte.

Era a primeira vez que nos falávamos desde que eu a encontrara naquela reunião de pré-colocação; gostei de ouvir sua voz. Uma boa assistente social pode fazer toda a diferença num caso. Eu esperava ter com Eileen um bom relacionamento de apoio nesse trabalho.

– Ela ameaça fazer uma sujeirada se não conseguir o que quer, e já fez isso duas vezes; na primeira, achei que fosse ansiedade, mas, nesta última, foi no carro, porque não comprei todas as balas e chocolates que ela queria. Ela ameaçou sujar todo o banco de trás e foi o que ela fez.

Eileen fez uma pausa, e eu tinha certeza de que a resposta seria *sim*, embora provavelmente fosse sigilosa. O *modus operandi* de Jodie estava bastante refinado para ter começado quando ela veio para mim. Era bastante evidente que ela usava o ato de defecar como forma de chantagem há algum tempo.

– Talvez exista algo no arquivo. Por quê? Será que isso vai ser um problema?

A ideia de que uma criança ameaçando se borrar toda quando não conseguia as coisas à sua maneira e depois cumprindo a ameaça *não* fosse um problema quase me deu vontade de rir. Eu percebia na voz de Eileen a preocupação de que eu estivesse a ponto de devolver Jodie - implícito que, sendo assim, eu estaria exagerando um pouquinho a minha reação. Para ela, sujar tudo de cocô sempre não parecia ser grande coisa porque ela não teria de limpar aquilo.

– Se eu tiver de ser capaz de corresponder às necessidades dessa criança, é importante que eu receba toda a informação pertinente – expliquei. – Será que você pode verificar e me informar, por favor?

– Vou dar uma olhada no arquivo – disse ela, mas eu duvidava de que fosse fazê-lo.

Se ela já não conhecesse muito bem o caso, havia pouco escrúpulo em conhecer agora que Jodie estava comigo. Eu já tinha bastante experiência e sabia muito bem como essas coisas funcionavam.

Eileen mudou de assunto.

– O contato foi confirmado para amanhã – disse ela, usando o jargão de assistente social para se referir ao encontro entre a criança e seus pais naturais. – A escolta irá apanhá-la às 18 horas, se estiver bem para você.

– Está ótimo. Mas por que tão tarde?

– O pai de Jodie não pode sair do trabalho mais cedo e ele está insistindo muito em vê-la. Ainda não faltou em nenhum desses encontros.

Entendi o que Eileen inferia. Estava claro que, para ela, isso mostrava um compromisso da parte dele, indicando que havia uma forte ligação entre pai e filha. Se tudo fosse bem nos próximos meses e os pais de Jodie conseguissem arranjar a própria vida, havia uma boa chance de Jodie voltar para eles. De modo geral, o Serviço Social tenta reabilitar as famílias sempre que possível. A decisão final seria tomada por um juiz, em uma audiência na Vara de Família.

– Há mais alguma coisa? – perguntou Eileen, obviamente esperando que não houvesse mais nada.

– O comportamento dela é conforme o relato.

Contei-lhe tudo o que havia acontecido, como havia contado para Jill, mas Eileen não parecia ter muito a dizer como resposta a quaisquer das informações sobre os cortes que ela se dera, os chiliques violentos e qualquer outra coisa. Eu sentia meu coração afundando quando comecei a perceber que era improvável que Jodie fosse obter o tipo de apoio que eu havia esperado para ela.

– Vamos esperar que possamos ajudar de alguma forma – encerrei.

Às 5 horas da manhã seguinte, fui despertada pelos estrondos de Jodie descendo a escada. Eu estava começando a me acostumar com as noites perturbadas – ela me chamava duas ou três vezes no meio da noite e parecia ter pesadelos – e com o fato invariável de que ela acordava cedo. Eu tinha a sensação de que esse seria um padrão de Jodie: em geral, quanto mais problemática a criança, mais perturbadas são suas noites e mais cedo elas se levantam de manhã. Às vezes, isso pode acontecer porque as crianças acolhidas estavam habituadas com a responsabilidade de tomar conta de irmãos menores, e era bastante comum terem de fazer os pais se levantarem de manhã e preparar o café da manhã da família. Em outros casos, é porque estão em alerta permanente e, consequentemente, são incapazes de dormir muito, porque seu mecanismo de defesa está sempre ligado. Portanto, não era nenhuma surpresa que Jodie estivesse de pé de madrugada.

Umas duas horas depois, ouvi Paula se levantar; pouco depois, Lucy; e só então, Adrian.

Eu começara a preparar o café da manhã, quando, de repente, ouvi Jodie gritando. Corri para cima e dei com Paula na porta do banheiro enrolada na toalha e Jodie sentada no chão, olhando para ela ameaçadoramente.

– O que é que está acontecendo?

– Estou tentando passar, mas ela fica me chutando – respondeu Paula, frustrada e vulnerável.

Em seguida, Jodie começou a berrar e a socar o chão com punhos e pés. Esperei que se acalmasse, depois fui até ela, levantei-a com todo o cuidado e a levei para baixo.

– Vamos, Jodie, por que você não me ajuda a fazer o seu café da manhã? A essa altura, você deve estar com fome.

Inicialmente, ela resistiu, mas terminou me seguindo escada abaixo, imaginando que havia ganhado essa batalha. Paula então pôde continuar a se arrumar em paz.

Lá embaixo, Jodie concordou em arrumar a mesa, enquanto eu fervia água na chaleira e tirava quatro xícaras do armário. Ela já começara muitíssimo irritante aquela manhã, mas, observando como arrumava a mesa, lembrei quanto sua vida era difícil. Até mesmo realizando essa tarefa tão simples, as limitações de Jodie eram óbvias. Ela não conseguia segurar os talheres, porque sua habilidade motora era muito ruim – em vez disso, ela amontoava a pilha de talheres no peito. Previsivelmente, a caminho da mesa, ela deixou cair uma colher. Rosnou em frustração, jogou os outros talheres em cima da mesa, fazendo um barulhão. Apanhou a colher caída no chão, lambeu-a dos dois lados, enxugou na manga da camisa e começou a arrumar os lugares de cada um.

Não era nenhuma surpresa que ela fosse tão desajeitada. Habilidade motora fraca e má coordenação fazem parte do atraso no desenvolvimento. Eu não era especialista na matéria, mas sabia que a falta de estímulo no cérebro de um bebê pode ter uma séria influência em seu crescimento e desenvolvimento. Até mesmo dar um chocalho para o bebê segurar o ajuda a aprender como funciona o mundo e ensina os músculos e o cérebro a reagirem para que ele possa dominar seu ambiente. Mais tarde, a leitura e brincadeiras com quebra-cabeça, por exemplo, ajudam o cérebro a continuar se desenvolvendo e aprendendo. Eu não queria chegar logo a conclusões sobre o que teria acontecido a Jodie no passado, mas era impossível não pensar que a negligência e a falta de estímulo talvez tivessem contribuído para sua falta de jeito e péssima coordenação motora. Claro, não era a primeira vez que eu constatava isso, mas nunca havia percebido que fossem tão acentuadas.

– Muito bem, Jodie – disse, com exagerado entusiasmo. – Você tem sido uma grande ajuda.

Ela mal reagiu ao meu elogio, o que também não era comum. Era estranho encontrar uma criança que não gostava de aprovação. Ela parecia muito fechada e distante. Era como se nada do que eu dissesse a alcançasse. Eu já esperava por algo mais ou menos assim, mas a extensão a que aquilo chegava começava a me intrigar e a me preocupar.

Servi um pouco de flocos de arroz para Jodie e comecei a fazer o chá; Paula e Lucy desceram juntas e sentaram-se à mesa. O humor de Jodie mudou imediatamente, como acontecia quando as outras crianças entravam onde quer que fosse. Eu via que ela estava ficando cada vez mais tensa e seus olhos se estreitavam com raiva. Ela olhou para Paula com um desagradável sorriso mau e começou a cutucar suas costelas.

– Pare com isso, Jodie! – disse, mas ela continuava.

Paula tentou se defender, mas perdeu a paciência e cutucou-a em troca. Jodie começou a berrar, exagerando aquele pequeno ataque.

– Paula, não faça isso! – disse, irritada porque ela havia perdido o controle. – Vocês duas, comportem-se!

– Desculpe, mamãe – disse Paula.

– E peça desculpas a Jodie, por favor – disse, sentindo-me ligeiramente culpada.

Eu sabia que Paula consideraria uma injustiça, e tinha razão. Mas era de interesse de todos deixarmos claro para Jodie que não se cutuca os outros e que pedimos desculpas depois de fazermos alguma coisa errada.

– Desculpe, Jodie – Paula resmungou, sem levantar os olhos.

Jodie ainda estava agarrando seu lado melodramaticamente, e terminei decidindo que havia pouca chance de extrair desculpas dela, por isso deixei passar.

– Obrigada, Paula. Você foi bastante adulta.

As crianças saíram para a escola, e Jodie me ajudou a tirar a mesa e a encher a máquina de lavar pratos, felizmente sem percalços. Depois, nos sentamos na sala de estar e procurei interessá-la em alguns jogos.

Resolvi que aquele seria um bom momento para tratar da questão do contato. Ela veria os pais duas vezes por semana, por uma hora, em um centro de contato, com um assistente social presente o tempo todo. Os encontros com os pais naturais em geral são arranjados com certa antecedência, mas a minha política era lembrar as crianças somente no dia, porque a menção a isso às vezes as perturbava bastante. Pela minha experiência, as crianças tendiam a brincar até pouco antes do contato, portanto eu deixava muito curto o momento desse transtorno emocional, para bem de todos.

– Jodie, mais tarde você vai tomar banho, porque esta noite você verá os seus pais – disse animada.

Ela me lançou aquele olhar inexpressivo. Será que tinha entendido? Continuou a brincar, juntando peças do Lego. Um momento depois, perguntou:

– Eu vou numa *van*?

– Não, a sua acompanhante vem pegar você aqui de carro, como acontecia quando você estava com os outros acolhedores. Eles vão levar você para encontrar os seus pais, depois trazem você para cá de novo.

– Não vou numa *van*. Odeio elas. Porcaria de *vans* – respondeu ela, animando-se um pouco mais.

– É isso, Jodie, a acompanhante vem pegar você num carro. Eu sei que o seu pai está louco para ver você. Vai ser bom, não é?

Aparentemente eu perdera sua atenção, ela voltou à brincadeira, com uma expressão intrigada no rosto. Era difícil dizer o que ela estaria achando da perspectiva de ver o pai e a mãe de novo.

Jodie foi difícil o resto do dia, conforme esperado. Teve mais dois chiliques antes do almoço e me causou um pequeno pânico ao derrubar uma fotografia que estava na parede, estilhaçando o vidro, que tentei juntar. Durante a tarde, eu a mantive ocupada com um vídeo de cantoria na sala de estar, enquanto preparava o jantar. Às 16 horas, Adrian entrou cautelosamente e sentiu-se aliviado por não ter sido recebido com um chute de Jodie. Juntou-se a mim na cozinha e ficou me contando seu dia. Parecia que há muito tempo não tínhamos a chance de uma conversa em paz, sem berros, chiliques ou ataques violentos, mesmo estando Jodie há menos de uma semana conosco. Era uma delícia ter momentos como aqueles com meu filho; para mim, era importantíssimo agarrar qualquer oportunidade para passar algum tempo com minha família nas primeiras semanas de uma nova colocação, que geralmente eram bastante árduas.

Adrian saiu para levar a mochila para o quarto lá em cima, e fiquei contente ao escutá-lo passar primeiro pela sala para dar um oi para Jodie – mas o meu momento de satisfação foi curto. De repente, ele gritou:

– Ih! Minha nossa! *Mãe, venha cá!*

Apressei-me pelo corredor enquanto Adrian subia a escada. Na sala, encontrei Jodie sentada no sofá com as pernas no ar e uma das mãos dentro da calcinha, masturbando-se.

– Jodie, pare com isso! – disse com firmeza.

– Por quê? – ela grunhiu.

– Se você quer fazer isso, vá para o seu quarto e faça. É uma coisa muito particular. Está bem claro? Agora, ou você sobe ou se senta direito, por favor!

Ela me olhou por alguns segundos. Eu me preparei para mais um chilique, mas ela acabou puxando a saia para baixo e sentou-se direito.

Fiquei intrigada e perturbada com o novo incidente, desta vez um comportamento bastante sexualizado. Eu sabia que não era comum crianças muito novas se masturbarem, ainda que não se fale muito sobre isso; mas uma criança de 8 anos de idade normalmente já saberia que isso não era algo que se fizesse em público, mesmo que apresentasse dificuldades na aprendizagem. Será que Jodie pretendia ser observada? Como estávamos sempre entrando e saindo da sala de estar, ela devia saber que seria vista. Estaria tentando nos chocar ou seria algo totalmente inconsciente? Seria um ato para seu próprio conforto ou um hábito físico tão inofensivo quanto chupar o dedo? Eu não sabia a resposta, mas qualquer coisa que viesse dentro do quadro de um comportamento sexualizado devia ser anotada. Elaborei mentalmente o que iria escrever no diário para levantar a questão com Eileen da próxima vez que conversássemos.

Quando as meninas chegaram da escola, foram saudadas com uma pancada violenta e, exausta, eu disse a Jodie para parar com aquilo. Ela teve outro chilique dos grandes; tive de contê-la muitas vezes. Ela se acalmou aos poucos, terminei de fazer o jantar, que era espaguete à bolonhesa. Sentamo-nos à mesa e cortei o espaguete para Jodie.

– Eu quero hambúrguer – disse ela, emburrada.

– Vamos ter hambúrguer outra noite. Para hoje, foi isso que fiz.

Ela pegou o prato e jogou na parede. Ele bateu com um estalido e caiu em pedaços no chão. Na parede, ficou uma mancha espirrada de cores vivas do molho à bolonhesa escuro com fios de espaguete, que foi escorrendo, antes de despencar no chão. Todos olharam em silêncio para aquilo, e então eu senti os olhos das crianças voltados para mim em estado de choque.

A raiva e a frustração percorreram o meu corpo de alto a baixo. Eu tinha passado o dia inteiro com o mau comportamento de Jodie e estava cansada daquilo e dela. Agora ela tinha jogado fora uma refeição perfeitamente boa, fez uma enorme sujeira e perturbou a todos nós, por nenhuma razão que eu conseguisse enxergar.

– Desculpem – disse, mortificada por ter causado tanto sofrimento às crianças. – Acho que cometi um erro. Eu não devia ter aceitado essa garota. Está sendo muito difícil para todos nós. Amanhã de manhã, vai ser a primeira coisa que vou conversar com a assistente social.

Pouco depois das 18 horas, a campainha tocou, e um rapaz descabelado se apresentou como sendo o acompanhante de Jodie para o contato. Jodie desceu pulando a escada e saiu muito alegre, acenando um adeus enquanto ia pela trilha do jardim. “Será que ela não tinha nenhum arrependimento?", pensei. "Será que ela ao menos tinha consciência de quanto seu comportamento havia sido mau ou do clima de tristeza que agora impregnava a casa?"

Era o primeiro momento de verdadeira paz em quase uma semana. As crianças estavam lá em cima, fazendo a lição de casa. Eu estava na sala com a televisão ligada, embora não estivesse prestando atenção. Minha cabeça era um turbilhão. A vida com Jodie era longe de fácil, era quase impossível, e, pela primeira vez, eu começava a achar que não seria capaz de chegar a ela. Jodie era a criança mais perturbada, a mais exigente que eu jamais encontrara; ela era muito fria, não reagia, não tinha nenhuma vontade de ser gostada ou apreciada. Não era possível encontrar uma maneira de mediar, porque ela não tinha nenhum interesse em encontrar o meio do caminho. Era como se ela não quisesse a mudança, mas se contentasse em permanecer em seu estado distante, encerrada em seu próprio mundo, expressando-se por meio de chiliques e da violência. Na minha experiência, os relacionamentos humanos são sempre uma questão de dar e receber, e ter as necessidades mútuas de afeto e aprovação correspondidas. Se uma parte não tinha absolutamente nenhuma necessidade de nada que a outra parte tivesse para oferecer, de onde poderá vir um compromisso? Era assim com Jodie. Eu nunca havia conhecido uma criança tão fechada, ou que dispensasse tão completamente o afeto e o calor humano. Estava achando que a tarefa a que me propusera, de cuidar de Jodie e, de alguma forma, conseguir quebrar a imensa barreira de frieza emocional em torno dela, havia se ampliado cem vezes. Eu estava numa situação de perda total. Não poderia deixar Jodie permanecer em casa, porque seria injusto com meus filhos; o comportamento dela era muito perturbador. Eu não podia aguentar ver a vida e a segurança deles abaladas e destruídas se os meninos tinham tanta necessidade de amor e estabilidade quanto Jodie, ainda que menos pronunciada.

Por outro lado, eu sabia o que significaria mandar Jodie de volta agora. Não apenas seria mais uma rejeição, mais um marco negro em seu nome, transformando-a em um objeto de horror fascinado – "Seis acolhedores em quatro meses! Imagine o monstrinho que ela deve ser!" – mas também a condenaria a um abrigo infantil. Eu sabia que um abrigo não seria um bom ambiente para Jodie e também que provavelmente significaria que sua última chance de viver em uma família normal teria acabado para sempre. Se eu não ficasse com ela, ninguém mais a pegaria. E de que adiantava ser uma acolhedora quando não se consegue ajudar as crianças mais perturbadas?

Enquanto eu estava ali sentada e preocupada, escutei três pares de pés descendo a escada. Lucy e Paula entraram e se sentaram uma de cada lado, eu no centro, enquanto Adrian desapareceu para nos trazer um chá. Eu me senti tocada, as crianças tinham vindo me consolar por minha falha. Adrian voltou com uma bandeja.

– Aí está, mamãe! – disse ele.

– Obrigada, meu amor.

Adrian olhou para as meninas, depois limpou a garganta.

– Mãe, nós estivemos pensando... – ele disse, e fez uma pausa.

– Ah, sim? – retruquei, esperando outro pedido para estender a hora de voltarem para casa.

– Sim. Nós queremos que Jodie fique, pelo menos por mais algum tempo. Chegamos à conclusão de que deveríamos esperar e ver como a coisa vai ficar.

Enquanto absorvia aquilo, por um momento não consegui dizer nada, desconcertada com a generosidade deles. A vida tinha sido lindamente infeliz na última semana, e a nossa casa, longe de ser um refúgio de segurança e paz mental, tornara-se um lugar de chutes estúpidos, socos violentos e ataques repentinos, junto com berros de arrepiar, gritos estridentes e noites perturbadas que serviam de acompanhamento. Será que os meus filhos estavam realmente preparados para aguentar aquilo indefinidamente, quando eu me oferecera para devolver Jodie e restaurar a calma e a tranquilidade em nossa casa? Mais uma vez, eu estava atônita com a extraordinária bondade e maturidade em relação às crianças que acolhíamos. Olhei para Lucy e Paula.

– Vocês têm certeza? – perguntei com ansiedade.

Eu não queria que, mais tarde, lamentassem a decisão.

– É isso mesmo que vocês querem? É bem provável que, em curto prazo, ela piore em vez de melhorar.

– Nós todos queremos que ela fique – disse Lucy, firme. – Sabemos que ela vai melhorar. E se não melhorar, sempre haverá uma oportunidade de chutá-la para fora daqui!

E deu um sorriso malicioso.

Senti uma onda de alívio e uma imensa admiração pelos meus filhos. Eu sei que sou parcial e tenho certeza de que outros pais sentem o mesmo em relação a seus filhos, mas, em momentos como aquele, eu só podia inchar-me de orgulho.

Passava das 20 horas, quando Jodie voltou, depois de ver seus pais. Estava de muito bom humor. Nós também. Tivemos quase três horas de alívio e estávamos todos prontos para o que viesse a seguir. Jodie orgulhosamente nos mostrou as bonecas e as balas que o pai lhe dera. Também me contou duas vezes que ele comprara hambúrguer e batatas fritas. Sorri. Eu estava acostumada a ser diminuída em relação aos pais das crianças que acolhia. Sem dúvida, os pais recebiam o mesmo. Fora essa gabarolice, Jodie não tinha mais nada para dizer sobre o contato com os pais.

Já havia passado bastante da hora de Jodie ir para cama, por isso, com a costumeira mistura de coerção e repetição, levei-a para o banheiro e a vi indo para a cama. Ela não queria as bonecas novas, mas um panda enorme que havia trazido, no qual se acomodou. Li para ela uma historinha e disse boa noite. Deixei a luz acesa, saí do quarto e fechei a porta. Eu estava me sentindo otimista. Agora que tinha visto seus pais, Jodie poderia começar a acalmar, com as duas metades de sua vida correndo lado a lado. Sentei-me na sala e peguei o livro que tentava ler havia quinze dias. Era uma sátira cômica e me fez rir alto. Às 21h30, Paula me chamou ao lado da escada, dizendo que estava pronta para que eu a colocasse para dormir; era um ritual para o qual ela ainda não estava velha demais, desde que seus amigos não descobrissem.

Quando entrei, notei que a caixa da boneca de pano não estava em cima da cama.

– Onde está a Betsy? – perguntei.

Ela olhou para mim, com olhos grandes, implorando.

– Não se chateie, mamãe, mas eu acho que houve um acidente.

– Que tipo de acidente?

Com a cabeça, ela indicou o armário. Fui até lá e abri a porta. No fundo do armário, jazia a Betsy, com a cabeça arrancada e o estofamento saindo pelo pescoço.

– Não foi um acidente, não é, meu amorzinho? – peguei as partes desmembradas. – Por que você não me contou mais cedo?

– Eu não queria mais chateação, mamãe. É só um brinquedo... De verdade, mesmo. Não tem importância.

Sentei-me na cama, lembrando novamente quanto a família tinha de aguentar.

– Desculpe, amorzinho. Eu fiquei observando Jodie feito uma águia hoje, o único momento em que não fiquei é porque estava no banheiro. Vou procurar outra boneca, mas, no futuro, você tem de me contar. Eu sei que você ficou triste por ela, mas, se houver alguma chance de ajudar, Jodie terá de aprender. Está bem?

Ela concordou, e nos demos um enorme abraço. Deixei-a lendo e continuei a minha ronda da noite. Bati na porta de Lucy e esperei ela gritar o "Entre!". Ela estava de pijama, apoiada nos travesseiros.

Na mesma hora, percebi que havia algo errado.

– Não me diga que você também!

Ela abriu a mesinha de cabeceira e tirou de lá sua caixa de maquiagem. Olhei para aquela bagunça de rímel preto, sombra azul e base bege.

– É culpa minha – disse ela rapidamente. – Eu não devia ter deixado em cima da cama.

– É claro que devia! Você tem todo o direito de deixar as suas coisas onde bem entender no seu quarto. Vai ser a primeira coisa que vou conversar com ela amanhã de manhã – e repeti o que dissera a Paula: que compraria uma caixa de maquiagem nova, mas que ela teria de me contar imediatamente se acontecesse outra vez, para que eu pudesse tratar daquilo na hora.

Parece que Jodie não tinha levado muito a sério a minha explicação sobre privacidade.

Lucy pegou a minha mão e apertou com força.

– Cathy, eu era assim tão má quando cheguei? Não me lembro...

– Não. Você teve os seus momentos, mas eu não teria esperado nada diferente. Você teve uma porção de mudanças, mas logo se acalmou. O que estamos vendo em Jodie é um comportamento seriamente perturbado.

Ela olhou para o outro lado.

– Eu sei que não devia dizer isso... mas, às vezes, ela me dá arrepios. Quando ela olha para mim, é um olhar tão gelado que fico achando que ela poderia me matar.

– Está bem, está bem, eu compreendo. Ela não teve muito amor, e eu tenho a esperança de que possamos mudar isso. Agora, durma! Você tem prova de Ciências amanhã, não é?

Ela sorriu mansamente.

– É, e muito obrigada por cuidar de mim. Eu adoro você, você sabe, não é?

Era a primeira vez que ela dizia aquilo; ironicamente, foi preciso o ódio de uma criança perturbada para selar o nosso relacionamento.

– É, adoro você também, querida. Você é uma boa menina. Jodie não poderia ter melhor exemplo.

CAPÍTULO OITO

JULIE

Jodie já estava morando conosco há pouco mais de uma semana, quando chegou o dia de seu aniversário: ela faria 8 anos. Eu tinha me acostumado a pensar nela como uma criança de 8 anos, porque o Serviço Social sempre se referia a ela assim, mas, na verdade, ela estava no final dos 7 anos quando chegou. Jodie comemoraria seu aniversário com os pais na próxima sessão de contato e passaria conosco o dia real do aniversário.

Quando voltou da comemoração do aniversário com os pais, ela estava carregada com mais sacolas de brinquedos enormes, baratos, brilhantes, do tipo que duraria cinco minutos e manteria seu interesse pela metade desse tempo. Em todo caso, se quantidade era o que importava para ela. Jodie certamente estava habituada a ter bastante do que queria. Mesmo assim, exatamente como aconteceu com as coisas que havia trazido de outras sessões de contato, as novidades e os brinquedos não a encantavam muito. Ela gostava de recebê-los, mas, depois de poucos momentos, não valiam nada para ela.

Perguntei a Jodie o que ela gostaria de fazer no dia de seu aniversário, e ela anunciou que adoraria ir ao boliche, o que me espantou. Boliche não era algo de que uma criança com a coordenação tão ruim fosse gostar muito, mas era o aniversário dela; se era o que queria, então era o que todos faríamos. Boliche ela teria. Como Jodie não estava na escola, não havia amigos para convidar, de modo que éramos Jodie, Paula, Lucy, Adrian e eu.

Primeiro, abrimos os presentes em casa. Eu tinha pensado muito no que deveria dar a ela. Eu sabia que ela gostava de coisas de bonecas e parecia ter especial estima por sua boneca em tamanho natural, a Julie; então, comprei um assento de boneca para carro, exatamente como os verdadeiros, de bebê, e comprei também uma cadeirinha alta, de bebê. Ela abriu os presentes sem a animação que se espera de uma criança, examinou e depois os empurrou de lado, sem mais comentários. Eu me senti vagamente ferida e bastante confusa. Não que ela não tivesse gostado – era como se nada tivesse nenhum valor para ela, e eu não conseguia entender por quê. Em todo caso, rapidamente deixei o anticlímax dos brinquedos para trás e saímos para o boliche.

Como eu havia pensado, Jodie não jogava boliche nem para salvar a própria vida, mas parecia estar gostando, embora tenha feito o barulho de sempre, batendo os pés, e passado o tempo dando ordens a todos. Não houve nenhum chilique, nem no boliche nem mais tarde em um *fast-food*, onde ela quis jantar. Bom, como era o dia do aniversário, todos nós fizemos obedientemente tudo o que ela queria e fomos recompensados porque ela não teve nenhum ataque de berreiro e não deu nenhum soco em ninguém. Fomos para casa muito satisfeitos porque o aniversário de Jodie havia sido o melhor possível.

Certa manhã, Jodie já estava conosco há uma quinzena, e, no dia seguinte à sessão de contato com os pais, deixei-a em casa brincando no quarto até todos terem saído para a escola. Ela não gostou muito, mas eu precisava estabelecer algum tipo de rotina de trabalho, e um café da manhã pacífico seria um bom início. Depois que os outros saíram para a escola, subi, disse a Jodie que podia se vestir e perguntei o que ela queria no café da manhã.

– Nada. Eu odeio você – grunhiu e mostrou a língua. – Dá o fora, *sua puta.*

– Que pena! – disse, ignorando o palavrão – ... porque eu gosto de você e estava querendo passar o dia junto com você.

Ela olhou para mim como se eu realmente fosse um caso perdido.

– Por quê? Por que você gosta de mim?

– Porque dentro dessa Jodie cheia de raiva existe uma Jodie boazinha e feliz esperando para sair. Agora, vista logo a sua roupa e desça para o nosso café da manhã.

Foi o que ela fez, sem discutir. Fiz montes de elogios e mentalmente dei uma estrelinha de ouro para cada uma de nós duas.

A professora viria dar aulas a Jodie, mas só chegaria cerca de 13h30. Assim, de manhã, fomos fazer compras para substituir a boneca de Paula e a caixa de maquiagem da Lucy. No carro, expliquei a Jodie aonde estávamos indo e por quê. Ela não comentou nada e, como eu não estava atrás de uma confissão, apenas voltei a repetir as nossas regras sobre os quartos dos outros e da propriedade, e deixei por isso mesmo.

Encontrei o que procurava na loja de departamentos, depois fomos pela escada rolante ao último andar e nos dirigimos ao café. Cada uma pegou uma fatia de torta de maçã e ficamos sentadas ao lado da janela, olhando para a rua lá embaixo. Eu pensava que poderíamos ser quaisquer mãe e filha normais dando um passeio e, não pela primeira vez, eu me perguntava o que teria acontecido para ter deixado a vida de Jodie tão fora do rumo. Ela parecia estar bem mais machucada do que as expectativas que Gary me dera, pela história que havia contado na reunião de pré-colocação. Sempre que me perguntava o que teria acontecido a ela, eu punha um ponto final mental em mim mesma. Não apenas não era nada profissional fazer pressupostos, mas eu já sabia que ainda estava cedo demais para ver algum padrão no comportamento dela. Como estava, Jodie me mantinha tão ocupada que era impossível dar um passo atrás para enxergar o panorama geral. Pelo menos eu conseguiria umas duas ou três horas naquela tarde para pôr em dia a papelada enquanto ela estivesse com a professora.

Terminamos os nossos sucos e fomos dar uma olhada geral pelas lojas do primeiro andar. Vi que Jodie estava começando a cansar – decidimos terminar o passeio e fomos para os elevadores. Mostrei a Jodie como apertar os botões e expliquei como o elevador funcionava. Quando chegamos lá, uma porção de pessoas também esperava o elevador, mas éramos as primeiras da fila. Entramos e ficamos no fundo. Jodie segurava a minha mão, mas, assim que as portas começaram a fechar, ela puxou o meu braço e começou a gritar:

– *Não! Faz ele parar! Não quero ir!*

Rapidamente, inclinei-me entre duas mulheres e apertei o botão para reabrir as portas, pedindo desculpas enquanto saía com Jodie. Abaixei-me e pus as mãos nos ombros dela.

– Qual é o problema, Jodie? Não há nada para ter medo lá.

– Eu não quero – gemeu ela. – Eu não vou entrar lá!

– Está bem, não precisamos entrar se você não quiser. Então vamos pela escada rolante.

Fomos até a escada rolante, e Jodie agarrou minha mão com toda força quando descemos.

– Vou trazer o meu pai aqui – disse ela, enrugando o rosto.

– Onde, no elevador?

Ela assentiu com a cabeça.

– É. Vou assustar ele. Pra ver se ele gosta. Eu vou *mostrá* pra ele.

– Por que você quer assustar o seu pai, Jodie?

Ela apenas deu de ombros. Havia se fechado de novo, e a porta que se abrira rapidamente sobre seu passado havia batido com força e estava fechada.

Jodie logo se recuperou do medo e, no momento que chegamos em casa, eu estava me sentindo confiante de novo. Elogiei-a uma porção de vezes, disse que tivemos um dia maravilhoso e que eu tinha gostado muito de estar em sua companhia. Ela disse que estava com fome, por isso deixei-a brincando com Julie, a boneca em tamanho natural, e fui para a cozinha. Ela queria um sanduíche de manteiga de amendoim, passei uma camada bem fininha no pão. Eu havia decidido fazer alguma coisa com o peso dela. Preparei o prato no balcão do café da manhã e deixei ali um copo com suco de laranja. Depois fui até a sala dizer para ela que estava pronto.

Algo me fez hesitar antes de entrar. Talvez fosse o silêncio. Eu não estava escutando a tagarelice que acompanhava tudo o que Jodie fazia. Olhei pela porta entreaberta e fiquei paralisada. Ela estava brincando com a Julie, mas tinha puxado para cima o vestido da boneca e estava lambendo entre as pernas nuas dela. Ela fazia ruídos baixos, grunhidos como de prazer, e parecia ignorar totalmente a minha presença. Entrei, e Jodie levantou os olhos.

– Que brincadeira esquisita, Jodie – disse com calma. – O que você está fazendo?

Eu sabia que mostrar algum alarme ou surpresa não era maneira de chegar a ela; dizer para acabar com aquilo seria contraproducente. Além do mais, eu precisava saber se ela compreendia o que estava fazendo.

Ela olhou entre as pernas da boneca e olhou de novo para mim. Não havia nenhum embaraço.

– Beijando – disse ela, com um sorriso malicioso. – Ela gosta de beijo, gosta sim.

– Não é um lugar muito esquisito para beijar a Julie? A gente em geral beija no rosto das pessoas.

Ela pareceu espantada.

– É que você não tem um homem. Homens beijam aqui – e apontou a vulva nua de Julie – e as meninas beijam aqui.

E enfiou o indicador no rosto.

Resolvi continuar e me sentei no chão, a seu lado. Eu precisava manter a calma, para que Jodie também se mantivesse calma, e precisava mantê-la falando o tempo que pudesse. Eu tinha de descobrir o que ela teria visto, com quem tratara, e tinha de informar à assistente social.

Ela não seria a primeira criança a ter visto um vídeo para adultos ou a dormir no quarto dos pais sem nenhuma divisória. Eu esperava que fosse só isso, Jodie estaria representando algo que vira quando não deveria ter visto. Eu anotaria no meu caderno, caso emergisse qualquer outro tipo de quadro. Procurei me manter profissional: calma e direta.

– Jodie, você pode me dizer como é que você sabe que os homens beijam ali?

Ela deu de ombros.

– Eu sei, ora. As garotas gostam, e os homens fazem. As mães, os papais e as meninas.

– E você estava fingindo que a Julie era uma mamãe ou uma garota?

– Sei lá. Uma moça.

– Bom, está bem, quer dizer que, se a Julie era a moça, quem é que você estava fingido que era?

– O cara! – ela franziu as sobrancelhas, impaciente com a minha lentidão para entender.

– Qualquer cara? Ou você estava pensando em um certo cara?

Ela hesitou, levantando as sobrancelhas.

– Sei lá. Um papai. Um papaizão bem grandão.

Eu não estava conseguindo entender nada. Para ela, todos os homens eram papais, como o são para muitas crianças. Eu precisava conduzi-la para que me descrevesse o que tinha visto e onde, mas, antes que eu pudesse ir mais adiante, ela, de repente, pulou e começou a chutar a boneca com brutalidade.

– É culpa dela! – berrava, os olhos faiscantes. – Culpa dela! Eu disse pra ela que não! Agora olha só o que você fez! Eu disse pra você manter a sua *bocona* bem fechada!

Estremeci quando a cabeça de plástico da boneca bateu no aquecedor. Ela gritava com Julie como se estivesse repetindo algo que havia escutado. Peguei seu braço, apanhei a boneca, e nós três fomos para o sofá.

– Vamos, queridinha, acalme-se. Não precisa machucar a Julie...

Ela embalou Julie no colo, acariciou a cabeça dela, sussurrando palavras de consolação, tentando fazer com que ela se sentisse melhor.

– Não se preocupe – dizia. – Você está segura comigo. Shhh shhh... Aquele cara fez uma coisa errada, não é?

– Sim... – eu disse, sem saber se ela falava com a boneca ou comigo. – O que aquele cara fez me pareceu bastante errado.

Fiz uma pausa.

– Jodie, às vezes nós vemos coisas que não entendemos. Parece que as pessoas estão se machucando, e isso pode nos deixar muito tristes. Você viu um homem beijando uma mulher aqui? – apontei para as pernas da boneca. – Aqui, que chamamos de partes íntimas?

– Vi.

– Onde você viu? Na televisão?

– No quarto e no carro – ela respondeu claramente.

– No carro? Ué, não estou entendendo. Tinha uma televisão no carro?

Ela abanou a cabeça.

– Mas você viu isso em um quarto e em um carro?

Ela fez que sim com a cabeça.

– Que carro?

– Do cara. Era uma *van* bem grande.

Fiz uma pausa.

– Era um filme, Jodie, ou era de verdade?

Ela apertou os olhos, como se para apagar a imagem. Sua resposta mal era audível.

– De verdade. Ele estava lá. A menina e o papai.

– E quem era a menina? Você sabe o nome dela?

Ela esmagou o rosto da boneca em seu peito.

– Jodie. Eu. O quarto de Jodie. O carro do papai.

– O seu papai?

– É.

CAPÍTULO NOVE

A REVELAÇÃO

Ficamos ali sentadas em silêncio por algum tempo. Eu havia passado meu braço em volta de Jodie, e ela passara os seus em volta de Julie. Meu coração batia com força, e minha boca estava seca. Era a pior confirmação do que eu *quase* chegara a suspeitar. Todos os pequenos indícios apontavam para esse caminho, mas eu me forçara a não saltar para conclusões e havia esperado que o meu receio não fosse verdade. Eu sabia que Jodie agora tinha me dado a chave de todo o seu sofrimento, mágoa, do ódio que ela tinha de si mesma e de seu desespero.

Eu tinha de continuar a fazer perguntas e aproveitar ao máximo aquele momento em que ela se dispunha a falar, mas estava me segurando. Eu não queria ouvir as respostas, não queria saber a extensão do que havia acontecido àquela pobre criança – mas meu lado profissional, prático, dizia-me que o que ela dissesse agora seria decisivo para determinar seu futuro, não apenas em termos de que voltasse ou não para seus pais, mas também visando à possível instauração de um processo. Como parte de minha formação para o acolhimento, eu havia assistido a sessões sobre aspectos do abuso sexual. Eu aprendera que a primeira revelação é essencial, pois as crianças raramente mentem, e o que elas diziam deveria ser gravado palavra por palavra para poder ser usado no tribunal. Era importante que eu tratasse aquilo de modo apropriado. Eu aprendera que não devia conduzi-la, mas teria de fazer perguntas de maneira a deixar que ela me contasse em suas próprias palavras o que havia acontecido. Infelizmente, não me disseram muito mais do que isso, e eu, certamente, nunca passara por uma situação como aquela. Eu havia aprendido a tratar com delicadeza crianças que revelavam ter vivido situações de violência e abandono, sabia que agora teria de me apoiar naquilo, e esperava que fosse a maneira certa de ajudar Jodie a se abrir.

Então, eu disse calmamente:

– Jodie, você foi muito corajosa me contando isso. Eu sei como é complicado. Agora eu quero que você me conte tudo do que se lembra para que eu possa ajudar você. Está bem?

Ela fez que sim com a cabeça.

– Que menina valente!

Fiz uma pequena pausa e tomei fôlego. Precisava ser muito cuidadosa. Não poderia guiá-la ou invalidaria qualquer prova que mais tarde pudesse ser usada no tribunal.

– Quando entrei na sala bem na hora em que você estava fingindo que a Julie era você e que você era o seu pai... – a expressão ficou presa na minha garganta. – Se nós fizermos aquilo de novo, será que você consegue me mostrar o que aconteceu? Eu sei que é difícil, minha bonequinha...

Ela fez que sim de novo, e eu a abracei. Tirei então a boneca dos braços dela e a deitei no sofá entre nós duas. Vesti a calcinha e o vestido. Para isso dar certo mesmo, ela precisava me mostrar passo a passo o que havia acontecido, porque aquilo teria de passar por um interrogatório.

– Bom, agora a Julie é a Jodie. Onde ela está? No carro, no quarto, na cozinha, no jardim? Você vai me dizer.

– Não no jardim, sua boba – ela sorriu. – No quarto.

– Certo... então, quarto de quem?

– Meu. O quarto de Jodie. Lá em casa.

– E o que Jodie está usando?

– Ela está de pijama.

– Bom, então vamos fingir que essa roupa é o pijama dela – apontei para as calças da boneca. – Jodie está na cama ou ela ainda não se deitou?

– Na cama – ela afirmou categoricamente.

– E a luz, está acesa ou apagada?

– Apagada.

– Agora me diga, Jodie está acordada ou está dormindo?

– Dormindo – apertou os olhos para demonstrar.

– Está bem, muito bem. Quer dizer que Jodie está dormindo na cama dela. E agora, o que acontece?

Olhamos as duas para a boneca. Ela pensou um pouquinho, levantou e foi até a porta.

– Estou entrando – ela grunhiu, abrindo os ombros e batendo os pés no chão, em sua interpretação de um homem adulto.

– Você está entrando no quarto de Jodie? Quem é você?

– O papai. Meu papai. Estou no quarto de Jodie agora.

Ela pisou na boneca, hesitou e olhou para mim.

– Você quer que eu saia daqui? – perguntei.

– Vai pra lá – ela apontou para o outro lado da sala, perto da porta.

Fui para o canto e fiquei parada lá, para não atrapalhar nada. Eu estava tentando me assegurar de que me lembraria de todos os detalhes, porque teria de anotar tudo mais tarde, com a maior exatidão possível. Observei quando ela se inclinou sobre a boneca, levantou seu vestido, depois puxou brutalmente as calcinhas e as tirou. Sem nenhuma timidez, abriu as pernas da boneca e enfiou a cabeça bem no meio das coxas abertas. Ela agora fazia ruídos, como fizera antes, depois se deitou sobre a boneca, a cabeça virada, com o rosto afundado no sofá. Seu traseiro começou a subir e descer em arrancos ritmados, e ela respirava cada vez mais forte e mais alto. A cabeça subiu e ela soltou um demorado grunhido antes de se deitar completamente imóvel. Era um retrato preciso de uma relação sexual. Senti o meu estômago dar voltas.

A sala estava em silêncio. Olhei para a boneca estuprada e procurei esconder a minha repugnância e a pena desesperada por aquela pobre garotinha. Nenhuma criança de 8 anos deveria ser capaz de fazer isso, de conhecer essas coisas ou de ter sofrido tudo aquilo. Eu mal conseguia tolerar o pensamento do que ela havia passado, e estava com muita raiva do animal que fizera isso com a própria filha. Meus olhos se encheram de lágrimas de ira e de tristeza, mas pisquei e consegui disfarçar.

Respirei fundo. Não era o momento de me emocionar. Pelo bem de Jodie, eu tinha de estar calma e controlada. Ela não estava embaraçada, saiu de cima da Julie e veio para mim.

– Eu fiz direito? – perguntou ela, muito tranquila.

Dei um sorrisinho amarelo.

– Você é uma menininha muito valente, Jodie.

Não fora preciso nenhuma valentia ou coragem. Jodie não mostrara nenhuma timidez ou hesitação. Era quase como se aquilo fosse parte do que ela considerava "vida normal". Peguei sua mão e a levei para o sofá, onde nos sentamos uma ao lado da outra, as duas olhando para Julie. Eu sabia que havia algumas discrepâncias que era preciso esclarecer. Apertei carinhosamente a mão dela.

– Tem só umas coisinhas que eu não sei muito bem... eu quero que você pense bem e responda às minhas perguntas. Se você não souber ou não conseguir se lembrar, pode me dizer. Não adivinhe nem tente inventar, está bem?

Ela concordou com a cabeça.

Continuei segurando sua mão e virei de lado para olhar para ela. O rosto não tinha nenhuma expressão.

– Agorinha mesmo, você estava fingindo que era o seu pai, não é?

Ela fez que sim com a cabeça mais uma vez.

– E Jodie de verdade estava dormindo na cama com as luzes apagadas?

Concordou de novo.

– Se você estava dormindo, como é que você sabe que ele entrou no quarto como você me mostrou? Ele talvez tenha entrado na ponta dos pés, ou até andando de quatro pelo chão. Você estava dormindo com os olhos fechados, não estava?

Ela pensou um pouco.

– Se você não sabe ou não consegue lembrar, diga que não sabe ou que não lembra...

– Eu lembro sim – disse ela. – Às vezes, eu tava dormindo e, às vezes, eu tava acordada.

– Ah, sei... Você se lembra de como ele estava vestido?

– *Jeans* e camiseta – disse ela sem hesitação. – Ele sempre se veste assim.

– Ele ficou vestido ou tirou alguma coisa?

– Ele *tirou* o zíper.

Presumi que ele tivesse aberto o zíper e, mais uma vez, eu precisava esclarecer.

– Você pode me mostrar o que está querendo dizer?

Ela se levantou, abriu o botão da calça *jeans* e puxou o fecho para baixo.

– Ah, sei... E ele ficou assim enquanto estava em cima de você?

– Não. Mais – ela desceu as calças até os tornozelos e ia descer as calcinhas também.

– Está bem, está bem... Pode ficar de calcinhas, só me conte como foi.

– Ele tirou as cuecas com as calças – disse ela.

– Até os calcanhares?

– É.

– Ah, entendo... Agora levante as calças, menininha.

Ajudei a fechar a calça, abotoar, e a instalei a meu lado no sofá.

– O papai fez uma coisa malvada, Cathy? – perguntou ela.

As sobrancelhas se enrugaram quando ela pensou naquilo.

– Fez sim, Jodie. Muito malvada.

Eu sei que não devo fazer julgamentos de valor sobre os pais, mas, na minha cabeça, não havia dúvida nenhuma de que Jodie deveria saber imediatamente que isso tudo estava muito errado e que ela não tinha culpa nenhuma.

– Papai malvado – disse ela, e deu um soco forte com o punho fechado em seu joelho. – Ele me machucou. Eu quero machucar ele! Quero ver se ele vai gostar…

Passei o braço em volta dela, e a puxei para mim. Eu gostaria de ter o poder de eliminar aquele machucado e curá-la.

– Agora está tudo bem, Jodie. Agora não vai acontecer mais nada dessas coisas. Prometo!

– Está bem, Cathy – disse ela, apaziguada facilmente demais.

Eu sabia que essa aceitação plácida e essa falta de emoção significavam que ainda não havíamos chegado nem perto da essência de seu sofrimento.

– Jodie, você acabou de dizer que ele machucou você. Pode me dizer como?

Era uma pergunta horrorosa, mas eu sabia que ela seria feita mais adiante por algum funcionário do Departamento de Proteção da Criança, e era importante anotar a primeira resposta dela.

– Ele fez a minha barriga doer bem aqui – e levou a mão entre o alto das coxas. – E ele se molhava todo e aquilo tinha um gosto horrível.

– Gosto? Ele colocou alguma coisa na sua boca?

Ela retorceu o rosto e fez um movimento de cuspir.

– Quando a gente tava no carro, ele fazia xixi na minha boca.

Eu me virei para esconder a minha reação. Eu estava queimando de raiva e humilhação, a humilhação que Jodie devia ter sentido, mas não sentiu. É claro que eu não diria a ela que aquilo não era xixi. Não havia como, e aquela terminologia ingênua, usando a única referência que ela tinha, não apenas deixava tudo aquilo ainda mais deplorável, mas também sublinhava a autenticidade do que ela me contava. Eu não tinha dúvida alguma de que ela estava contando a verdade.

Virei-me para olhar para ela de novo.

– Mais uma coisinha, Jodie, eu preciso saber. Isso aconteceu uma vez ou uma porção de vezes?

– *Montes* de vezes, Cathy. Papai malvado. Cathy, por que você está chorando?

Eu não aguentava mais. Estava chorando...

– Porque ouvi uma coisa muito triste, queridinha.

– Por que é triste?

O fato de compreender a natureza horrenda do que havia acontecido com ela tornava a coisa ainda pior.

– Porque isso é uma coisa muito, *muito* ruim, Jodie, que não deveria acontecer com ninguém...

– *Ééé*... Papai malvado – ela repetiu. – Posso almoçar agora?

CAPÍTULO DEZ

A INFORMAÇÃO

Cheguei a pensar em cancelar a professora, mas ela já devia estar a caminho. Além do mais, Jodie estava ansiosa por vê-la, e eu precisava de um tempo para ligar para Jill e contar o que havia acontecido, sem receio de ser escutada.

Minha cabeça girava com as revelações. Eu não conseguia parar de pensar e repensar em tudo aquilo. Ficava ouvindo e repetindo a cena, via aquela verdade abominável encenada por uma inocente garotinha de 8 anos. Era difícil tirar da cabeça aquelas imagens horrendas que ela evocara e, enquanto tratava de atividades caseiras normais, como fazer o almoço, o horror do que eu acabara de saber se sobrepunha a tudo o que fazia. Parecia que um veneno horroroso tinha sido solto na atmosfera, e eu não conseguia tirar aquela sensação de pavor e repugnância que me envolvia, consumindo-me.

Por outro lado, Jodie parecia ter se recuperado muito depressa e devorava seus sanduíches, batatas fritas e iogurte, e ainda pedia mais.

– Agora chega, você já comeu bastante – eu disse, fingindo que não ouvia os protestos que se seguiram.

No jardim de inverno, tirei tudo de cima da mesinha, que passaria a funcionar como escrivaninha, e deixei um pouco de papel e lápis prontos para a chegada de Nicola. Jodie me rodeava, animada com a perspectiva de ver de novo sua professora e, quando a campainha tocou, ela voou para abrir a porta, mas se lembrou do que eu dissera e esperou que eu chegasse lá.

– Muito bem, menininha! – disse, e ela me deu um abraço.

Eu havia encontrado Nicola muito rapidamente na reunião de pré-colocação e ficara impressionada na mesma hora. Sua abordagem calma e firme era exatamente do que Jodie precisava. Estava claro que Jodie compartilhava do meu entusiasmo, e cumprimentou Nicola como uma amiga que não via há muito tempo. Nicola também pareceu contente ao vê-la e ficou tagarelando amigavelmente com Jodie enquanto tirava o casaco e juntava suas coisas.

Fomos para o jardim de inverno, Jodie subiu desajeitada para seu assento e começou a escrevinhar furiosamente no papel que eu havia deixado. Numa boa personificação de Mary Poppins, Nicola ficou remexendo em sua enorme valise revestida por tapete e tirou dali uma grande variedade de livros de exercício, folhas de papel e material de ensino muito colorido. Jodie estava encantada.

– Vamos começar agora – disse Nicola eficientemente. – Normalmente, eu faço uma pausa no meio. Poderíamos, nesse momento, discutir o progresso dela...

– Ótimo. Na hora do recreio, vou trazer uns sucos e umas coisinhas para comer.

Verifiquei se não faltava nada e deixei as duas, grata pelo alívio da responsabilidade, pelo menos por umas duas ou três horas. Lá em cima, fechei bem a porta do meu quarto para que não me escutassem e deitei-me na cama com o telefone ao meu lado. Repassei mentalmente o que precisava dizer. Eu ainda não tivera tempo de anotar aquilo no meu diário de bordo, mas tudo estava muito claro na minha cabeça e deprimentemente vívido. Digitei os números, e a secretária atendeu.

– Por favor, Jill.

– Vou passar para ela.

Um clique, e a voz de Jill:

– Olá, Cathy, está indo bem?

– Não. Não está nada bem. Jodie foi estuprada. Tenho certeza. Ela não saberia inventar tudo o que me contou.

Transmiti rapidamente as revelações, explicando como Jodie havia usado a boneca para demonstrar o que me contava; repeti o que ela dissera quase palavra por palavra. Jill ficou calada por um segundo e depois perguntou:

– Como é que você está, Cathy? Ninguém tinha a menor ideia de tudo isso.

Como *ninguém tinha a menor ideia...*? Sabendo o que eu agora sabia, era muito difícil acreditar que ninguém pudesse ter imaginado o que estava acontecendo... mas eu tinha de conceder o benefício da dúvida ao Serviço Social. Era evidente que, se alguém tivesse suspeitado do que estava acontecendo, Jodie teria sido retirada antes da casa de seus pais. Como é possível não terem percebido todos aqueles sinais – e por tanto tempo? Talvez tenham se concentrado nos indícios físicos de maus-tratos, socos, queimaduras, ossos quebrados, em vez de em algum mal perverso bem mais profundo.

Agora que eu não precisava controlar as minhas emoções para Jill, eu sentia o choque e a perturbação subindo. Meus olhos ardiam enquanto se enchiam de lágrimas quentes; minha visão ficou borrada. Eu sentia uma descomunal mistura de fúria impotente e da mais completa tristeza por Jodie. No entanto, não podia me permitir desmoronar. Eu tinha de ser forte, por Jodie. Respirei fundo.

– Estou muito perturbada, é claro... Bom, pelo menos a coisa foi aberta. E isso explica por que ela é tão problemática. Para falar a verdade, isso explica muita coisa... não é de se espantar que ela queira se ferir e que tenha se trancado para o mundo. O pior, Jill, é que parece que isso vem acontecendo há anos. Ela foi bastante realista na maneira como descreveu tudo aquilo, como se fosse normal.

Outra pausa. Eu sabia que a Jill tinha sido afetada pelo que eu contara. Revelações de abuso sexual são algo que qualquer assistente social que trabalhe com crianças sempre encontrará, mas jamais eles deixam de se sentir chocados e horrorizados. A história de Jodie era realmente estarrecedora. A ideia de que uma criança pequena pudesse ter passado por esse tipo de sofrimento por *anos e anos a fio* era execrável, era quase impossível sequer de se imaginar.

Depois de um breve silêncio, Jill entrou em ação.

– Certo, vou ligar para a Eileen assim que terminarmos. Teremos de tratar o mais depressa possível do contato dela com os pais. Vou precisar das suas anotações. Você conseguirá escrever tudo enquanto a professora está aí e me passar por *e-mail*?

– Vou tentar.

– Evidentemente, Jodie confia em você, Cathy, mais do que já confiou em qualquer pessoa. Ela está em acolhimento há quatro meses e não disse nada. O que não entendo é onde estava a mãe enquanto acontecia tudo isso...

– Entendo. Pelo que Jodie me contou, é difícil imaginar que a mãe não tivesse a menor ideia... Eu simplesmente não sei. Ela não foi mencionada.

– Jodie responderia se você fizesse uma pergunta direta?

– Não sei muito bem. Ela me contou, mas por estarmos brincando com a boneca. Tenho a impressão de que a coisa foi desencadeada quando estávamos no elevador.

– No elevador?

– Pois é. Quando fomos ao *shopping*, ela ficou apavorada no elevador, e estava tão apavorada que tive de apertar o botão, parar o elevador; saímos e subimos pela escada rolante. É como se ela tivesse um medo igual ao que tinha de seu pai, acho que foi esse o catalisador que resultou na revelação. Você quer que eu pergunte sobre a mãe?

– Quero. Mas não force. Tudo pode vir à tona agora que ela começou ou pode levar algum tempo. Veja o que você consegue descobrir e obtenha o máximo de informações que puder... evidentemente, com a maior delicadeza – ouvi a Jill tomar fôlego ruidosamente. – Minha nossa, ela está no registro de risco desde que nasceu... e nada! A cabeça de alguém vai rolar por causa disso.

Jill estava furiosa, exatamente como eu. Embora seu papel fosse principalmente de supervisão, ela se preocupava muito com as crianças que acolhíamos. Não se consegue fazer um trabalho desse tipo sem envolvimento emocional.

– Sabe, Jill, ela diz uma porção de coisas sem sentido com todos aqueles amigos imaginários que tem – acrescentei. – Às vezes, é difícil entender as palavras ou pegar algum sentido no que ela diz, mas eu nunca a vi sendo tão clara e concentrada como no momento em que ela descrevia aquilo. Era como se fosse uma pessoa diferente.

– Graças a Deus ela está com você. Deixe-me fazer as coisas se mexerem, falo com você mais tarde. Se houver mais alguma coisa, ligue para mim na hora.

– Certo.

Desliguei o telefone e me deitei de costas, assustada com a responsabilidade. Agora que Jodie se abrira, eu não poderia encerrar aquela colocação, não importando o que ela despejasse em cima de mim. Sem perceber, Jodie investira muita confiança contando aquilo para mim. Levantei-me e desci a escada. Quando passei pela sala, lá no fundo, ouvi Nicola lendo uma série de palavras curtas, que Jodie repetia com sua voz infantil – soava como uma menina de 4 anos.

Segui pelo corredor até a sala da frente, tirei da escrivaninha meu diário de bordo de acolhedora e comecei a fazer minhas anotações. Escrevia depressa, tentando anotar tudo o mais exatamente possível; havia enchido uma página e meia quando o telefone tocou. Atendi imediatamente, esperando Jill ou Eileen.

– Alô?

Nenhuma resposta.

– Alô? – repeti.

Nada ainda. A linha estava aberta, havia alguém do outro lado. Fiquei escutando e achei ter ouvido um roçar como se alguém sacudisse o receptor. Talvez fosse uma criança tentando ligar, hesitante, sem saber se tinha ligado para o número certo. Talvez fosse a minha amiga Pat, que agora morava na África do Sul e me telefonava uma vez por mês. Muitas vezes, havia um problema de conexão. Tentei mais uma vez:

– *Alô...!?*

A linha ficou muda. Desliguei e disquei 1471, o número do serviço de identificação de chamadas. A gravação dizia: *Ligaram para você hoje às 14h20. Não temos o número que ligou.*

Fiquei parada ali por um instante, pensando, depois voltei para a escrivaninha. Teriam sido os pais de Jodie? Teoricamente, eles não poderiam ter recebido nenhuma informação a meu respeito, mas anos de acolhimento me deixaram desconfiada. Terminei de escrever as minhas anotações, depois comecei a passar para o *Word*. Minutos depois, ouvi Jodie pulando pelo corredor.

– Cathy! Hora do recreio! Onde *tá o meu* tênis? Nós *vamo* pro parque!

– Para o jardim – corrigiu Nicola, do fundo da sala.

Cliquei em "salvar" e fui para o corredor ajudá-la a calçar o tênis e a vestir o casaco. Ela correu pelo jardim de inverno e abri a porta para deixá-la sair. Nicola aproximou-se de mim, perto da porta envidraçada, e ficamos vendo os esforços descoordenados de Jodie para movimentar o balanço.

– Pobre criança – disse Nicola, e se virou para mim. – Cathy, essa menina me disse há pouco algo bastante preocupante... acho que devo contar para você.

Olhei em seus olhos.

– Foi quando estávamos trabalhando na letra C. Uma das palavras que dei para ela foi C de calça. Mostrei uma foto com uma calça comprida e ela ficou muito incomodada e não queria olhar. Aí, ela disse: "O meu papai tira as calças. Ele é mau, não é?".

– Eu sei de onde vem isso – disse, e expliquei rapidamente o significado do que Jodie dissera, sem mais detalhes; a confiabilidade tinha de ser respeitada, mesmo com a professora particular. – Já alertei a assistente social dela. Imagino que ela não tenha dito nada parecido antes...

– Não para mim, mas houve um episódio com a Hillary e com o Dave que espero tenham contado a você.

– Não.

– Ah, bem... não sei exatamente o que aconteceu, mas o Dave contou para a assistente social que, às vezes, Jodie se comportava como se fizesse fantasias com ele. Ela flertava e entrava no quarto dele quando a Hillary não estava. Tenho a impressão de que eles encerraram a colocação quando ela tentou tocar nele por dentro da calça.

– Não, não me contaram nada, mas deveriam ter me contado... eu tenho um filho de 17 anos – disse com a voz tensa. – Foi um péssimo trabalho de assistente social.

Por experiência, eu sabia que tratar com o Serviço Social significava lidar com uma série interminável de pequenos equívocos e falhas, consequências de uma visão estreita. O simples tamanho daquela máquina imensa e o número de subordinados envolvidos significava que erros eram cometidos a todo instante. Eu estava até acostumada, até conseguia lidar com aquilo. Compreendia muito bem que o erro humano acontece e que, com tantos casos em andamento, falhas eram cometidas. No entanto, queria acreditar que, se acontecesse alguma coisa importante, algo de pertinência imediata para a saúde ou para o estado mental de uma criança, as pessoas tomariam cuidado e iriam se certificar de que tudo fosse feito de modo correto.

Pensando bem, tinha visto exemplos claros de comportamento sexualizado antes da revelação de hoje: vi Jodie com as mãos dentro das calcinhas se masturbando furiosamente em público, como nenhuma criança normal de 8 anos faria. Eu a tinha visto tentando subir na cama de Adrian e, uma e outra vez, procurando agradá-lo, tentando se sentar ao lado dele, ou sorrindo, ou piscando de forma exagerada para ele. A palavra para isso é *flertar*, se eu tivesse pensado corretamente na hora do ocorrido. O problema é que Jodie tomava tanto do meu tempo, da minha energia e das minhas forças mentais que eu raramente tinha oportunidade de parar e observá-la com objetividade de analisar seu comportamento. Agora estava claro que ela estava tentando seduzir Adrian de modo sexualizado, porque as experiências que tivera nas mãos do pai a ensinaram a considerar todos os homens seres sexuais, para começar. Tudo começava a entrar no lugar. Agora eu percebia que era tudo parte de um padrão e que outros também haviam notado isso.

Se antes houve indícios de um comportamento sexualizado, por que ninguém havia começado a chegar ao menos perto da conclusão óbvia de que alguém estaria abusando sexualmente de Jodie? E por que diabos ninguém me contou o comportamento dela com o casal do acolhimento anterior?

Engoli a minha raiva. Nada disso era culpa de Nicola, e eu não queria jogar as minhas frustrações em cima dela.

Quinze minutos depois, chamamos Jodie. Ajudei a tirar o tênis, voltei para a sala da frente e continuei digitando as minhas anotações, enquanto Nicola e Jodie voltavam para a aula. Quando terminei, transmiti o arquivo por *e-mail* a Jill. Pareceu cronometrado: assim que desliguei o computador, Jodie entrou na sala.

– Acabamos! Vem ver o que eu fiz hoje!

Fui até lá, admirei as letras e os números da lição, depois combinamos a próxima aula para a quinta-feira, e Jodie e eu levamos Nicola até a porta. Assim que ela saiu, o telefone começou a tocar e não parou de chamar até o fim da tarde. Jill me disse que o chefe da equipe havia convocado uma reunião estratégica de emergência, e o momento e o local logo seriam anunciados. Ela iria me avisar quando tivesse mais alguma informação.

Em seguida, ligou Eileen. Gostei de receber a ligação, mas a reação dela não foi a que eu esperava. Sabe-se lá por quê, ela não parecia muito chocada nem horrorizada pelo que havia passado uma criança que era de seu encargo.

– Eu soube o que aconteceu – disse ela, à sua maneira insípida. – Jodie disse mais alguma coisa?

– Não disse muito mais, só fez hoje um comentário para a professora – eu disse, e contei o que Jodie dissera para Nicola.

Lembrei-me de que os assistentes sociais muitas vezes procuram manter certo distanciamento e constroem paredes entre si e seus casos para se proteger de um envolvimento emocional maior e assim se tornarem incapazes de fazer direito o trabalho. Mesmo assim, eu não deixava de sentir que Eileen simplesmente não parecia se incomodar muito nem demonstrava ter empatia alguma com Jodie.

– Certo – disse Eileen, enquanto anotava o que eu dissera.

Na prática, aparentemente o aspecto mais deprimente de tudo aquilo para Eileen era a quantidade de trabalho a mais que ela teria.

Respirei fundo e perguntei sobre o relacionamento de Jodie com Dave, do casal que a acolhera antes.

– Vou ver no arquivo se tem alguma coisa – disse ela, usando a mesma desculpa da última vez.

Deu-me uma vontade louca de dizer: *Então leia de uma vez o maldito arquivo!*, mas preferi ser mais diplomática:

– Ficarei muito grata se você puder me dar qualquer informação pertinente do histórico de Jodie. Agora é ainda mais importante.

Desliguei o telefone frustrada. Ora, isso realmente não era algo que tivesse de ser dito para ela por mim. Por que a assistente social de Jodie não havia se familiarizado com o caso até agora? Era evidente que ela ainda não havia lido o arquivo e também ainda não fora capaz de visitar Jodie. Elas mal se conheciam, e o bom trabalho de uma assistente social dizia que deveria estabelecer um relacionamento com a criança pela qual era legalmente responsável. Ela também não se ofereceu para dar uma passada para oferecer apoio a Jodie e demonstrar sua preocupação.

Graças a Deus pela Jill. Ela parecia avaliar a gravidade da situação e me ligou de novo para contar que a reunião estratégica havia sido convocada para aquela mesma manhã, mais tarde. Como Jodie não estava na escola e o tempo era curto para encontrar alguém que pudesse cuidar dela, Jill disse que iria em meu lugar e depois me contaria como havia sido.

Sally, a guardiã *ad litem* nomeada pelo juiz para representar os interesses de Jodie, telefonou em seguida. Gostei de Sally desde o início: ela mostrava exatamente a mistura certa de profissionalismo e preocupação que me tranquilizava, sabendo que seriam tomadas as providências corretas em relação a Jodie. Estava ligando para ouvir pessoalmente os detalhes do que havia acontecido com Jodie – e me disse quanto lastimava tudo aquilo, como era terrível que aquele abuso não tivesse sido descoberto antes. Naturalmente, era preciso ter objetividade, mas estava claro que o caso de Jodie a tocara, e gostei que ela estivesse mostrando isso. Mais uma vez, repeti os detalhes da revelação de Jodie. Sally me agradeceu por tudo o que eu estava fazendo e me deu o telefone de sua casa, caso emergisse mais alguma coisa.

Por fim, o telefone parou de tocar. Pus a chaleira no fogo e tentei fazer Jodie se acalmar brincando com a massinha, mas ela não queria nada daquilo. Estava numa atividade frenética, acreditando corretamente que aquilo estivesse relacionado a ela. Por sorte, Paula e Lucy chegaram da escola e a distraíram pelo tempo suficiente para me permitir pôr em ordem os pensamentos.

Pouco depois, o telefone tocou de novo. Era Jill.

– Oi, Cathy. Estou ligando só para dar a você o resultado da reunião estratégica. O contato com o pai e a mãe de Jodie foi suspenso a partir de agora até se saber mais. Você pode dizer para Jodie?

– Ela não verá nem a mãe? – perguntei surpresa.

– Não. Até saberem mais, eles preferem a segurança.

– Está bem, explico para ela. Sabe Deus como ela receberá a notícia.

– Conforme combinamos antes, seria ótimo se você tentasse descobrir onde estava a mãe enquanto o abuso acontecia.

– Vou tentar.

– Cá entre nós, isso está me parecendo uma baita confusão do Serviço Social. Parece que os diabos estão soltos enquanto eles tentam descobrir como é que isso pode ter acontecido.

Desliguei e olhei o relógio: já eram 17h30, e eu nem havia pensado no jantar. Exausta, fui até o jardim de inverno, onde Paula e Lucy faziam um bom trabalho, ajudando Jodie a modelar a massinha. Resolvi tratar logo do primeiro contato, porque eu não desejava que ela, de forma alguma, se sentisse responsável por não ver seus pais.

– Precisamos ter uma conversinha – eu disse para as meninas. – Explico mais tarde.

Elas entenderam e foram saindo.

– Obrigada pela ajuda – gritei para as duas.

– *Explico mais tarde* – repetiu Jodie.

Ouvi as meninas rirem.

Eu me agachei ao lado dela e comecei a falar sobre estar segura, manter-se segura e quanto ela estava segura comigo.

Prestativamente, ela disse:

– Eu não estava segura com o meu papai, não é, Cathy?

– Não, não estava. E por isso, Eileen acha que é melhor você não ver nem o seu papai nem a sua mãe por algum tempo, até tudo ser resolvido.

– Está bem, Cathy – disse ela, sem o menor sinal de preocupação. – Vou contar para ela.

Aí se levantou e começou uma conversa consigo mesma, em que dizia para Jodie que ela não veria a mamãe ou o papai porque tinha que ficar segura.

Muito fácil, pensei. Não é normal. Afinal, ela passou 8 anos com eles. Eu havia lidado com crianças que haviam sido maltratadas, tratadas com descuido ou até sofrido abusos, e, não importa o que tivessem sofrido, elas sempre mantinham alguma ligação emocional com seus pais. Eu nunca tinha visto uma reação como aquela. Passei para a segunda questão, sobre a presença da mãe durante o abuso. Jodie sentou-se de novo e pegou um pedaço de massinha colorida.

– Jodie, sabe aquilo que você me contou mais cedo? Você consegue se lembrar de onde estava a sua mãe enquanto o papai estava no seu quarto?

– *É um gato!* – exclamou ela, apertando a massinha em uma forma de pera alongada.

– É? Puxa, que legal! – cheguei mais perto dela. – Jodie, quando o seu papai estava no seu quarto fazendo coisas ruins, onde estava a sua mamãe?

Ela deu de ombros e passou a língua pelo lábio superior em concentração.

– Ela estava em casa, Jodie, ou estava na rua? Você contou para ela o que ele estava fazendo?

– Eu contei pra ela – disse Jodie, esmagando a massinha com a palma da mão. – Eu contei pra ela. Eu disse que queria um gato. Me arranja um agora!

E saiu atrás de Toscha. Não a persegui. Eu tinha de esperar que ela estivesse pronta.

CAPÍTULO ONZE

A COZINHA E A LIMPEZA

No meio da noite, fui despertada pelos berros mais apavorantes que já tinha escutado. Não tive tempo de vestir o robe nem de enfiar os chinelos. Saí da cama e fui correndo, tonta por levantar-me tão depressa. Escancarei a porta do quarto de Jodie. Ela estava no chão, esperneando de um lado para o outro, berrando com todas as forças, toda dura por causa de uma convulsão de medo.

– Jodie! – gritei, tentando interromper o pesadelo. – Jodie, é a Cathy!

Os gritos dela abafavam o meu grito.

Caí de joelhos e agarrei as mãos dela. O rosto estava todo retorcido e ela enfiava os dedos em garra nos olhos, tentando arrancá-los. Prendi um braço debaixo do meu joelho e o outro acima de sua cabeça. Ela estava lutando com todas as forças e tinha uma força incrível, como se os demônios tivessem saído para lutar contra ela.

– Jodie! Abra os olhos! É a Cathy. Você está segura comigo!

Ela rangia os dentes e batia os pés no chão. Continuei segurando seus braços e falando.

– Jodie! Você está segura no seu quarto! É um pesadelo. Nada pode machucar você aqui.

Os gritos atingiram um pico, depois pararam, e o corpo dela ficou mole. Ouvi um jato de urina e apareceu a mancha em seu pijama. Os olhos dela piscaram, abriram e lentamente ela virou a cabeça. Fixou diretamente o olhar em mim depois virou a cabeça e vomitou. Parecia o fim da convulsão.

– Tudo bem, Jodie. Está tudo bem. Tudo vai ficar bem.

Ela sussurrava, seus olhos começaram a entrar em foco. Parei de segurá-la com tanta força e aninhei-a em meus braços. O cheiro de vômito e urina fazia meu estômago revirar.

– Você está segura, Jodie. Nada pode machucar você aqui. Vou tomar conta de você. Não se preocupe, minha bonequinha.

Embalei-a suavemente.

Ela choramingava. Passou os braços em volta da minha cintura e apertou-a com força.

– Eu não quero aquilo na minha boca. Diz pra ele. Diz pra ele que aquilo me deixa enjoada, Cathy.

– Não vai acontecer de novo, minha bonequinha. Eu prometo. Você está segura.

– Eu disse pra ela fazer ele parar. Mas ela não ouvia!

– Quem, Jodie? Para quem você disse?

Ela começou a chorar de novo.

– Está bem. Não se preocupe. Você vai me contar quando estiver pronta para contar. Só quando você estiver pronta, minha bonequinha.

Segurei Jodie no colo até ela estar completamente calma, depois a ajudei a levantar-se e a levei ao banheiro. Limpei a nós duas e a ajudei a vestir um pijama limpo. Ela estava calada e exausta. Levei Jodie para o quarto e a coloquei na cama. Depois, sentei-me no chão a seu lado e fiquei acariciando seu cabelo.

Ela acabou adormecendo. Deixei a luz acesa ao deslizar para fora do quarto e fechei a porta devagarinho. Voltei para o meu quarto, vesti uma camisola limpa e o robe, enfiei os chinelos e desci. Eram 3 horas da madrugada. Os gritos de Jodie devem ter acordado os outros, mas acho que viraram de lado e voltaram a dormir.

Na cozinha, enchi um balde com água quente, coloquei um pouco de desinfetante e deixei as roupas de molho. Ainda não adiantava voltar para a cama. Eu não conseguiria dormir – estava carregando o peso do sofrimento de Jodie; além do mais, ela poderia acordar de novo a qualquer momento. Recostei-me pesadamente na superfície da mesa e fiquei olhando o relógio do forno passar outro minuto. Toscha apareceu ronronando em volta das minhas pernas, achando que talvez fosse hora do café da manhã. Servi um pouco de leite para ela e fiz uma caneca de chá para mim.

Meus pensamentos foram para o maço de cigarros em cima do armário das vassouras. Eu o tinha posto ali quando parei de fumar, há seis meses. Eu tinha conseguido, só fumava um quando era indispensável. Deixei lá em cima no armário porque era difícil de alcançar. Senti uma pontada de culpa quando abri o maço e tirei um cigarro. Os fósforos estavam no armário à prova de crianças, debaixo da pia; eu tinha jogado fora todos os isqueiros. Abri a porta dos fundos e fui lá para fora. Eu nunca fumava dentro de casa.

A noite estava fria e clara. Não dava para ver a Lua, mas o céu de um escuro profundo era um lençol de estrelas cintilantes. Aquele arzinho frio era um alívio para a atmosfera pesada que agora invadia a casa. O fósforo brilhou na escuridão, como se estivesse realçando a minha transgressão. Levei-o à ponta do cigarro e inalei. Senti aquele velho *barato* conhecido, ao mesmo tempo nocivo e tranquilizador, senti outra pontada de culpa, mas inalei de novo, concentrando-me no ritual, permitindo-me não pensar em mais nada. Quando terminasse, eu não sabia se me sentiria melhor ou pior.

Voltando para dentro, pus os fósforos de volta no armário e escondi os cigarros em uma gaveta mais acessível. Lá em cima, ainda estava tudo em silêncio; fui para a sala de estar e liguei a televisão. Havia hóquei no gelo no canal cinco. Deixei o volume bem baixinho e fiquei olhando sem ver enquanto os pensamentos disparavam na minha cabeça. O que aquela criança havia sofrido? Eu mal conseguia imaginar. E quem seria essa "ela" de que Jodie havia falado? A mãe dela? Uma tia? Uma professora na escola? Eu estava impressionada pelo fato de nada ter sido descoberto antes. Jodie estava no registro como criança em risco desde que nasceu; uma assistente social deveria ter ido vê-la a cada quinze dias. Eu não conseguia acreditar que nenhuma delas não tivesse percebido nada a respeito de seu relacionamento com o pai, já que aparentemente o abuso vinha de anos. A mãe certamente sabia, mas essa era uma avenida que eu ainda não tinha coragem de percorrer. A certa altura, devo ter caído no sono, pois, de repente, o rinque de gelo se transformara em mapa do clima e nuvens negras cobriam a maior parte do sul da Inglaterra. O relógio no canto da tela dizia que eram quase 6h30, a casa ainda estava em silêncio. Talvez me contar o abuso tenha sido catártico para Jodie, talvez ela se mostrasse menos perturbada agora. Subi a escada arrastando-me e aproveitei para tomar uma chuveirada bem demorada, relaxante. Conforme a água batia no meu pescoço e nos meus ombros, sentia a tensão se dissipar, e me preparei para um novo dia.

Ao me vestir, sentia-me rejuvenescida e pronta para a ação. Pendurei as toalhas e ouvi Jodie se espreguiçando. Minutos depois, ela estava de pé, berrando palavrões e desarrumando seu quarto. Entrei e procurei tranquilizá-la novamente. Como isso também não funcionou, eu disse para parar com aquilo e terminei tendo de tirar a televisão como castigo.

Com receio do estrago que ela poderia fazer se deixada sozinha, permiti que descesse para tomar o café da manhã com Lucy e Paula, o que terminou se revelando um enorme erro. A partir do momento em que se sentou, Jodie passou a atormentar as meninas, cutucando e chutando, enfiando a colher em seus cafés e sendo muito desagradável em geral. Paula deixou a maior parte de seus cereais, em uma tentativa de escapar daquilo, e Lucy, por fim, deu-lhe um tapa na mão e subiu furiosa para terminar a torrada em seu quarto. Quando Adrian apareceu, os meus nervos estavam em frangalhos e minha serenidade matinal havia desaparecido completamente.

– Está olhando o quê? – perguntou ela assim que Adrian se sentou.

Jodie parecia ter um pavor especial de ser olhada e nunca ficava bem quando percebia estar sendo observada; tornava-se irritada com quem estivesse olhando para ela. Quando chegou, eu havia notado que ela evitava contato com os olhos e preferia olhar para o peito das pessoas com quem estivesse falando. Da mesma forma, ela jamais conseguia relaxar, estava sempre pulando se alguém entrasse na sala, como se estivesse em alerta permanente e pronta para fugir se necessário. Eu não tinha pensado nisso antes, mas agora, diante do que ela havia me contado, tudo assumia um significado muito sinistro.

Adrian se remexia desajeitadamente e se concentrou em seu café da manhã.

Eu a vi abrindo aquele sorriso perverso, com uma contorção macabra no rosto e, de repente, rápida como um raio, ela enfiou a mão na tigela, encheu-a com o mingau e atirou nele.

– Jodie! *Pare com isso!* – gritei, tirando a tigela da frente dela. – Isso foi muito feio. Agora eu tenho de limpar o *blazer* dele. Veja a sujeira que você fez.

Ela torceu o nariz.

– É pra isso que você está aqui. Pra limpar e cozinhar. Vamos, *sua puta*, faça isso.

Adrian não conseguia acreditar no que havia escutado; nem eu.

– O que foi que você disse? – perguntei.

Ela me olhava como se fosse repetir, por isso interrompi.

– Não ouse dizer uma coisa dessas. Se você está pensando que eu não tenho nada melhor para fazer a não ser limpar a sua sujeira, está muito enganada. Você perdeu a televisão hoje e, se acontecer mais alguma coisa, vai ficar sem ela pelo resto da semana.

Lavei a mão dela, passei uma esponja no *blazer* de Adrian, depois tirei a mesa do café da manhã. Não falei mais com Jodie nem olhei para ela. Eu queria que ela sentisse que eu não estava gostando daquilo. Sabia que ela tinha sofrido bastante na vida, mas a única esperança que havia para seu futuro era de que procurasse compreender como funciona uma família normal na sociedade. Ela tinha de aprender o que era um comportamento aceitável e que tipo de tratamento dos outros era considerado inteiramente errado.

Somente depois que enchi a máquina de lavar pratos e vi Adrian, Lucy e Paula saírem para a escola é que fiz as pazes.

– Não quero mais xingamentos nem coisas jogadas por aí. Está entendendo? É muito mau, e você não é uma garota má.

– Não. Desculpa, Cathy – disse ela, temporariamente moderada.

– Está bem. Você quer que eu leia uma história?

– Quero sim, por favor, Cathy.

Dei-lhe um abraço, e fomos para a sala de estar, onde ela apanhou meia dúzia de livros e jogou no meu colo. Sentamo-nos lado a lado no sofá, e Jodie pediu outro abraço. Envolvi-a com meus braços; pensei que talvez fosse um bom momento para perguntar sobre sua mãe, já que ela havia acalmado e estava razoavelmente cooperativa.

– Antes de começar, Jodie, eu quero perguntar uma coisa sobre a noite passada. Lembra que você estava chateada e eu fui para o seu quarto?

Ela lançou aquele olhar inexpressivo para mim, o que não era nada fora do comum, por isso resolvi ir em frente.

– Você disse que tinha contado para alguém o que o seu papai estava fazendo... lembra? Disse que pediu para *ela* mandar ele parar.

Ela continuava olhando para mim e apertou as sobrancelhas em concentração, tentando lembrar.

– Jodie, para quem você contou? Você consegue lembrar? Eu sei que era uma mulher, porque você disse "ela"...

Ela se afastou um pouquinho e pegou o livro que estava em cima da pilha.

– A casa dos três porquinhos. Foi isso que eu disse, e eles sopraram e derrubaram a minha casa.

Sorri por dentro com aquele desvio muito esperto.

– Não, não foi isso que você disse. Preste atenção. É importante.

– Não lembro, Cathy. Não consigo. De verdade, não consigo, Cathy.

– Está bem, querida. Vamos ler.

Naquela tarde, liguei para Jill e disse que não havia conseguido nada.

– Ela realmente parece não lembrar. Terei de esperar até ela estar pronta.

– Tudo bem. Você está fazendo o possível, Cathy. Nunca se ouviu falar de algo assim. Em alguns casos, quando a criança está emocionalmente traumatizada, o cérebro pode se trancar para proteger a criança dessas memórias horrendas. No momento em que se sentir segura novamente, a criança poderá ser capaz de soltar alguma coisinha mais, mas apenas até onde o cérebro dela sentir que é capaz de lidar.

Parece um mecanismo com o qual eu poderia lidar, pensei comigo mesma. Terminei a conversa com Jill sentindo-me um pouco melhor. Eu só esperava que esse momento fosse uma virada para Jodie. Agora que ela fora capaz de revelar o que havia acontecido, talvez começasse a melhorar de modo geral.

Eu não poderia estar mais enganada.

CAPÍTULO DOZE

MONSTROS

Demorou semanas até Jodie se sentir segura o suficiente para revelar um pouco mais. Nesse meio-tempo, seu comportamento, longe de melhorar, deteriorou-se ainda mais. Ela se tornava cada vez mais violenta, não apenas contra mim e as crianças, mas também contra si mesma. Por alguma razão, com frequência, ela ficava tensa na mesa do jantar. No meio de uma refeição, de súbito começava a passar mãos em garras no rosto ou a cortar o cabelo. Outras vezes, arranhava e beliscava os braços, deixando marcas e machucados. Eu rapidamente a continha, naturalmente, envolvendo-a com meus braços até se acalmar.

Também estava defecando. Depois daquelas duas primeiras vezes, ela havia acalmado e parado de se sujar, mas agora começava tudo de novo e pior do que antes. Agora, ela simplesmente se lambuzava toda com cocô e depois, se eu não fosse rápida, lambuzava a casa. Não havia um padrão nem motivo, mas ela parecia compreender que sujar tecidos levaria a um sermão bem mais sério do que lambuzar superfícies impermeáveis (como as paredes ou os balaústres da escada) e parecia evitar sujar o sofá e as cortinas. Como sempre, era impossível entender os motivos de Jodie ou até mesmo saber se ela realmente tinha consciência do que fazia.

Por causa dessas atitudes, a casa estava sempre cheirando a desinfetante. Certa noite, quando me preparava para ir para a cama, percebi que a pele das minhas mãos estava áspera e vermelha, e minhas impressões digitais estavam enrugadas de todos os detergentes. Esse hábito de Jodie era desagradável para todos, para dizer o mínimo, embora provavelmente tivéssemos adquirido uma tolerância exagerada à má higiene, tendo lidado com uma série de acolhimentos de crianças com problemas semelhantes. Não creio que possa esquecer o dia em que olhei em volta do quarto de uma adolescente, procurando encontrar a origem de um persistente cheiro horrível. Quando olhei atrás do guarda-roupa, encontrei uma pilha de absorventes higiênicos usados, datando de quando ela chegara, seis meses antes.

Apesar da violência, dos insultos, do excremento, da falta de sono e de muitos outros traumas, as crianças tinham uma inacreditável paciência com Jodie, pois agora sabiam a razão de seu comportamento.

Pouco depois das primeiras revelações, uma noite chamei todos e contei o tipo de maus-tratos e abuso que a menina havia sofrido e os adverti sobre algum outro possível comportamento que poderíamos esperar; era importante que eu contasse para eles porque a própria Jodie poderia muito bem contar, como contara para mim – por isso eles precisavam estar preparados. Além do mais, eles já estavam ouvindo coisas que ela começara a dizer. Assim como fizera com Nicola, Jodie começava a soltar em conversas referências aqui e ali sobre o que havia acontecido com ela. Eu tinha de explicar a eles sobre o que ela estava falando.

Paula tinha apenas 13 anos, por isso houve certos detalhes do abuso que tive de explicar minuciosamente para ela: quando Jodie mencionava o pai urinando em sua boca, por exemplo, eles tinham de saber que ela estava falando em sexo oral. Isso não era apenas embaraçoso para todos nós, mas novamente eu fui lembrada da influência possivelmente negativa que o acolhimento poderia estar sendo para meus filhos. Quanto seria saudável para Paula saber sobre sexo nesse contexto? Haveria algum risco de prejudicar seus relacionamentos no futuro?

Como eu esperava, as crianças ficaram chocadas e horrorizadas. Eu desejava não ter sido necessário trazer tudo aquilo para o mundo deles, era terrível vê-los completamente mudos enquanto absorviam as implicações do que eu estava dizendo. O fato de que o pai de Jodie tivesse feito aquilo com ela era evidentemente um conceito difícil e quase impossível para eles lidarem. As crianças já estavam acostumadas a ouvir falar do histórico complicado de outras crianças que eu acolhera - às vezes, era importante para a proteção deles que soubessem o que havia acontecido - mas isso estava *muito* além de tudo o que eles conheciam.

– Vocês sabem que tudo isso é estritamente confidencial - lembrei aos meninos, e eles fizeram que sim com a cabeça, muito sérios.

Eles sempre entendiam que qualquer coisa que soubessem dentro de casa era para permanecer dentro de casa e não deveria ser repetido para ninguém. Eu confiava inteiramente nos três.

Depois dessa conversa, as crianças passaram a tolerar ainda mais o comportamento de Jodie. Procuravam passar mais tempo brincando com Jodie e permaneciam simpáticos até quando ela estava berrando coisas como "Saiam da porra da minha casa!" ou atacando-os com pontapés. Não obstante, a paciência deles tinha limites, e quando Jodie interrompia uma refeição descrevendo graficamente como o sangue escorrera de sua mão quando sua mãe a cortara de propósito, Lucy perdeu a paciência:

– *Sua* grossa! - exclamou ela, e pegou o prato e foi terminar o jantar na sala de estar.

Uma tarde de verão, quando Jodie já estava conosco há uns quatro meses, Jill apareceu para uma de suas reuniões periódicas; embora sendo um contato e ela não tivesse obrigação estatutária de nos visitar (ao contrário da assistente social de Jodie), a boa prática ditava que deveria aparecer uma vez por mês, ou uma vez a cada mês e meio, para ver como estavam indo as coisas, oferecer um pouco de apoio e examinar as minhas anotações no diário.

Como era um glorioso dia ensolarado, resolvemos levar Jodie ao parque. Apesar de ter ficado acordada a maior parte da noite com pesadelos e diversos tipos de perturbações, como acontecia muitas vezes, Jodie estava cheia de energia e impaciente para tomar sol. Eu, por outro lado, estava simplesmente exausta.

– E então, como ela está indo? – Jill perguntou, enquanto caminhávamos pelo jardim florido imaculadamente bem cuidado.

Jodie seguia alguns metros à frente, ansiosa para chegar ao *playground*, aparentemente sem perceber o deslumbrante conjunto de cores e perfumes à sua volta.

– Ela está piorando – respondi. – Está tendo cada vez mais daqueles chiliques histéricos, berra sem nenhuma razão aparente e, assim que se recupera, mal parece ter ideia do que aconteceu. Foi por isso que a Nicola não ficou para a aula de hoje de manhã. Mais ou menos uma vez por semana, Jodie fica simplesmente incontrolável, por isso tivemos de desistir e cancelar a sessão.

– Como ela está dormindo?

– Não maravilhosamente. Ela acorda às 5 horas, às vezes antes. Ela chegou a aprender a ficar no quarto e brincar sem fazer barulho, mas, nestas últimas semanas, ela começou a ter pesadelos medonhos que mais parecem alucinações. Para ela, são completamente reais e, às vezes, parecem continuar depois que ela acordou. É horrível, você acorda com ela gritando e a encontra escrevendo no chão, e aí ela dorme, acorda e fica aos gritos a noite inteira. Chegou ao ponto em que ponho uma cadeira no corredor, e assim, depois que a acalmo a primeira vez, sento-me ali e fico esperando... se tiver sorte, consigo ter uma soneca por alguns minutos, até ela começar tudo de novo.

– Você deve estar completamente arrasada...

Chegamos ao *playground*, e Jodie pulou num balanço e começou a se balançar cada vez mais alto.

– Cuidado, Jodie – avisei, depois fiquei de pé com Jill na beira do gramado, onde Jodie podia me ver observando-a.

Ela não tinha nenhum senso de perigo ou instinto de proteção e era capaz de se balançar até perder o controle, se lhe fosse permitido.

– Que tal foi a audiometria? – perguntou Jill.

Eu havia levado Jodie para fazer um teste na semana anterior, pois, em certas ocasiões, ela não parecia escutar o que acontecia a seu redor.

– Acho que foi bem. Estamos esperando o laudo médico, mas a enfermeira parece achar que não há nada errado com ela.

– Quer dizer que ela se fechou...? – perguntou Jill, referindo-se à maneira como algumas crianças muito maltratadas parecem desligar os sentidos para se protegerem.

Quando não se vê, não se ouve ou não se sente nada, talvez não esteja acontecendo. Quando se fecham assim, essas crianças passam a ter menos consciência do que acontece a seu redor e têm menos senso de coisas que, em geral, consideramos normais, como notar o sabor agradável da comida ou perceber que a água do banho está quente demais.

– Acho que sim... Há alguns sinais, com certeza. Dificilmente há alguma coisa que lhe dê algum prazer. Ela não parece ter nenhuma sensibilidade em relação à temperatura: mesmo quando estava realmente muito frio, eu tinha de lutar todos os dias para impedir que ela ficasse só usando uma camiseta e *shorts*. Há dias em que ela está relativamente calma, acho, embora eu não possa dizer que sejam dias bons. Quando conseguimos atravessar um dia sem um grande chilique, achamos que fomos muitíssimo bem. E isso é raríssimo.

Jill olhou para mim, mostrando solidariedade.

– Você está trabalhando arduamente... Eu sei. Você está fazendo um trabalho brilhante, realmente está.

Dei um sorriso amarelo. Receber cumprimentos era muito bom, mas o que realmente desejava era uma boa noite de sono. Eu estava sempre exausta e, embora a minha paciência estivesse quase no fim, sentia que todos os meus recursos estavam se esgotando.

Começamos a caminhar de volta, satisfeitas porque a saída até então não tivera nenhum incidente. O sol ainda estava claro, mas eu estava ansiosa para aproveitar o bom comportamento de Jodie. Se conseguíssemos chegar em casa sem nenhum drama, eu poderia elogiar e dar-lhe uma recompensa, e poderíamos estabelecer um bom precedente de como um dia fora de casa deveria ser. Jill e eu pegamos as mãos de Jodie, enquanto voltávamos do parque bem devagarzinho.

– Devo admitir que estou bastante preocupada com a ausência de qualquer melhoria – disse, usando uma linguagem deliberadamente vaga para que Jodie não percebesse que estávamos falando dela. – As perturbações estão piorando, especialmente à noite.

– E alguma daquelas revelações tratava da presença materna como discutimos?

– Não. Ela fala cada vez mais sobre aqueles eventos, mas não tem surgido nenhuma novidade. Francamente, estou doente de tanta preocupação. As coisas parecem estar piorando em vez de melhorarem. Você não tem nenhum conselho prático que possa me dar? – eu procurava não mostrar na minha voz o desespero em que estava.

– Não mais do que você já está fazendo – disse Jill, solidária. – Para ser bem franca, há um limite com o qual você deve esperar conseguir lidar. Talvez esse trauma emocional seja tão grave que somente uma unidade terapêutica consiga resolver. Vou dar uma olhada e ver o que há disponível. Não vou fazer nada, vou só dar uma olhada.

Quando chegamos à esquina da minha rua, permiti que Jodie saísse correndo à frente, enquanto Jill e eu seguíamos caladas. Eu esperava algum tipo de conselho prático, embora o grau da perturbação de Jodie aparentemente também estivesse fora da experiência de Jill. Fiquei decepcionada, mas preferi pressionar um pouco. Vi que Jodie havia parado um pouco adiante na rua, olhando atentamente para algo no meio-fio.

– Jodie – chamei. – O que você está fazendo? Venha cá!

Ela me olhou e se virou, com aquele sorriso perverso, e levantou orgulhosamente um pombo morto, como se fosse um troféu. A cabeça do pássaro estava caída de lado, o peito estava rasgado, com as entranhas sanguinolentas expostas. Jodie olhava para aquilo, fascinada.

– Jodie! Ponha isso no chão! Agora mesmo! – eu disse com firmeza.

Ela me olhou, virou lentamente para o outro lado, enfiando o dedo na carne sangrenta do pombo e o jogou de novo no meio-fio.

– Que nojo! – disse Jill.

Segurei os cotovelos de Jodie com as minhas mãos em taça, por trás, e a fui conduzindo, braços estendidos, para a casa. Jill foi direto no carro, sem entrar em casa, porque tinha outra reunião para ir. Guiei Jodie pela porta da frente e fui com ela direto para a pia da cozinha. Ela olhava para mim enquanto eu enchia a pia com água quente e sabão.

– Foi bom lá no parque, não foi, Cathy?

O rosto dela estava corado, mais feliz do que eu a via em semanas. Sorri para ela. Eu não poderia ficar furiosa, afinal, ela não havia feito nada de errado. Eu estava preocupada com o fascínio macabro que o pássaro morto havia inspirado.

Na manhã seguinte, desde muito cedo, ficou claro que havia algo diferente. Tive tempo para tomar uma chuveirada, vestir-me e secar o cabelo. Fiz os lanches das crianças, embrulhei todos e cheguei até a tomar uma xícara de café em paz. Aí comecei a me preocupar.

Subi a escada, fui na ponta dos pés até o quarto de Jodie e fiquei escutando. Silêncio. Ela não estava nem falando sozinha, o que fazia o tempo todo, até em seus momentos mais calmos. Bati e entrei. Ela estava deitada em cima do acolchoado, olhando para o teto. Estava tão parada que, por um instante, pensei que estivesse morta.

– Jodie? – sacudi o ombro dela. – Jodie?

Ela contorceu um pouquinho o canto do olho.

– Jodie? O que há? Você está doente?

Ela não se mexeu. Os braços e as pernas estavam estendidos, tensos, tão rijos que pareciam envoltos em concreto. Eu sabia que não era um chilique, ou pelo menos nada como qualquer chilique que já houvesse presenciado.

– Jodie? Está me ouvindo?

Sacudi-a de novo, desta vez com mais força.

– Jodie, olhe para mim! Diga o que está errado. É a Cathy... Jodie? Você está me ouvindo?

Ela piscou, depois se virou bem devagar para olhar para mim. As pupilas estavam dilatadas, havia grandes anéis escuros em volta dos olhos.

– Ele veio aqui hoje à noite. Você disse que ele não vinha, mas ele veio. Eu sei, eu sei que era ele.

Eu me ajoelhei e segurei bem apertada a mão dela.

– Não, meu amor, não veio ninguém aqui. Você se lembrou de alguma coisa e parece verdade.

– Eu não contei. Eu não contei porque *ela viu*. Ela viu, Cathy. Ela viu e não mandou ele parar.

– Alguém viu o seu pai fazer coisas ruins com você?

Ela assentiu com a cabeça.

– Quem, querida? Quem era essa pessoa?

Ela olhou direto para mim, os olhos arregalados de terror, o rosto mortalmente pálido. Dava para sentir o pescoço dela palpitando.

– A mamãe. A mamãe viu. Eu disse pra ela mandar ele parar, mas ela não fez nada. Ela ria e olhava. Todos eles fizeram.

Gelei.

– *Eles?* Tinha outras pessoas?

– O tio John, o Ken, a tia Bell. Eles tiraram retratos quando o tio Mike *tava* fazendo.

– O tio Mike?

O rosto dela estava branco, ela olhava para mim e falava, mas era como se estivesse em transe.

– Ele se deitou em cima de mim, igual o papai. Eu não queria. Doía. O papai me segurou quando foi a vez do tio Mike. Eu estava chorando e gritando, aí o papai botou a coisa dele na minha boca. A tia Bell disse que isso ia fazer eu calar a boca. E aí todos eles riram.

Ela tremia de medo.

Procurei esconder o horror que sentia e me concentrar no que estava escutando. Eu precisava ouvir com cuidado, não podia esquecer nenhum daqueles nomes e detalhes, para juntar o máximo de provas que pudesse enquanto ela falava. Eu não sabia quando ela se abriria de novo. Acariciei a testa dela e sussurrei palavras de conforto.

– Jodie, você está segura agora. As portas estão trancadas, com a corrente passada. Temos um alarme muito bom. Ninguém pode entrar aqui. O que eles fizeram é a coisa mais horrorosa que um adulto pode fazer com uma criança. Eles são pessoas muito más, Jodie.

Ela concordou, sem muita convicção.

– Eles me deram uma porção de doces e brinquedos – ela olhou para as caixas transbordantes de brinquedos.

– Foram eles que compraram todos esses brinquedos? – perguntei.

Ela fez que sim de novo. Era isso: não eram presentes, não eram coisas para ela ter o prazer de brincar, mas sim subornos, para comprar seu silêncio e cumplicidade.

– Jodie, os adultos bons não compram presentes para as crianças porque fizeram coisas ruins com elas. Era para você não falar?

– Era o nosso segredo. Eles me disseram que, se eu contasse, iam acontecer coisas horríveis. Eles iam me levar para uma caverna bem escura, e um monstro ia comer os meus braços. Ele vai, Cathy? – a voz dela ficou mais alta com o medo. – Ele vem aqui e vai morder e arrancar os meus braços?

– Não, ele não virá aqui, de modo algum. Os únicos monstros são essas pessoas, e elas não vão chegar nem perto de você, nunca mais. Eu prometo, Jodie.

Ela pensou nisso, e então um sorriso triste atravessou seus lábios.

– A tia Bell era boazinha. Não fez coisas. Ela só olhava.

Estremeci diante daquela lógica distorcida.

– Isso também é ruim. Ela viu que você estava sendo machucada e não ajudou. Ela devia ter impedido. É isso que ela devia ter feito. Onde eles estavam quando estavam olhando?

– No meu quarto.

– E o carro? Uma vez você falou de um carro...? Quem estava no carro, Jodie?

– A mamãe e o papai. A mamãe tirou retratos do papai e de mim. É um carro muito grande. *Nós tava* atrás. *Tava* escuro. Eu não gosto do escuro. A câmera clareava tudo. Será que eles vão fazer ele parar, Cathy?

– Espero, sinceramente, meu amorzinho. Todos eles. Vou dizer para a sua assistente social, e ela vai contar para a polícia. A polícia vai querer falar conosco, mas não se preocupe, eu vou ficar com você.

Eu ainda estava segurando a mão dela e passando a mão em sua testa, relutando em soltá-la. Já passava das 7 horas, eu devia estar acordando os outros para a escola.

– Tem alguma coisa mais que você queira me contar agora? Você foi muito valente, e é importante você me contar se tem mais alguma coisa.

Ela abanou a cabeça. Embalei-a por algum tempo, depois coloquei-a com cuidado na cama e tentei me concentrar.

– Cathy? – disse ela subitamente.

– Sim, querida.

– O seu pai fazia *essas coisa* com você?

– Não. De modo algum – eu disse. – Nunca, nem em um milhão de anos. Ele é um homem muito bom. A maioria dos adultos é gente boa.

– E o pai da Paula e da Lucy?

– Não. O pai da Paula nunca a machucou. O pai da Lucy batia nela, e é por isso que ela está aqui, mas ele nunca a machucou daquele jeito.

– Foi tudo culpa minha, Cathy? Eu não queria... a mamãe disse que eu tinha muita sorte. Ela disse que era porque ele gostava muito de mim. Ela disse que eu devia calar a boca e aproveitar. Ela disse que eu era a menininha do papai.

– Ela estava errada, Jodie. Os pais e as mães abraçam seus filhos para mostrar que gostam muito deles. Eles não machucam os filhos. E não foi culpa sua, Jodie. Nunca mais acredite numa coisa dessas.

Abracei-a de novo, ela pediu a televisão e, pela primeira vez desde que havia chegado, pareceu contente em permanecer na cama enquanto os outros levantavam.

Saí do quarto e, por um momento, fiquei parada no alto da escada, tentando me recompor. Eu estava gelada de frio e tremendo de raiva. Imaginava Jodie sendo segurada por seu pai. Via os outros olhando. Ouvia as risadas deles. Não era de se espantar que ela estivesse no estado em que estava. Agora eu sabia de onde vinha a fúria dela, e agora eu compartilhava dessa fúria. Eu não quisera acreditar que pudesse haver alguma coisa pior do que o pai dela sujeitando-a aos atos vis que ela havia descrito, mas agora, para meu horror, dei-me conta de que era muito, mas *muito* pior do que qualquer pessoa pudesse ter sequer suspeitado. Ela havia sido vítima do pior tipo de maus-tratos que eu podia imaginar, não eram apenas seus pais que a sujeitavam ao tratamento mais degradante que qualquer criança pudesse sofrer, mas os dois eram cúmplices e também cúmplices eram os outros adultos. Eu sentia a náusea revirando dentro de mim, quando percebi que não eram somente os pais dela, em sua posição de cuidado e confiança tão preciosa, mas muitos outros que haviam conspirado para fazer do mundo de Jodie um pesadelo de perversão e sofrimento. Eles haviam transformado tudo o que deveria ser bom na vida de uma criança, transformando-a em algo tão profundamente cruel e mau que eu não consegui encontrar palavras para descrever o que pensava daquilo.

Não era surpreendente que a pobre criança tivesse cortado o mundo à sua volta. Não era de espantar que não tivesse nenhuma sensibilidade que lhe permitisse relacionar-se com outras pessoas, quando tudo o que ela conhecia era crueldade e dor. Não era de se espantar que se mutilasse, que se sujasse toda – que outra coisa ela conhecia do mundo?

Não sei como preparei o café da manhã e vi Adrian, Lucy e Paula saírem para a escola. Assim que eles se foram, telefonei para Jill e contei-lhe tudo.

– É pior do que pensávamos. *Muito* pior – eu disse.

Enquanto contava o que Jodie dissera, eu sentia que Jill entendia a dimensão do que havia acontecido. Ela respirou fundo quando contei que Jodie foi estuprada e maltratada por um círculo de adultos, que observavam e escarneciam.

– Ah, meu Deus... Cathy! Mal posso acreditar no que essa criança passou. Isso é mais do que suficiente para começar um processo policial – disse ela. – Eu sei que deve ser horrível ouvir isso da menina, mas você fez um grande trabalho.

Eu não achava que tivesse feito bom trabalho algum. Eu sentia que havia participado do sofrimento de Jodie. Sentia-me envergonhada por ser adulta.

– Nós já sabemos há quanto tempo isso acontece? – ela perguntou.

– Acho que há certo tempo. Ela perguntou se meu pai fazia isso comigo e ficou espantada quando eu disse que não. Da maneira como ela descreve, parece que essa era a norma para ela, parte de seu cotidiano, e só agora está começando a se dar conta de que é errado – fiz uma pausa. – Jill, com que idade uma criança pode ser estuprada?

– Qualquer idade. Há casos de estupro de bebês de seis meses.

Fiquei arrepiada.

– Cathy, isso tem todos os indícios de uma rede de pedofilia. Alguma vez mostraram as fotos para ela?

– Até onde sei, não. Ela não disse nada a respeito.

– Certo. Escreva tudo isso assim que tiver uma chance. A Eileen está em férias anuais.

– *De novo?*

– É, de novo... por isso vou falar com o Dave Mumby. Eles vão pedir um exame de corpo de delito e a entrevista de memorando com a polícia. Como você está lidando com isso, Cathy?

– Bem melhor do que Jodie. Cretinos!

CAPÍTULO TREZE

A INTEGRAÇÃO

Entre os acolhedores corre a seguinte piada: *Quantos assistentes sociais é preciso para trocar uma lâmpada? Treze – um vai procurar a lâmpada nova e os outros doze fazem uma reunião para discutir a melhor maneira de trocar a lâmpada.* Não é grande coisa como piada, concordo, mas ela mostra como nos sentimos em relação à incapacidade do Serviço Social para agir quando é realmente necessário.

Depois das últimas revelações de Jodie, Dave Mumby queria organizar uma reunião, mas não antes que Eileen pudesse estar presente, o que só aconteceria depois da metade da próxima semana, porque ela realmente estava de férias. Como assistente social encarregada de Jodie, Eileen tinha por obrigação estatutária visitá-la a cada seis semanas, mas, até aquele momento, as duas nunca haviam se encontrado. Eileen telefonava de vez em quando para se informar do progresso de Jodie, mas eu tinha a impressão de que era mais para se poupar do trabalho de vir à nossa casa do que por algum interesse no caso. Talvez ela tivesse uma carga de trabalho muito pesada – era o que realmente acontecia com todos os assistentes sociais – ou talvez se sentisse melhor não se envolvendo muito pessoalmente em um caso. Seja lá o que fosse, não apenas me entristecia saber que Jodie não tinha uma assistente social que se interessasse por ela e defendesse sua causa, mas não era nada profissional. Eu me perguntava se Dave Mumby, chefe da equipe dela, sabia disso.

Jill me informou que a natureza da reunião significava que eu não precisaria estar presente, ela representaria a nós duas. Enquanto isso, ela acrescentou, Dave pedia que eu concentrasse minha atenção em encontrar uma escola para Jodie, porque seus pais haviam feito uma reclamação sobre a falta de educação da menina. Jodie havia abandonado a escola anterior quando foi levada para acolhimento, e a velocidade de suas diversas mudanças impediu que ela estivesse matriculada.

Fiquei atônita. Os pais de Jodie agora saberiam do que estavam sendo acusados. Quando uma criança faz uma acusação, os pais sempre são informados da natureza da alegação. Além do mais, quando todo o contato entre Jodie e seus pais foi bruscamente interrompido, as razões deveriam ter sido dadas. Eu estava duplamente espantada pelo fato de Dave estar considerando aquela uma prioridade, enquanto retardava a reunião.

Jill sugeriu que eu tentasse a Harvestbank, uma escola primária local que pegava crianças com dificuldades de aprendizagem e de comportamento. Jodie já tinha uma declaração de necessidades educacionais, que é um documento com um esboço das necessidades particulares daquela criança, redigido depois que ela foi avaliada por um psicólogo educacional. As necessidades de Jodie eram graves o suficiente para que a declaração contivesse uma autorização para pagar uma assistente em tempo integral em qualquer escola que a aceitasse. Isso significava, pelo menos em teoria, que a escola teria um incentivo a mais para aceitá-la, se estivesse com escassez nos fundos.

Telefonei para a Harvestbank e falei com a diretora. Era uma senhora muito simpática, que me explicou muito gentilmente que eles estavam acima de sua cota de crianças com necessidades especiais, estavam esticados até o limite. Sugeriu que eu ligasse de novo daí a seis meses. Agradeci e desliguei.

Abri as páginas amarelas e fui grifando todas as escolas primárias a uma distância razoável para o transporte, e comecei a ligar. As quatro seguintes me deram a mesma resposta: estavam todas acima da cota e havia uma lista de espera. Não adiantou muito o financiamento extra. Desliguei o telefone e respirei fundo. Não sabia se devia ou não ligar para a escola que Adrian e Paula haviam frequentado. Ela só tinha um pequeno departamento de necessidades especiais, mas conheciam a mim e minha família, e eu tinha um bom relacionamento com a equipe de trabalho. Respirei fundo de novo e digitei o número.

A secretária se lembrava de mim, o que era bom, e me passou para o diretor, sr. Rudman. Rasgamos um pouco de sedas a respeito do tempo que passa etc. etc., e ele me perguntou como estavam Adrian e Paula. Eu disse que os dois estavam indo muito bem, e o lisonjeei contando as boas lembranças que eles tinham da escola.

– Continuo acolhendo crianças – eu disse, e falei sobre Jodie, acrescentando que, embora ela tivesse problemas comportamentais, eu achava que eram controláveis.

Expliquei a rápida sucessão de acolhedores e disse que a escola dele tinha sido a primeira que havia passado pela minha cabeça; uma mentirinha branca, por uma boa causa.

– Examinarei a declaração... mas não imagine que estou oferecendo um lugar – disse ele. – Dependerá dos custos e de sabermos se poderemos realmente satisfazer as necessidades dela.

Agradeci efusivamente e depois liguei para pedir a Jill que providenciasse o envio da declaração por fax. Tranquilizada com isso e precisando urgentemente de um pouco de exercício depois de quase uma hora ao telefone, fui buscar Jodie, que estava ocupada com uma pilha de folhas de papel, cola e tinta.

– É um cachorro!

– Muito bonito! Agora vamos fazer uma caminhada até o correio.

Eu a ajudei a lavar as mãos, passei a escova em seu cabelo e troquei a camiseta. Quando saímos de casa, ela estava bastante apresentável, com uma camiseta amarela que eu sabia ser uma de suas prediletas.

Havia uma brisa agradável enquanto caminhávamos pela rua, mas Jodie estava ansiosa e agarrou minha mão quando passou um carro.

– Cathy… – disse ela.

– Sim, Jodie.

– O meu pai está machucando a mamãe?

– Espero que não, Jodie – respondi, sem saber exatamente o que ela estaria querendo saber.

– Ele está – replicou ela. – Coitada da mamãe…

Continuamos caminhando e fiquei observando Jodie, com as sobrancelhas franzidas, aparentemente ainda perturbada com a ideia. Mais adiante, ela olhou para mim.

– Eu não quero que ele machuque ela – disse Jodie, e jogou o queixo para frente e apertou as mãos. – Eu vou *matá* ele!

Outra vez, eu não sabia o que dizer. Será que ela estava se sentindo culpada por ter deixado a mãe sozinha para lidar com o pai? Será que eu deveria corrigir a raiva dela ou deveria incentivá-la a enfrentar essas questões? Talvez não fosse muito profissional, mas eu sentia que ela tinha todo o direito de se sentir furiosa e todos os motivos para querer matá-lo. Resolvi tratar da possível culpa.

– Se ele estiver machucando ela, Jodie, acho que ela deve deixá-lo, contando para a polícia. Mas ela é gente grande e pode tomar essa decisão sozinha.

Eu esperava que ela entendesse o que eu estava tentando dizer; mas não sabia exatamente o que ela estava me contando. Estaria me dando uma dica sobre violência doméstica? Talvez ela tivesse visto o pai batendo na mãe. Ou, quem sabe, ela teria visto o pai e a mãe tendo relações sexuais e estaria pressupondo que devia machucar a mãe tanto quanto a machucava?

Mudei de assunto para algo mais leve quando chegamos à rua comercial. Passamos por diversas vitrines com suas atraentes apresentações e cartazes coloridos; eu me lembrava de como ficava animada quando era pequena e meus pais me levavam para fazer compras. Eu ainda recordava como ficava impressionada com a estranha vitrine de uma peixaria ou com os cheiros misteriosos da lojinha do sapateiro. Olhei com tristeza para Jodie, que olhava direto para frente, alerta para o perigo, sem perceber nenhum dos prazeres sensoriais à sua volta. O mundo não era um lugar que ela pudesse gostar como qualquer criança normal; para ela, o mundo não tinha encantos nem estímulos. Ela perdera a sensibilidade para tudo pelo que havia sofrido. Era de cortar o coração.

Fiz o que tinha de fazer no correio e, como ela havia esperado com toda a paciência na fila ao meu lado, dei-lhe um pacotinho de balas Smarties como recompensa. Quando voltávamos pela rua comercial, percebi que ela estava calada de novo.

– O que vamos fazer quando chegarmos em casa, Jodie?

Ela estava muda, vi que estava emburrada.

– O que está acontecendo, Jodie?

– Por que eles estão olhando pra mim? – resmungou ela. – Não olhem pra mim.

– Quem Jodie? No correio? – perguntei, e como ela não me contradisse, continuei. – Ninguém estava olhando para você, querida. Eles talvez estivessem olhando só porque você está muito bonita com essa camiseta amarela.

Ela não respondeu, por isso resolvi deixar para lá. Nunca se conseguia persuadir Jodie a respeito de nada ou discutir qualquer coisa com ela. Cuidar de Jodie era mais tratar de suas necessidades e tentar distraí-la, evitando que ela se agitasse demais. Caminhamos mais um pouco quando um senhor de meia-idade veio vindo pela rua em nossa direção.

– O que esse puto está olhando? – resmungou Jodie quando ele se aproximou.

Até onde eu podia ver, o homem não estava olhando para nós duas de modo algum.

– Jodie, não seja grosseira.

Conforme o homem se aproximava, ela disse de novo, desta vez mais alto:

– O que esse infeliz aí tá olhando?

Desta vez, ele devia ter escutado. Sorri, pedindo desculpas com os ombros, e ele olhou para o outro lado, embaraçado.

– Jodie, isso foi uma grosseria. Você não precisa se preocupar, ninguém estava olhando para você.

– Eu vou mostrar pra eles – resmungou ela. – Ninguém vai olhar pra mim! Eu vou *matá* todos eles!

O humor de Jodie não melhorou quando chegamos em casa, mas, para ter algum tempo, deixei-a ver *Mary Poppins*, seu vídeo preferido, enquanto fazia uma coisa ou outra. Pus a roupa na máquina de lavar e comecei a tirar a louça da lavadora, o tempo todo me perguntando o que seria aquele estranho comportamento de Jodie. Eu já havia percebido que ela parecia ficar especialmente ansiosa ao ser observada; essa era uma das razões pelas quais a hora das refeições se tornara insuportável, porque o tempo todo ela ficava gritando aquele "O que é que você tá olhando?" para qualquer pessoa que estivesse olhando, ainda que vagamente, em sua direção. Cheguei a achar que essa ansiedade poderia estar ligada aos abusos, mas agora, com a extensão do que ela revelara, a fobia se tornava mais compreensível: se havia uma porção de pessoas presentes observando Jodie, não era de se espantar que ela tivesse horror diante do fato.

Depois de mais ou menos uma hora, terminei o que tinha de fazer e fui até a sala de estar para ficar com Jodie, levando comigo uma caixa de suco de fruta. Ela estava olhando para a tela sem nenhuma expressão no rosto, na parte em que Bert fazia uma serenata para Mary enquanto os dois caminhavam pela paisagem mágica de giz. Depois de um tempinho, ela se virou, olhou para mim, depois veio e sentou-se ao meu lado no sofá.

– Sabe, você tem uns olhos bem pequenininhos – disse ela.

– É mesmo? – me espantei.

No mínimo, achava que meus olhos eram o que eu tinha de melhor e me orgulhava bastante deles.

– Ééé... olhinhos de porquinho. Que nem os de um porquinho. *Óinc! Óinc!* – ela fez aquele sorriso perverso, como se estivesse esperando que eu fosse fazer parte daquela piada tão "engraçada".

– Isso não é uma coisa muito boa para se dizer, Jodie. Não seja grosseira. Não falamos coisas ruins para os outros nesta casa.

– Mas você tem, sim. Uns olhinhos idiotas. É por isso que você não enxerga aonde está indo. *Sua* burra!

Era uma coisa estranha para se dizer, parecia algo que Jodie tinha escutado, algum insulto que lhe fora lançado e ela agora imitava. Além de não ser a verdade, tinha um grau de detalhe e uma lógica que Jodie não seria capaz de apresentar. Teria sido algo que alguém dissera para Jodie em casa? Antes de resolver isso, o telefone tocou. *Ah, não*, pensei, *deve ser a escola dizendo que não tem lugar...* Só uma rejeição viria tão depressa. Sorri e procurei soar alegre.

– Alô – atendi o telefone.

– Alô, é Margaret Brown, de Bowham Close?

Olhei ansiosa para Jodie. Era o meu endereço, mas Margaret Brown era o nome da mãe dela.

– Não, não é. Quem está falando?

– Ah, desculpe. Foi engano meu. Estou ligando da otorrinolaringologia do Hospital St. John. É sobre Jodie Brown...?

– Sim. Aqui é Cathy Glass, acolhedora de Jodie.

– Desculpe, é que eu encontrei um bilhete no arquivo. A carta do médico está no correio, com uma receita para umas gotas para os ouvidos. Ele quer marcar uma consulta de acompanhamento para Jodie dentro de um mês.

Marquei a consulta, anotei no meu diário e desliguei. Eu não estava nada satisfeita. Dei instruções bastante claras no hospital a respeito de manterem confidenciais todos os meus dados e, para evitar confusão, eles deveriam estar separados dos dados dos pais de Jodie. Estava claro que isso não tinha acontecido. Desta vez, ligaram-me, pedindo para falar com Margaret, mas, da próxima vez, poderia muito bem ligar para Margaret pedindo para falar com Cathy Glass. Ela então só precisaria pedir para a telefonista confirmar meu último endereço, e ela e o marido bateriam direto na minha porta. Aí, Jodie e eu teríamos coisas bem maiores com que nos preocuparmos do que os meus olhinhos de porco.

CAPÍTULO CATORZE
O PARQUE

Eileen voltou das férias, e Dave finalmente conseguiu convocar a reunião estratégica. Jill esteve presente no meu lugar e, de repente, as coisas começaram a acontecer. Disseram-me para marcar uma série de consultas para Jodie. Primeiro, ela teria de ser avaliada por um psicólogo infantil, para ajudar o Serviço Social a resolver qual a melhor maneira de agir naquele caso. Ela também deveria fazer o que chamam de "entrevista de memorando". É uma entrevista gravada em vídeo, com uma policial da Proteção da Criança, que seria o ponto de partida para um processo criminal contra o pai de Jodie e, esperava-se, também contra os outros que abusaram junto. Jodie ainda teria de ir a uma médica legista para um laudo – um exame ginecológico íntimo – para confirmar o que ela dizia.

Imediatamente comecei a ficar preocupada com o exame da legista. Já era traumático para um adulto ser examinado dessa maneira e, para uma criança estuprada, poderia parecer outro ataque. Eu havia prometido a Jodie que nada daquele tipo aconteceria de novo e receava que ela pensasse que eu havia quebrado minha palavra e perdesse a confiança em mim.

Nesse meio-tempo, nossos dias se haviam estabelecido em uma espécie de rotina. Às segundas, quartas e sextas, a professora de Jodie vinha de manhã, e, à tarde, saíamos, em geral para o parque. Às terças e quintas, fazíamos compras, embora Jodie e eu tivéssemos ideias um tanto diferentes a respeito dessa questão. Jodie parecia se deleitar em criar uma cena em público, ciente de que eu não poderia fazer muito em resposta. Eram chiliques planejados para me obrigar a comprar alguma coisa para ela, mas eu jamais poderia ceder, pois isso estabeleceria um precedente de recompensa ao mau comportamento. Ela havia usado essa técnica com bons resultados durante anos a fio, por isso eu não esperava que a desaprendesse tão cedo.

As aulas com Nicola melhoravam, em termos de comportamento de Jodie, mas ela fazia poucos avanços nas lições. A meu ver, essa ausência de progresso só em parte poderia ser atribuída às dificuldades de aprendizagem de Jodie ou ao retardo em seu desenvolvimento; era mais provável que fosse resultado de seu estado emocional. Outro problema é que Jodie não parecia ter nenhum interesse em aprender nada. Ela não conseguia entender para que serviam os exercícios que Nicola mandava fazer. Era muito difícil motivá-la, pois aparentemente não tinha a menor vontade de obter aprovação de ninguém.

Minhas preocupações aumentaram na tarde em que finalmente recebi uma ligação da secretária de sr. Rudman: ele lastimava imensamente, mas não se sentia capaz de oferecer uma vaga para Jodie.

– De volta ao telefone – eu disse para Nicola, e passei a segunda metade da aula dela tentando interessar algum outro diretor ou diretora de escola, sem resultado.

– O problema é que ela realmente precisa de uma escola especial, mas, se a declaração dela não puder ser mudada dizendo isso, não há nenhuma chance – disse Nicola.

– Quanto tempo levaria para conseguir essa mudança?

– Algo em torno de um ano.

Concordamos que não adiantava muito, e, depois que Nicola saiu, arrumei mais papel, tinta e cola, e passei mais uma hora revirando as páginas amarelas. Era desmoralizante, mas, no final, encontrei outro diretor que queria dar uma olhada na declaração de Jodie. A escola Elmacre Primary ficava a mais de cinco quilômetros de distância, com o trânsito da cidade no meio, mas, pelo menos, eles tinham uma vaga.

Os momentos mais agradáveis que eu passava com Jodie eram as nossas idas ao parque. Jodie ficava menos ansiosa em espaços abertos, talvez porque tivesse menos gente em volta. Ela gostava de brincar nos balanços, e, aos poucos, eu a estimulava a prestar atenção no mundo em volta, apontando umas árvores e flores bonitas, dizendo os nomes dos diferentes passarinhos.

Muitas vezes, passávamos por pessoas que eu conhecia, e eu tinha esperanças de que esses contatos amistosos fossem bons para Jodie. Eu morava naquela região há uns vinte anos, por isso, em qualquer saída, encontrávamos algum conhecido. Eu apresentava Jodie, como faço com todas as crianças que acolho, mas, em vez de dizer um "oi" ou sorrir timidamente, ela levantava o queixo, apertava os olhos e dava uma gargalhada de bruxa. Há pouco tempo, ela inventara essa gargalhada, e eu não sabia se era um mecanismo de defesa ou algo para impedir que as pessoas se aproximassem. Se era, realmente funcionava, mas os mais teimosos tentavam entabular uma conversa. Felizmente, a maioria das pessoas sabia que eu acolhia crianças com problemas, por isso ninguém se sentia muito ofendido.

Apesar dos meus diversos planos para ampliar os horizontes dela (entre os quais ida ao zoológico, ao cinema, a um museu ali perto), Jodie parecia gostar apenas do parque ou, mais precisamente, do *playground* do parque. Assim que chegávamos ao portão, ela entrava correndo e ia direto para os balanços. Raramente brincava com outras crianças, em geral sequer se dava conta de que elas estivessem por ali. Não era de se surpreender, porque, mesmo comigo, ela também mal interagia. Em vez disso, ia para um balanço e ficava indo e vindo, balançando, resmungando ou cantando sozinha, até a hora de ir embora. Era a mesma coisa quando tentávamos brincar em casa; ela preferia fazê-lo sozinha, trancada em seu próprio mundinho.

Nas poucas ocasiões em que ela iniciava o contato com outras crianças, em geral, era por curiosidade. Por exemplo, se via uma criança menor fazendo alguma coisa interessante ou usando alguma roupa que atraísse seu olhar, ela ia até lá e ficava de pé diante da criança, olhando para seu peito – continuava tendo aversão ao contato com os olhos. Era compreensível que as outras crianças achassem isso intimidante, embora essa não parecesse ser a intenção de Jodie. No entanto, muitas vezes, isso terminava em uma cena, com a criança correndo para sua mãe para se queixar "daquela menina".

Em certa ocasião, estávamos no *playground*, quando chegou um jovem pai com suas duas filhas. Há uma área no *playground* para crianças bem pequenas, como eram as duas crianças, por isso era aonde o grupo ia sempre. Por alguma razão, as crianças atraíram o interesse de Jodie, que as seguiu e ficou ali de pé enquanto elas subiam no escorrega em forma de castelo. Eu estava a poucos metros de distância, de olho nela. A certa altura, uma das meninas estava escorregando e Jodie foi até lá para olhar e ficou muito perto do escorrega – estava no caminho da garotinha. O pai da criança foi até lá, pôs as mãos nos ombros de Jodie e disse:

– Vamos, saia daí.

Achei que ele passou um pouquinho do limite, mas fui até lá e pedi desculpas.

– Desculpe. Vamos, Jodie, vamos brincar nos balanços.

Nós nos viramos e saímos dali, mas o sujeito gritou atrás de nós duas:

– É melhor você aprender a controlar a sua filha!

Aquilo foi realmente desnecessário, mas não respondi, e continuei brincando com Jodie. Minutos depois, uma senhora de meia-idade, muito bem vestida, apareceu no *playground* e dirigiu-se decididamente em nossa direção.

– Com licença – disse ela. – Esta é Jodie, não é?

Ela se inclinou para Jodie e sorriu.

– Olá, Jodie, que bom ver você de novo!

Jodie olhou para ela e continuou se balançando preguiçosamente. A senhora estendeu a mão para mim.

– Olá, meu nome é Fiona. Fui professora de Jodie.

Apertei a mão dela.

– Ah, olá! Eu sou Cathy, sou a acolhedora de Jodie...

Normalmente não digo que sou uma acolhedora, por receio de embaraçar a criança, mas, nesse caso, pareceu-me seguro pressupor que a professora de Jodie saberia que ela estivesse em acolhimento.

– Por quanto tempo a senhora deu aulas a Jodie?

– Um ano – disse Fiona.

Ela sorriu para Jodie. Jodie olhou para ela inexpressiva. Será que a reconhecia? Eu não conseguia saber.

– Devo dizer que é muito bom ver Jodie tão bem e tão limpinha. Parece que você está fazendo um excelente trabalho.

– Ah, muito obrigada – respondi. – Sim, nós estamos nos dando bem, não é querida?

Jodie fez que sim com a cabeça, sem realmente entender.

– Há quanto tempo ela está com você? – perguntou Fiona.

– Faz alguns meses. Ela teve uma porção de acolhedores antes de mim, mas parece que agora está adaptada.

Ela foi embora, e fiquei ali na beira do gramado, observando Jodie brincar. O pai das garotinhas começou a vir em minha direção e me senti ansiosa.

– Desculpe – disse ele. – Não quero incomodar. Eu só queria pedir desculpas pela maneira como falei.

– Ah, muito bem... Não tem importância – disse aliviada.

– Eu escutei você dizendo que é uma acolhedora, mas eu simplesmente tinha pensado que ela era sua filha.

– Não se preocupe. Desculpe se estávamos no caminho...

Ele sorriu, se desculpando, e voltou para as meninas.

Enquanto voltávamos para casa, eu me espantava com o duplo padrão. Como mãe acolhedora, muitas vezes se tem de lidar com estranhos que são rápidos em censurar a gente por causa do comportamento difícil de uma criança. No entanto, quando descobrem que a gente está acolhendo uma criança, eles mudam de visão subitamente. Não entendo por que precisam criticar, para começo de conversa! Ser pai ou mãe de qualquer tipo já é bem complicado, sem precisar ter de lidar com a condenação de estranhos...

Poucos dias depois, recebi um telefonema do diretor da Elmacre: ele disse que lamentava muito, mas não poderiam oferecer uma vaga para Jodie. Desanimei, mas ele então explicou que tinha um colega em outra escola que talvez pudesse oferecer uma vaga. Esse colega era Adam West, da Abbey Green School, já havia recebido os meus detalhes e, em pouco tempo, entraria em contato. Agradeci efusivamente e, com um baita sorriso no rosto, transmiti a boa notícia para Jodie.

– *Não vou* – respondeu ela. – Eu detesto escola! Detesto você! Odeio tudo!

Mostrou a língua e saiu batendo os pés pelo corredor.

CAPÍTULO QUINZE

PASSADO E PRESENTE

Pelas 2 horas da madrugada, fui despertada por berros que vinham do quarto de Jodie. Enfiei o robe e sai cambaleando pelo corredor, com a sensação de ter acabado de me deitar para dormir. Bati rapidamente na porta, como sempre fazia, e entrei. Jodie estava deitada na cama, segurando o acolchoado em cima da cabeça, agarrando-o com toda a força de seus dedos. Sentei-me na beira da cama, e Jodie parou de gritar. – O que foi, querida?

– São os olhos! – gemeu ela, aterrorizada.

– Que olhos, querida? Saia daí debaixo para eu poder abraçar você!

– Não! Eles estão em todos os cantos. Eles estão nas paredes, olhando pra mim!

Pus a mão no acolchoado, onde estavam os pés dela, para tentar confortá-la.

– Jodie, meu amor, eu sei que você está com medo, mas é a sua imaginação. Não tem olho nenhum por aqui. Ninguém está olhando para você. Por favor, me dê um abraço.

– Eles *tão* aqui! – ela berrou em resposta. – Eu *tô* vendo! Eles *tão* vindo pra mim! Eu não sou burra! Manda eles *parar*, Cathy!

– Jodie... sh...shhhh... – eu disse, com firmeza. – Agora saia daí debaixo, que vou mostrar para você. Não há nada aqui, estou dizendo.

Eu estou com você e não vou deixar nada acontecer com você, não é? Estou aqui para proteger você, esse é o meu trabalho, não é?

Ela ficou calada por um segundo e foi afrouxando o aperto no acolchoado. Puxei-o, e ela se levantou desajeitadamente e me abraçou.

– Agora olhe, Jodie. Você está vendo, não há nada por aqui – fui até a parede, passei a mão nela. – Está vendo? Nada aqui.

Sentei-me de novo na cama. O rosto de Jodie estava vermelho, a testa estava quente e suada. Ela estava realmente apavorada; o que quer que fossem aquelas visões, eram muito reais para ela. O que havia começado como um pesadelo simples, aos poucos, transformara-se em algo mais perto de alucinações. Cada vez mais, agora, quando ia para seu quarto confortá-la, eu a encontrava em um estado estranho que parecia algo entre dormindo e acordada; às vezes, era como se ela estivesse acordada, mas ainda presa ao pesadelo. Eu não saberia dizer se ela realmente tinha consciência do que estava acontecendo, mas parecia que, seja lá o que fosse que ela estivesse vendo, estava assumindo uma realidade maior.

– Você lê uma história pra mim? – perguntou ela.

– Está bem, leio, mas depois você tem de ir dormir, certo?

– Certo.

Li a história, deitei-a na cama, mas, às 4 horas, ela estava berrando de novo. Voltei, arrumei-a outra vez, mas, uma hora depois, ela começou de novo. Não havia mais nenhuma chance de fazê-la dormir novamente, o que significava que não havia mais nenhuma chance de que eu pudesse dormir de novo, por isso desci para pegar um café e um cigarro muito necessário. Fiquei de pé no pátio, de robe e chinelos. Ainda estava escuro, e eu sabia que o sol só se levantaria daí a meia hora. Sorri para mim mesma, pensando em quantas outras mães saberiam exatamente a hora em que o sol se levantava...

Era um dia frio de outono. O verão já havia passado, e Jodie estava morando conosco há mais de seis meses. Era difícil lembrar uma época antes de Jodie ou uma vida que fosse vivida sem essa intensidade. Jodie e seus problemas me ocupavam o tempo todo, havia pouco em minha vida que não estivesse ocupado com cuidados com ela, vendo suas necessidades. Agora que a temperatura havia esfriado, estava ficando bastante difícil convencer Jodie a vestir roupas adequadas. Mais tarde, naquele dia, saímos de casa para fazer compras, mas, quando eu ainda estava perto da porta, percebi que havia esquecido as luvas. Deixei Jodie ali nos degraus e corri para dentro para apanhar minhas luvas. De repente, a porta bateu e Jodie veio correndo pelo corredor na minha direção.

– O que foi?

– Meu pai. Ele está lá fora!

– O quê? Onde ele está? – senti um arrepio de pânico.

Não era assim tão improvável que os pais de Jodie conseguissem me encontrar, devido aos erros e equívocos sempre cometidos. Eu tinha um medo particular de ver o pai de Jodie, não era um medo por mim mesma, não achava que estivesse correndo algum risco da parte dele, mas me sentia aterrorizada de que o lugar seguro de Jodie na minha casa fosse contaminado e ameaçado se ela algum dia pusesse os olhos em seu pai enquanto estivesse aqui. E mais, eu não queria jamais pôr os olhos nele. Só de pensar naquele sujeito, eu me sentia fisicamente mal.

– Onde você viu o seu pai, Jodie?

– Na *van* dele. Subindo a rua.

– Vá para a sala de estar e fique lá.

Fui até lá fora, puxando a porta atrás de mim. Dali da escada, eu não via nenhuma *van*. Saí pelo jardim e cheguei à calçada, espiando a rua para cima e para baixo. Eu sabia que Jodie dissera que o pai dela dirigia uma *van* branca, mas eu não estava vendo nenhuma *van*. Olhei de novo para cima e para baixo, mas, com toda a certeza, não havia nenhuma *van* branca. Olhei mais uma vez e, não vendo nada, entrei aliviada.

– Está tudo bem, Jodie, não há nenhuma *van*. Ele não está lá fora. Ele não sabe onde moramos, por isso tenho certeza de que não era ele. Pode ter sido a *van* de outra pessoa que passou por aí – dei um abraço nela. – E agora, vamos às compras ou você quer esperar mais um pouco?

– Eu vou – disse ela passivamente.

Tranquilizei-a de novo e, segurando Jodie bem perto de mim, fomos até o carro. Enquanto íamos para a cidade, eu a observava pelo retrovisor: ela olhava ansiosa para todos os lados. Talvez em busca de *vans*.

Estacionei no garagem do edifício e comprei um tíquete de duas horas. Quando entramos no *shopping*, fomos imediatamente transportadas para uma terra de fadas, com árvores iluminadas, guirlandas de flores faiscantes e um enorme Papai Noel estrondeando aqueles *rô-rô-rôs!* Senti uma onda de pânico enquanto comparava as festivas preparações das lojas com as minhas. Eu ainda não havia feito nada e, enquanto contava as semanas, percebi que só faltava um mês e meio para o Natal. Peguei uma cesta, e fomos dar uma volta pela loja de departamentos.

Jodie, como sempre, era uma compradora entusiástica, embora sem muito discernimento, e alegremente agarrava qualquer pacote colorido que estivesse ao alcance de sua mão. Enquanto fazíamos as compras, eu falava sobre o Natal para Jodie, contava as pequenas tradições que ela poderia esperar conosco, como decorar a casa e a árvore, a ida à missa na Véspera e as fronhas que pendurávamos nas portas antes de irmos deitar. Contei que deixávamos uma tacinha com licor e uma fatia de torta para o Papai Noel, e umas cenouras para as renas. Jodie ouvia com um interesse moderado e não tinha nenhuma experiência para contar. Ela sequer mencionou o último Natal com seus pais, algo que, em geral, é muito doloroso para crianças em acolhimento. Em vez disso, ela pegou o aspecto material da festa e começou a me fazer uma comprida lista de todos os presentes que desejava – que, em resumo, era qualquer coisa coloridíssima, de preferência cor-de-rosa e faiscante.

– O que você ganhou no último Natal? – perguntei, interrompendo-a.

– Sapatos. Sapatos pretos, para a escola. Só que eles não *tava embrulhado*.

– E o que você fez no dia de Natal? Teve jogos?

Ela assentiu com a cabeça.

– Nós fomos pro *pub* e ficamos jogando dardos. A mamãe bebeu um monte de cerveja e caiu, aí nós *teve que* ir pra casa. Eles foram dormir, aí eu pus uma *pizza* no forno e depois eles se sentiram melhor.

Dei um suspiro. Que Natal infame... e pensar que Jodie assumira a responsabilidade por pais como aqueles, especialmente com os problemas que ela tinha! Rapidamente adivinhei que ela havia assumido boa parte da direção da casa em cima de seus ombros de 7 anos. Com toda a má coordenação e péssimas habilidades motoras, uma vez ela me explicou como fazer uma mamadeira de bebê; e também sabia fazer peixinhos no forno. Em todo caso, se o Natal dela não tinha nenhuma alegria, não era pior do que outros que eu ouvira das crianças que eu já acolhera, que jamais haviam conhecido a animação e o prazer de acordar na manhã do Natal e encontrar uma porção de presentes embaixo da árvore.

– Bom, o Natal vai ser muito diferente este ano, Jodie, e eu sei que você vai gostar!

– Vou gostar, Cathy? – disse ela, e seu rostinho se iluminou.

– Vai sim. Prometo!

Enquanto continuávamos fazendo as compras, decidi que Jodie teria o melhor Natal que eu pudesse dar a ela... seria a maneira que eu poderia tentar usar para recuperar um pedacinho da infância dela. Eu não aguentava esperar para ver o prazer no dia, ainda que faltasse mais de um mês.

Encontrei presentes para meus sobrinhos e minhas sobrinhas, e, de repente, achei um par de chinelinhos do ursinho Winnie que entrariam no saco de Paula. Como eu não queria estragar a surpresa, discretamente coloquei-os no fundo da cesta, e distraí Jodie enquanto pagava. Fiz a mesma coisa com os outros presentes, entre os quais um quebra-cabeça dos Tweenies para Jodie e um condicionador de cabelos sofisticado que Lucy havia mencionado. Eu teria de fazer todas as compras com Jodie este ano, por isso teria de ser furtiva e ir aos poucos, mas valeria a pena.

Quando chegamos em casa, Lucy e Paula haviam chegado pouco antes. Ainda estavam no corredor, tirando os casacos e descarregando os livros da escola.

– Fomos pro Natal – disse Jodie animada.

– Compras – acrescentei. – Foi só o começo.

– É, compras – repetiu Jodie. – E o meu papai estava mau, ele tirou as roupas e jogou a maconha em cima de mim.

As meninas riram, sem saber o que dizer.

– Jodie – eu disse. – Nós duas fomos fazer compras hoje à tarde. O que o seu pai fez aconteceu há mais de um ano. Não junte as duas coisas. É uma confusão.

Ela sempre fazia isso, misturando passado e presente, como se fosse uma continuação do agora. Desde o início, ela não tinha nenhuma concepção do tempo, mas a incapacidade de distinguir passado, presente e futuro parecia estar piorando.

– Você quer brincar comigo? – Paula convidou.

Jodie olhou para ela sem expressão nenhuma.

Paula insistiu.

– Vamos fazer um quebra-cabeça!

– E que tal a Barbie? – convidou Lucy. – Eu adoraria brincar com as suas Barbies!

– Não! – cortou Jodie. – São *minhas* bonecas! Cathy, deixa eu ver um vídeo?

– Você não acharia melhor brincar com as meninas, Jodie? – perguntei. – Tenho certeza de que vai ser muito bom, e as meninas querem saber como foi o seu dia nas compras!

Jodie suspirou, exausta com as minhas exigências nada razoáveis...

– Por favor, Cathy... – implorou ela. – Eu não fui boazinha?

Com relutância, concordei, e deixei que ela levasse um dos vídeos "Primeiros anos" para cima. As garotas foram para seus quartos, vi que se sentiam um pouco magoadas. É claro que não tinham a menor vontade de brincar de Barbie com Jodie, mas ninguém gosta de se sentir rejeitado. Paula e Lucy tentavam passar mais tempo com Jodie e se tornarem amigas dela, mas era impossível chegar a Jodie. A maioria das crianças, não importa quanto se comporte mal, basicamente querem ser amadas, querem sentir a aprovação dos que estão a seu redor. Jodie, por outro lado, simplesmente não dava a menor importância para isso. Quando as meninas queriam brincar, ela não se sentia lisonjeada ou satisfeita, e não passava pela cabeça dela que poderia ferir os sentimentos das meninas. Estava completamente alheia a tudo.

O relacionamento dela com Adrian era ainda mais distante. Devido ao abuso que havia sofrido, Jodie olhava todos os homens em termos sexuais e tentava flertar com eles ou se esfregar provocadoramente neles. Não havia nada deliberado nisso, era apenas o tipo de comportamento que havia caracterizado seus relacionamentos com os homens no passado, e levaria muito tempo para inverter esse padrão. Por isso Adrian achava que ela era muito complicada e preferia simplesmente ficar fora do caminho de Jodie.

Quando comecei a descascar batatas para o jantar, escutei umas batidas fortíssimas vindas lá de cima. Eu ia subindo a escada, pronta para outra cena, quando me dei conta do que era aquele barulhão. O vídeo que Jodie levara continha explicações sobre canções e danças para as crianças. Jodie estava apenas dançando com seu vídeo.

Voltei para a cozinha me sentindo tristíssima. Dada a escolha entre brincar com as minhas filhas ou ver um vídeo sozinha, Jodie não hesitara em escolher o vídeo. Não era nem que ela não gostasse das meninas; se pudesse escolher entre ficar sozinha ou passar algum tempo com alguém, Jodie sempre preferia estar sozinha. A história dela ensinara que a companhia dos outros poderia trazer a dor ou a rejeição, e essa lição a isolara do mundo.

O meu receio era de que o efeito desse horrível legado durasse até o fim de sua vida. A hostilidade e o sistema defensivo de Jodie, e o retardo em seu desenvolvimento significavam que ela nada tinha a seu favor. Não era bonitinha, brilhante nem talentosa. Não era boa, calorosa ou vulnerável. E ainda estava com excesso de peso, apesar dos meus esforços, embora o peso houvesse estabilizado. Era grosseira, desagradável, agressiva, violenta e não tinha nenhum desejo de ser gostada ou amada por ninguém. Era uma mistura que tendia a deixá-la ainda mais isolada e ela não tinha nenhum instrumento para conquistar as pessoas, não tinha nada à sua disposição para fazer os outros desejarem estar a seu redor ou conquistarem seu afeto.

Pelo que eu podia dizer, ninguém jamais se interessara por Jodie em toda a sua vida, a não ser os que quiseram machucá-la. Ninguém jamais a amara. No entanto, enquanto escutava aqueles passos desajeitados, sem ritmo, vindos lá de cima, eu me sentia mais atraída por ela do que nunca. Será que ainda não era tarde demais para ela? Jodie tinha apenas 8 anos, pelo amor de Deus! Será que a vida dela já estava toda mapeada?

Eu tinha esperanças de que houvesse tempo para tratar daquela personalidade quebrada, e ansiava por juntar os pedaços dela, para que ela pudesse ter outra chance na infância que lhe fora arrancada tão cruelmente. Eu estava decidida a tentar tudo o que pudesse por aquela criança, e, se o amor, a atenção, a bondade e o trabalho duro pudessem ajudar, eu não pararia até ela melhorar.

CAPÍTULO DEZESSEIS

A TEIA DA ARANHA

Era uma bela manhã fria de inverno, no início de dezembro; o sol era uma bola de ouro suave num céu claro. O rosto geralmente pálido de Jodie estava de um vermelho brilhante do frio e do exercício de pedalar sua bicicleta. De vez em quando, ela parava para jogar para trás o lenço de pescoço, parte de um conjunto que eu havia comprado: um chapeuzinho lilás, lenço e luvas com uma borda peluda. Somente muita coerção impediu que ela usasse tudo isso até na cama. Finalmente eu tinha acertado em alguma coisa!

Eu estava em passo acelerado quando nos aproximamos dos portões do parque, e minha cabeça corria. Eu estava ansiosa e, pelo menos desta vez, as minhas preocupações não recaíam inteiramente em Jodie. No dia anterior, havíamos visitado a Escola Abbey Green e nos encontramos com o diretor, Adam West. Embora a visita tivesse ido muito bem, o sr. West me dissera que não poderia oferecer uma vaga para Jodie até o financiamento ser aprovado, o que poderia levar uns três meses – nesse meio-tempo, Jodie teria de continuar com a professora Nicola, mas isso evidentemente não satisfazia às suas necessidades. Jodie precisava desesperadamente não apenas da instrução, mas também da rotina da escola e da companhia de outras crianças.

Fiz uma pausa perto da entrada do parque e chamei Jodie. Pendurada entre dois arbustos, estava uma enorme teia de aranha, ainda na sombra, com o brilho esbranquiçado do orvalho.

– Olhe isto, Jodie! Uma teia de aranha... Não é bonita? – disse. – Parece aquelas decorações que vimos nas lojas.

– Bonito – repetiu ela. – Realmente bonito!

– E você está ouvindo aquele farfalhar no mato? Aposto que é um passarinho!

Ficamos muito quietas escutando. Momentos depois, fomos recompensadas: um grande melro com um flamejante bico laranja saltava rapidamente pela trilha. O rosto de Jodie ficou radiante.

– Bonito. Realmente bonito! – disse ela novamente, e eu sabia que a frase seria repetida pelo dia afora.

Demos quatro voltas pelo parque e voltamos para casa. Eu sempre me sentia melhor depois de uma caminhada, e para Jodie era essencial soltar a energia, senão ela ficava hiperativa o dia inteiro. Ela me esperou no portão do parque. Atravessamos juntas a rua, depois ela disparou até o alto da nossa rua. Ao chegar ao portão, ela ergueu a bicicleta para passar pelo degrau. Para um estranho que desconhecesse o passado dela, seria uma criança normal chegando em casa, as maçãs do rosto coradas do ar frio, ansiosa pelo calor da casa e o conforto de uma bebida quente. Só por um instante, fingi que ela era essa pessoa, para ter ainda que brevemente o prazer de ver Jodie como ela poderia ser, se todos os nossos esforços valessem a pena.

Tiramos nossos casacos, conduzi a bicicleta até o jardim de inverno. Esquentei um pouco de leite e fiz para nós duas uma caneca de chocolate quente. Cada uma se sentou de um lado da mesa da cozinha. Passei a lata de biscoitos para Jodie, que mergulhou nela, sorrindo.

– *Um só* – eu disse. – Você tomou um bom café da manhã.

Tomei um gole do meu chocolate e deixei a caneca na mesa. Ela fez a mesma coisa.

Respirei bem fundo. Era o momento de abordar o assunto que esteve na minha cabeça a manhã toda. A inocência do nosso passeio pelo parque estava para ser manchada pela escuridão do mundo adulto a que Jodie fora tão brutalmente exposta.

– Jodie...

Ela encontrou o meu olhar – os olhos cinza-azulados inexpressivos, como sempre.

– Eu preciso explicar uma coisa. Você pode escutar com todo o cuidado?

Ela fez que sim com a cabeça.

– Quando terminarmos o nosso chocolate, vamos sair no carro. Você se lembra da Eileen?

Ela não lembrava, claro, ainda que Eileen finalmente tivesse feito sua primeira visita. Poucas semanas atrás, ela dera uma passada para se apresentar. Era improvável que Jodie lembrasse, e eu nem poderia censurá-la, porque foi uma visita muito rápida, para dizer o mínimo. Depois de alguns minutos nada à vontade, Eileen pediu desculpas e foi embora. Era evidente que não se sentia bem com Jodie.

Jodie continuava sem expressão, e fui em frente.

– A Eileen é a sua assistente social, lembra? Pois é, a Eileen quer que você faça um negócio chamado exame médico... é uma médica que vai examinar você, mas não há nada com que se preocupar. Vou estar junto com você.

Em um mundo ideal, Eileen teria vindo pessoalmente explicar para Jodie o que aconteceria, mas eu havia desistido de esperar algo assim.

– Você vai, Cathy? Isso é muito legal – ela mergulhou o biscoito na bebida quente e começou a lamber o chocolate derretido.

– A médica vai dar uma olhada em você para ter certeza de que você está bem. Lembra que você fez um exame médico quando entrou no acolhimento? É mais ou menos daquele jeito, mas, desta vez, vai ser um exame um pouquinho mais completo.

– Vou ter que tirar as minhas roupas, Cathy? – perguntou ela, mais interessada no biscoito do que na conversa.

– Vai, sim. Mas a médica é uma doutora muito boazinha. Ela está acostumada com crianças, então você não precisa se preocupar. Ela vai examinar o seu corpo, especialmente onde o papai e o tio Mike machucaram você. Você sabe... é o que nós chamamos de nossas partes íntimas.

Esperei uma reação: medo, horror ou simples recusa direta, mas não houve nada. Ela terminou o chocolate, limpou a boca com as costas da mão e se levantou, deixando-me sem saber se tinha compreendido tudo.

Presa com o cinto de segurança no banco de trás, Jodie retomou a tagarelice de sempre a respeito de nada e de tudo, inclusive médicos em geral. Eu já tinha ido a um médico? E a Lucy, e a Paula? Elas tiveram que tirar as roupas e mostrar suas partes íntimas? E o Adrian? Detive aquele questionamento ligando o rádio. Uma canção *pop* saltitante entrou no ar.

– A minha mãe gosta dessa música – disse ela. – Ela gosta desse cantor, nós ouvimos lá no *pub*.

– Você *ouvia* lá no *pub* – corrigi.

Como sempre, Jodie parecia incapaz de distinguir o tempo passado e o agora, mas eu tentava mostrar a diferença sempre que ela misturava as coisas, na esperança de que começasse a deixar para trás o que havia passado. Eu me preocupava que ela continuasse existindo emocionalmente naquele lugar ruim de onde viera, e, se isso acontecesse, seria difícil começar sua recuperação.

– Nós não vamos para o *pub* agora. Isso aconteceu no passado.

– Por quê, Cathy? Por que não podemos ir para o *pub*...?

– Acho que não é um lugar para levar crianças. Prefiro passear no parque.

– A minha mãe acha que está bem, e o meu pai também, e a minha tia Bell...

– Sei muito bem...

– Cathy, a minha mãe também vai fazer um exame médico e mostrar as partes íntimas dela?

– Não. Não, que eu saiba.

Ela fez uma pausa, como se estivesse ponderando tudo aquilo. Depois aquela vozinha pipilou de novo.

– Ela devia. O meu pai faz coisas malvadas com ela também.

Olhei pelo retrovisor. Era um comentário descartável, embora carregado de conotações, como são muitas revelações.

– Como é que você sabe, Jodie?

Ela deu de ombros.

– Não sei... Eu sei, ué!

Ela se calou mais uma vez, e eu sabia que não adiantava tentar. Eu estava certa de que ela queria dizer que tinha visto o pai e a mãe tendo relações sexuais, e não era de se surpreender que ela não conseguisse distinguir entre aquilo e o que acontecera com ela. Quando ela disse que eram coisas "malvadas", será que estava começando a aceitar que o que havia acontecido estava errado? Ou estaria apenas repetindo o que eu disse para ela? Era difícil saber quanto Jodie compreendia e quanto ela aceitava.

O resto do dia passou com Jodie cantando com o rádio muitas letras quase perfeitas, palavra por palavra. Eu sempre achava isso irracionalmente irritante: como é que ela conseguia se lembrar daquelas letras idiotas, mas não do ABC?

O centro médico ficava numa casinha construída especialmente para o atendimento e oferecia uma série de serviços pediátricos. Eu já havia estado lá com outras crianças acolhidas para exames gerais de saúde, mas nunca para um exame de corpo de delito. Não deixava de me sentir bastante apreensiva, porque tinha uma boa ideia do que a esperava. Eu sabia que a polícia não fazia isso muito prontamente com crianças pequenas que provavelmente haviam sido vítimas de abuso, porque, para elas, isso pode parecer mais uma forma de abuso. Eu havia conversado com a Jill mais cedo e ela me tranquilizara, dizendo que, se Jodie mostrasse alguma resistência ou parecesse perturbada, as médicas parariam imediatamente. Não havia motivo para forçarem-na com aquilo.

Era sempre uma luta encontrar um espaço para estacionar, mas encontrei uma vaga e tentava ansiosamente estacionar em paralelo, enquanto uma *van* esperava impaciente logo atrás.

– Você já veio aqui antes? – perguntou Jodie, soltando o cinto.

– Já. Para os olhos e para testes de audição.

– Eles olharam as suas partes íntimas?

– Não, querida. Fique bem quietinha, que vou ajudar você a sair.

Rodeei o carro e abri a porta dela. Jodie saltou no pavimento e peguei sua mão. Eu não tinha a menor ideia de a qual departamento teríamos que ir, e o painel da entrada não parecia abranger partes íntimas. Fui até a recepcionista.

– Jodie Brown – eu disse. – Temos um exame de corpo de delito marcado para as 12h30.

Ela deu uma olhada na agenda.

– Ah, sim. Estamos esperando a médica da polícia. Sente-se por ali. Ela não deve demorar.

Guiei Jodie para um cantinho onde havia quatro cadeiras de plástico e uma caixa bastante usada cheia de brinquedos e livros. Uma porta estava entreaberta, com um cartaz que dizia "Consultório 1" e uma plaquinha de metal marcada "Vago". Jodie trouxe para mim um livro de Cinderela com figurinhas que saltavam. Mal eu o abrira e começara a ler, quando uma senhora muito bem vestida se aproximou. Ela deveria ter 50 e tantos anos, usava um batom vermelho e óculos de chifre.

– Cathy? – ela sorriu. – Sou Linda Marshall, a médica da polícia. E você deve ser Jodie!

Não era nada do que eu esperava e, pelo olhar de Jodie, percebi que também não era nada do que ela esperava. A médica usava uma saia de xadrez escocês vermelho, meias pretas e saltos altos – vestimenta mais apropriada para um balcão de cosméticos de uma loja de departamentos.

– Desculpe ter deixado vocês esperando – disse ela. – Como estão vocês?

– Muito bem, obrigada – respondi por nós duas.

Jodie olhava para ela desconfiada.

– Você é *méééédica*...? – ela perguntou, esganiçada.

– Sim, mas as crianças dizem que eu não pareço... – sussurrou a médica em tom conspiratório. – Vamos entrar?

Jodie imediatamente soltou a minha mão e agarrou a da médica. Segui as duas ao consultório. Ali, uma jovem com um casaco branco estava sentada em uma pequena escrivaninha, parecendo bem mais o tipo de médico que esperávamos. Ela deu a volta na escrivaninha e veio apertar a minha mão.

– Olá, vocês duas... sou a doutora Pratchet! – disse ela. – Hoje sou eu quem vai fazer o exame, com a ajuda da doutora Marshall. Sente-se, por favor.

Sentei-me na única cadeira disponível e olhei em volta. Uma comprida mesa para exames, com descansos para as pernas, dominava um lado da sala. Em um lado, estava um grande *spot* em um braço de metal regulável, por enquanto apagado. Estremeci, sabendo o que vinha por aí.

A doutora Pratchet voltou para sua escrivaninha, e Linda Marshall encostou-se na beira da mesa. Jodie foi direto para a caixa de brinquedos no canto, que virou, espalhando o conteúdo pelo chão. Lancei-lhe um olhar de advertência.

– Eu gostaria de fazer algumas perguntas antes – disse a doutora Pratchet. – Você está bem, brincando por alguns minutos, não é Jodie?

Jodie sorriu para mim, segurando um brinquedo que havia encontrado.

– Olha só, Cathy!

– É mesmo... é uma caixinha de surpresa, como a que tem lá em casa. Arrume tudo quando terminar de brincar, menininha.

A médica abriu uma pasta tamanho A4 e puxou um bloco de papéis.

– Jodie está com 8 anos e meio agora? E ela está com você desde o dia 3 de abril?

Percebi que a médica conhecia o conteúdo do arquivo de Jodie e sabia exatamente por que estávamos ali.

– Sim, é isso mesmo.

– Como ela está, de modo geral? Come bem? Dorme bem? Comportamento?

Fiz um resumo rápido da situação de Jodie: ela comia bem, mas as noites e seu comportamento geral estavam cada vez mais complicados.

– Ela entende por que está aqui?

– Expliquei que ela vai fazer um exame médico e que você terá de examinar as *partes íntimas* dela para ter certeza de que ela está bem.

A médica concordou com a cabeça e imaginei que ela estivesse aprovando a minha explicação.

– Além do que Jodie contou, você notou algum outro indicador? Dor, irritação, corrimento...?

Acolhedores não podem se dar o luxo de melindres.

– Não, mas ela se suja bastante. Não é deliberado, como já foi. É mais porque ela aparentemente não sabe ir ao banheiro a tempo. Ou, quando chega, ela não é muito boa para se limpar. Estou sempre trocando as roupas e lavando para que não fique muito evidente.

– Muito bem – Linda Marshall concordou.

A doutora Pratchet anotou algo e depois olhou para Jodie.

– Bom, Jodie, vamos começar medindo e pesando você... Você acha que consegue pular em cima dessa balança?

"Pular" não era a melhor palavra, pois Jodie tomou ao pé da letra. Com um pulo retumbante ela se atirou em cima da plataforma da balança. A placa de metal saltou, fez um barulhão e estremeceu.

– Devagar – eu disse, sendo redundante.

Linda lia os resultados, e a doutora Pratchet anotava-os.

– Muito *beeem*... Agora você pode subir nessa mesa para mim? É meio alta, você precisa de ajuda?

Jodie, sem saber o que a esperava e louca para mostrar sua agilidade, subiu desajeitadamente na maca. Sentou-se com as pernas gorduchas balançando na beira e sorrindo orgulhosa para mim. Fiquei observando enquanto a doutora Pratchet abria uma gaveta e tirava um estetoscópio e uma espátula de madeira. Passando o estetoscópio em volta de seu pescoço, ela enfiou a espátula no bolso do casaco. Empurrei minha cadeira para trás para deixá-la passar. Eu sentia a minha ansiedade aumentando muito depressa.

– Primeiro vou dar uma olhada na sua boca, Jodie. Diga *aaaah*.

Jodie abriu bem a boca. A doutora Pratchet colocou a espátula em cima da língua dela, e as duas espiaram. Eu imaginava o que elas estavam procurando. Se Jodie havia sido forçada a fazer sexo oral, havia a possibilidade de que ela houvesse contraído alguma doença sexualmente transmissível na boca – mas eu não tinha visto nenhum ferimento nem manchas brancas de aftas quando a ajudava a escovar os dentes.

– Excelente – disse a doutora Pratchet. – Muito bem.

Jodie fechou a boca e sorriu para mim. Sorri de volta, tranquilizadoramente.

– Agora posso escutar o seu peito?

Linda levantou delicadamente o vestido de Jodie, esperando que ela desse permissão, erguendo os braços, e a doutora Pratchet a auscultou com o estetoscópio. Eu me acalmei: elas certamente sabiam como deixar uma criança à vontade. Relaxei um pouco.

– Excelente – disse ela de novo. – Você está indo muito bem. Você é uma menina grande, hein!

Jodie estava radiante, como se tivesse acabado de ganhar uma medalha, mas eu sabia que se aproximava a outra etapa do exame de corpo de delito e rezava para Jodie continuar cooperando. As médicas não iriam forçá-la a ir até o fim, mas, sem essa prova, a chance de um processo diminuía.

– Você pode se deitar na mesa para mim? – pediu Linda, dando uns tapinhas na superfície.

Jodie deitou-se para trás, a seu modo desajeitado, e deu uma gargalhada alta.

– Precisamos que você venha mais para esta ponta – disse Linda, e a ajudou a descer, de modo que as pernas ficaram penduradas na beirada.

A doutora Pratchet acendeu a lâmpada.

– Você quer vir e segurar a mão dela? – perguntou Linda, olhando para mim.

Ajeitei a minha cadeira de modo a estar ao lado da cabeça de Jodie e segurei sua mão. Gostei de estar fazendo alguma coisa. A doutora Pratchet passou um lençol para Linda e ela cobriu o corpo de Jodie.

– Vou tirar a sua calça e a sua calcinha – disse ela, e discretamente as tirou embaixo do lençol. – Muito bem, menininha. Agora deixe as suas pernas bem soltas, e eu vou colocar as duas na posição certa.

Levantou os joelhos de Jodie. Era uma posição esquisita e vulnerável, mas com o lençol cobrindo, ela pelo menos mantinha alguma dignidade.

Linda se juntou à doutora Pratchet na ponta da mesa. As duas colocaram luvas de látex e começaram o exame. Eu passava a mão na testa de Jodie e segurava a mão dela com força. Ela enrubesceu, e mordeu o lábio inferior.

– Não vai demorar – eu disse. – Aí podemos ir para casa.

As duas começaram a discutir o que viram. Reconheci a palavra "lesão", mas não conhecia nenhum dos outros termos. Elas falavam em tom monótono, profissional, que nada revelava.

– Ai... *dói!* – disse Jodie.

Apertei a mão dela, desejando que as duas se apressassem.

A doutora Pratchet de repente se endireitou.

– Pronto. Você foi uma menina muito valente. Pode se vestir agora.

– Vamos enviar o relatório para a assistente social – disse Linda. – Pode tranquilizar Jodie, ela é bastante normal.

Foi tudo o que nos disseram por enquanto. A assistente social iria me passar qualquer coisa de que eu precisasse saber. Jill me dissera que isso levaria de dez dias a um mês. Agradeci calorosamente as duas, peguei na mão de Jodie e saímos no sol da tarde de inverno.

– Você foi muito valente – eu disse para ela. – Não precisa mais passar por isso. Agora acabou.

– Eu preferia que fosse um homem – disse ela, dando um pulinho ao meu lado.

– O quê? Fazendo o exame? – eu estava surpresa.

É claro que um homem fazendo aquele tipo de procedimento era a última coisa que Jodie poderia desejar, depois do que havia passado.

– Por quê?

– As mulheres machucam mais do que os homens, porque elas não têm um pinto.

Parei e me virei para ela quando caiu a ficha do significado do que ela estava dizendo.

– O que é que você quer dizer? Que mulheres? Como é que elas machucaram você?

As sobrancelhas enrugaram enquanto ela procurava explicar em seu vocabulário limitado.

– A minha mãe e a tia Bell tinham que usar umas coisas porque elas não tinham pinto.

– Usar umas coisas? O quê...? Nas suas partes íntimas?

– É, que nem as doutoras. Elas enfiavam coisas dentro de mim.

Gelei. Ai, por favor, não... Quanto mais essa criança teria aguentado?

– Que coisas, Jodie?

– Colheres, que nem aquela que a doutora botou na minha boca. Só que era de prata.

– E você está me dizendo que a mamãe e a tia Bell puseram uma colher de metal nas suas partes íntimas?

Ela fez que sim com a cabeça.

– Era gelada. O papai esquentava ela nas mãos dele antes. Às vezes ele era bonzinho, não é, Cathy?

Era demais. Eu já não conseguia esconder a minha raiva daquelas pessoas que haviam feito isso com ela.

– Não, Jodie, não era. Ele era mau. Eles são uns animais. Todos eles... espero que apodreçam no inferno!

CAPÍTULO DEZESSETE

A VADIA INTROMETIDA

Sentei à escrivaninha para registrar em meu diário os detalhes infames da degradação sexual de Jodie. Eu me sentia mal até o âmago. A participação atuante da mãe de Jodie no abuso era uma pavorosa inversão do papel materno e de tudo o que sentimos que as mães deveriam ser. Nós, acolhedores, não deveríamos fazer julgamentos, mas há um limite e, para mim, era esse. Eu mal conseguia aguentar ter de registrar a conclusão infantil de Jodie de que, porque seu pai havia aquecido o objeto usado para deflorá-la, tal ato de bondade o tornava menos culpado.

Assim que recebeu meu relatório por *e-mail*, Jill telefonou:

– Minha nossa, é impressionante que essa pobre criança ainda esteja funcionando depois de tudo isso!

– Para falar a verdade, ela não está funcionando muito bem, e funciona cada vez menos a cada nova revelação.

Enquanto eu dizia isso, dei-me conta da verdade. A cada dia, havia altos e baixos, dias ruins e dias melhores, mas, se eu desse um passo atrás por um momento e pensasse naquilo tudo cuidadosamente, dava para ver que, na realidade, era um declínio firme. Jodie estava piorando.

– Estou no fundo do poço, Jill.

Jill ouvia o pânico subindo em minha voz. Para me acalmar, ela disse:

– Está bem... Não se preocupe. Você vai à psicóloga na semana que vem, não é?

– Segunda-feira.

– Por que não pede a ela algumas estratégias para ajudar? Eu sei que não é para isso que ela está lá, mas talvez possa oferecer alguma coisa. Vale a pena tentar.

– Obrigada, Jill. É uma boa ideia – senti um pequeno vestígio de consolo. – Vou ver o que ela diz.

Jill estava certa. A psicóloga havia sido nomeada pelo juiz para avaliar Jodie, como parte dos procedimentos relacionados ao acolhimento, e não era papel dela me dar conselhos nem oferecer terapia para Jodie. Mesmo assim, era um vislumbre de esperança, ela certamente teria alguma ideia do que eu poderia fazer.

As rodas da burocracia giravam muito lentamente enquanto o caso de Jodie passava pelo sistema. Jodie havia sido trazida para o acolhimento sob uma ordem de acolhimento provisório, o que significava que o Tribunal decidiria, em data posterior, se ela seria devolvida à família ou se seria emitida uma ordem de acolhimento definitivo. A psicóloga deveria encontrar Jodie uma série de vezes antes de apresentar seu relatório, pois essa era uma parte decisiva no processo de tomada de decisão do juiz.

O juiz estabelecera datas para duas "audiências de orientação", em janeiro e março, que seriam seguidas por uma "audiência final", em maio. O objetivo das audiências de orientação era permitir que o juiz levasse em conta as provas que teriam sido apresentadas até então, para que pudesse tomar decisões provisórias no interesse da criança, sem ter de esperar pela resolução dos procedimentos finais do Tribunal. Durante todo o processo, a guardiã *ad litem* iria se encontrar com todas as partes e fornecer ao juiz uma avaliação objetiva, fazendo recomendações nos melhores interesses da criança. Na prática, os juízes tendem a se orientar pelo guardião (ou guardiã) *ad litem* e normalmente seguem suas recomendações.

Se, na audiência final, fosse concedida uma ordem de acolhimento definitivo, a autoridade local iria se tornar guardiã *de facto* de Jodie, e o Serviço Social iria colocá-la junto a uma família acolhedora por longo prazo ou em uma unidade residencial de acolhimento, ou, se ela tivesse *muita* sorte, encontrariam uma família que a adotasse. No entanto, dadas a idade, a agressividade e as dificuldades de aprendizagem de Jodie, a última opção era muitíssimo improvável.

Antes do primeiro encontro com a psicóloga, havia sido marcada a entrevista de memorando para a polícia. Essa entrevista, além de ser parte dos procedimentos para o acolhimento, seria também usada na investigação policial, visando processar os pais de Jodie e quaisquer outros abusadores. Jodie seria entrevistada por oficiais da polícia com treinamento especial da Unidade de Proteção da Criança, e eu esperava que ela estivesse tão acessível para eles quanto estivera comigo.

Chegamos para o nosso encontro com as oficiais da Proteção da Criança em boa hora, o que deu a Jodie uma chance de espiar dentro dos carros de polícia estacionados fora do distrito. Apertei a campainha para entrar, dei nossos nomes ao oficial da polícia na recepção. Ele saiu de trás da escrivaninha e nos levou para uma suíte especial. Quando entramos, senti-me tranquila: a suíte evidentemente havia sido projetada para deixar uma criança à vontade. A peça era bastante luminosa, mobiliada com um enorme sofá vermelho, uma porção de brinquedos e um colorido papel de parede com o motivo do *Rei Leão*. Ali estavam duas oficiais de polícia em trajes civis, que se apresentaram.

– Olá, você deve ser Jodie… – disse uma delas, animada. – Meu nome é Kelly, e esta é Harriet.

Jodie sorriu enquanto eu apertava a mão dela.

– Café? – perguntou Harriet.

– Sim, por favor.

– E um refrigerante de laranja para Jodie?

– Obrigada – respondi.

Harriet saiu da sala; Jodie tirou um quebra-cabeça de uma das caixas de brinquedos, e nós três começamos a montá-lo. Harriet voltou com o café, refrigerantes e um pacote de biscoitos. Sentamo-nos um pouco, enquanto as oficiais procuravam envolver a atenção de Jodie, perguntando o que ela mais gostava de fazer, quais eram seu programas de televisão preferidos e por aí afora. Contudo, Jodie ignorava a conversa delas, preferindo ficar ali no canto, explorando as caixas de brinquedos. Depois de algum tempo, Kelly ficou de quatro e tentou entrar na brincadeira de Jodie, mas isso deu certo só em parte. Não me pareceu que Jodie estivesse sendo deliberadamente hostil, ela apenas não via necessidade de interagir, mesmo após a minha explicação sobre a importância da nossa visita daquela manhã e da noite anterior.

Explicar para Jodie o que estava acontecendo tinha sido um processo muito delicado. Procurei deixar claro que algumas pessoas legais e boas fariam perguntas sobre as coisas que ela me contara que haviam acontecido com ela, mas não havia muito mais que eu pudesse acrescentar sem correr o risco de prejudicar qualquer processo mais tarde. Eu não poderia dizer "Você deve contar à polícia as coisas más que o papai fez com você" – caso em que eu estaria, de alguma forma, enfiando ideias na cabeça de Jodie. Eu só poderia pedir que ela dissesse a verdade. Se surgisse na entrevista algo que deixasse claro que eu havia enfiado algum detalhe na cabeça dela, isso poderia ser usado pelo advogado adversário em um esforço para eliminar as alegações de Jodie.

Eu tinha esperanças de que Jodie tivesse entendido quanto era importante ser franca e honesta com as oficiais, mas, como sempre, era difícil saber o que ela teria absorvido. Cruzei os dedos, desejando que ela estivesse em uma disposição complacente e dócil, como estivera no exame da legista, e esperava que ela gostasse de ser o centro da atenção. Muitas crianças são assim: antes de entrar no acolhimento, eram, muitas vezes, ignoradas ou negligenciadas, por isso, quando recebem muita atenção e uma porção de profissionais envolvidos no caso são trazidos para a vida delas, às vezes, tornam-se pequenas estrelas. Em certas ocasiões, Jodie desabrochava estando no centro das coisas, por isso eu esperava que isso funcionasse a seu favor hoje.

Mais dez minutos se passaram, e Kelly sugeriu que déssemos a partida. Tocou levemente no braço de Jodie e disse:

– Vamos entrar na sala da entrevista daqui a um minuto. Eu sei que a Cathy contou tudo sobre o que vamos fazer. É bem ali – e apontou para a porta.

Jodie olhou para cima.

– A Cathy vem junto?

– Sim, ela vai no começo, depois ela volta para cá e espera aqui, enquanto conversamos lá dentro. Agora, enquanto conversamos, um cara muito legal vai filmar a gente no vídeo, para mais tarde podermos nos lembrar de tudo o que falamos. Está bem para você, Jodie?

Talvez Jodie tenha perdido o interesse pelos brinquedos, porque, de repente, muito amavelmente, e para meu grande alívio, ela se levantou e pegou a mão de Kelly.

– Então vamos – disse ela. – Eu quero entrar no vídeo.

Acompanhei-as saindo pela porta e entrando na sala ao lado, onde nos recebeu um jovem policial, também em trajes civis.

– Oi, Jodie. Eu sou John, e trabalho com a câmera. Você quer dar uma olhadinha?

A sala da entrevista era pequena e nua, com três cadeiras de plástico, uma luz central, e uma cortina de *blackout* na única janela. Fiquei espantada com a austeridade. Eu tinha imaginado que seria mais atraente para as crianças.

John mostrou para Jodie e para mim onde a câmera estava montada e onde ele estaria de pé, escondido da vista por um pano.

– Nós vamos fazer um vídeo de você, Jodie, e vamos gravar tudo o que você estiver dizendo. Está bem, Jodie?

Lembrei-me da foto que eu havia tirado de Jodie quando ela chegou na minha casa e de como ela havia tentado tirar as roupas. Será que ela iria se sentir perturbada agora com aquele cara estranho querendo fazer um vídeo dela? Ela não se incomodara quando expliquei tudo aquilo mais cedo e, até então, ela pelo menos parecia imperturbável, concordando com a cabeça.

– Você pode se sentar nesta cadeira? – disse Kelly, ajudando-a a subir, enquanto John discretamente passava para trás do pano.

– Agora a Cathy vai esperar na sala ao lado, enquanto você fica conosco, está bem? – disse Harriet.

Jodie se remexeu na cadeira, deu-me um pequeno aceno, e eu saí da sala. Como acolhedora, não me era permitido estar presente durante a entrevista, para evitar influenciar o testemunho dela. As entrevistas de memorando devem ser realizadas sob condições controladas para serem admitidas como prova no tribunal.

Voltei para a sala colorida e alegre, que parecia contrastar bastante com a salinha escura da entrevista. Sentei-me, mas não conseguia relaxar, então resolvi sair para fumar um cigarro. O vento estava cortante, abriguei-me no vão de uma porta, tragando furtivamente enquanto me preocupava com o que estaria acontecendo na sala de entrevista. O que Jodie dissesse agora seria decisivo, porque, sem a comprovação dela na gravação, haveria pouca chance de um processo. Em sua idade e com as dificuldades de aprendizagem, não haveria como sentá-la no banco de testemunha para falar. A natureza adversa de nosso sistema jurídico, mesmo em casos de abuso infantil, significava que ela seria interrogada por um advogado de defesa da parte contrária. Ela não seria capaz de lidar com isso – que criança de menos de 10 anos que tivesse passado pelo que ela passara seria capaz? Consequentemente, não era de se espantar que tão poucos casos chegassem ao tribunal, muito menos terminassem com a condenação dos que abusavam. Fumei apenas a metade do cigarro, apaguei-o e me senti menos culpada. Apertei a campainha para voltar ao distrito e fui sozinha para a suíte. Eu caminhava, sentava-me e caminhava de novo. Passaram-se dez minutos, a porta se abriu e Kelly enfiou a cabeça.

– Vamos dar mais uns dez minutos, depois vamos considerar o dia encerrado. Acho que, desta vez, não tivemos muita sorte.

Assenti, o coração afundando, e Kelly voltou para a entrevista. Fui até a janela, que dava para o pátio dos fundos. Fiquei observando um carro de patrulha que entrava, e dois policias, rindo de alguma piada, saltaram dele. Como acolhedora, muitas vezes tenho de tratar com a polícia, não apenas em questões de proteção da criança, mas também com adolescentes que fogem de casa ou transgressores. O trabalho deles era difícil, sempre tive o maior respeito pela polícia, especialmente pela equipe da Transgressão Juvenil, que precisa ter a paciência dos santos.

Senti uma depressão me engolindo. Eu imaginava que, se Jodie não tivesse se aberto até então, era improvável que se abrisse. Eu sabia como ela era quando não queria falar. Não havia como forçar a questão: ela era imutável como uma montanha. Restavam poucos minutos para que ela contasse à polícia o que precisava ouvir, se houvesse alguma esperança de punir as pessoas que a fizeram sofrer de modo tão tenebroso.

Enquanto esperava, eu me perguntava, não pela primeira vez, o que teria acontecido com o irmão e a irmã de Jodie... Teriam sofrido ou estariam sofrendo como Jodie? Eu esperava que não, mas não era muito provável que algum dia eu descobrisse. Eu só recebia a informação estritamente pertinente para Jodie, e tudo o que eu sabia era que seus irmãos agora estavam com outros acolhedores. Minha esperança era de que, por serem bem mais jovens do que Jodie, talvez tivessem escapado do que ela havia passado.

Pouco depois, do lado de fora da porta, escutei a voz de Jodie. Quando abriram, ela saltou lá de dentro.

– Fizemos o vídeo – ela deu um enorme sorriso. – Ficou realmente bom.

E correu para a caixa de brinquedos.

Olhei esperançosa para Harriet e Kelly, que abanaram a cabeça. Harriet fez um gesto para juntar-me a ela, enquanto Kelly vestia o casaco de Jodie.

– Ela simplesmente não quis falar nada – disse Harriet. – Ficou nos contando o quando desejava arrancar a cabeça de seu pai, mas não disse por que e nem deu mais detalhes. Não tentaremos de novo porque ela é muito pequena, mas manteremos o arquivo aberto para o futuro. Espero que, algum dia, ela esteja pronta.

– Obrigada – disse sem conseguir esconder minha decepção. – Lamento que ela não tenha sido mais cooperativa, mas não é de se espantar.

– Não, com certeza não é, com tudo o que aconteceu. Lidei com aquela família há alguns anos. Só Deus sabe por que ela foi deixada ali por tanto tempo.

Fiquei intrigada, mas a policial não me disse mais nada, e a confidencialidade não permitia que dissesse. Estava claro que a polícia estivera envolvida com a família em algum grau, mas poderia ter sido qualquer coisa – de problemas de estacionamento, pequenas transgressões à venda de drogas. Contudo, eu sentia que Harriet havia formado a impressão de que algo acontecera naquela casa... mas eu jamais saberia com certeza.

Abotoei o casaco de Jodie, e as duas policiais nos viram sair. Assim que viramos a esquina, o bom humor de Jodie desapareceu.

– Cathy, será que o monstro vai voltar? Será que ele vai vir e fazer o que eles disseram? – ela fazia as perguntas sem fôlego e ansiosamente. – Acho que aquele monstro vem vindo. Ele está debaixo da minha cama e quer mastigar as minhas mãos enquanto eu estiver dormindo.

– Não, minha querida, ele não vai fazer isso, juro. Por que você está achando isso?

– O meu pai e o tio Mike disseram que, se algum dia eu contasse para qualquer pessoa, o monstro vinha – a ansiedade em sua voz aumentou até chegar à histeria. – Ele vai arrancar os meus braços e as minhas pernas com os dentes! É isso que vai acontecer.

– Não, minha querida – disse, tentando acalmá-la. – Ele não vai aparecer. Você fez o melhor que pôde lá na polícia, eu sei que fez. Você foi muito boazinha, e nada vai machucar você. Você está segura comigo, você sabe disso, não é? Não há nenhum monstro.

Enquanto eu tentava acalmá-la, dei-me conta de que foi esse medo que a impedira de falar com a polícia. No mesmo instante, a minha raiva explodiu com o poder que os abusadores ainda tinham sobre ela. Sem querer, ela os protegia, porque o terror que eles haviam implantado nela era tão forte que superava qualquer outra coisa.

– Você está segura comigo, Jodie – disse enquanto íamos para casa. – Juro.

***

Naquela noite, quando liguei a tevê para ver o noticiário das 22 horas, a tela estava dominada por uma estrela do *rock*, presa como parte de uma investigação mundial de pornografia infantil da internet. A polícia apreendera o computador da estrela e encontrara imagens de crianças no HD.

Eu fervia de raiva. Como esses pervertidos achavam que as fotografias eram obtidas? Para cada imagem *baixada*, uma criança havia sofrido abuso, uma vida e uma personalidade haviam sido destruídas. O resultado eram crianças como Jodie, partidas e feridas quase além da possibilidade de recuperação. Até onde me dizia respeito, a pessoa que comprava essa sujeirada toda era tão responsável quanto quem abusava, e eu não sentia nenhuma espécie de solidariedade por sua queda nem pela alegação de que fazia pesquisas para um livro...

Nosso encontro com a psicóloga estava marcado para segunda-feira à tarde. Embora fosse o primeiro contato com a doutora Burrows, Jodie já estivera com ela uma vez, quando estava com os segundos acolhedores. Por alguma razão, relutava em vê-la de novo.

– ... Mas a doutora Burrows vai poder ajudar você! – expliquei. – Todo mundo quer ajudar você, Jodie, mas primeiro temos de contar para a doutora Burrows o que sabemos. Você precisa dizer o que aconteceu para as pessoas poderem ajudar melhor.

– Não é da conta dela! – ela torceu o nariz. – Vadia intrometida.

– O que não é da conta dela? – perguntei.

Mas ela não se deixava seduzir. Eu tinha a impressão de que os pais a advertiram contra esse tipo de coisa e contra a cooperação, temendo que um psicólogo fosse uma ameaça especial para aquele segredo vergonhoso.

Eles não precisavam se preocupar. A partir do momento em que chegamos em casa, Jodie ficou hostil e nada comunicativa. Ela não respondia a nenhuma pergunta, nem mesmo sobre assuntos inócuos, como os brinquedos que ela preferia ou o que gostava de comer. As únicas respostas que ela dava eram monossilábicas ou bobagem.

A doutora Burrows era profissional, tinha uma aparência de mulher de negócios e evidentemente sabia lidar com as crianças, mas não estava avançando muito com Jodie. Depois de algum tempo, ela desistiu de tentar fazer perguntas diretas e resolveu experimentar uma abordagem diferente. Apanhou um bloco de papel e alguns lápis de cor.

– Jodie, será que você é capaz de fazer uns desenhos para mim? Eu gostaria de ver umas fotos... que tal você me desenhar um retrato do seu pai e da sua mãe em casa?

Isso pareceu abrandar Jodie um pouquinho; ela pegou um lápis e começou a desenhar de seu jeito muito desajeitado e descoordenado. Observamos enquanto ela rabiscava um retrato. Não sou psicóloga, mas fiquei perplexa ao ver que os desenhos dela não serviriam para nada. Eram desenhos infantis de homens de palito, com cabeças enormes e sem detalhes. Jodie parecia achar que tinha feito mais do que o necessário, assim como todas as outras perguntas da doutora esbarravam num *Não sei. Tou me lixando.*

Por fim, a sessão de uma hora terminou. Parecia ter sido meio inútil e aproveitei para perguntar se a doutora poderia me sugerir alguma coisa para me ajudar a lidar com as necessidades de Jodie.

– A principal necessidade dela é o cuidado básico – ela respondeu. – Vejo que você está realizando isso de modo admirável. Ela reagirá bem à continuidade e a limites firmes. Gostei muito que ela tenha sido entregue aos seus cuidados. Você está fazendo um excelente trabalho.

Incentivos como esse sempre são muito bons, mas eu, na verdade, tinha pedido um conselho, estava me sentindo exasperada e muito isolada. Eu não havia aprendido isso – apenas patinava na escuridão, tomada pelo cansaço, pela confusão e com a sensação de estar lá no fundo. O que eu havia aprendido e as ferramentas que eu tinha não eram suficientes para as necessidades de Jodie, eu agora estava percebendo. A médica era excelente, sem a menor dúvida, mas ela não parecia apreender que eu não poderia separar os cuidados básicos de Jodie de seu bem-estar mental. Diariamente eu lutava com alimentar, divertir e manter Jodie limpa, mas também lutava com chiliques, violência, pesadelos, visões que a faziam acordar no meio da noite, alucinações e terror abjeto. Essas coisas não caberiam direito na faixinha de uma hora. Eu vivia com elas dia e noite.

Antes que eu me desse conta, faltavam apenas dez dias para o Natal, mas agora estava difícil reunir a minha animação de semanas atrás. Este ano seria calmo. Eu já havia comprado e embrulhado a maioria dos presentes, a casa já estava decorada, mas meu coração não estava ali. Tentei arranjar uma cara valente por causa das crianças, mas eu havia reduzido bastante os arranjos costumeiros. Estava simplesmente exausta para lidar com uma comemoração em plena escala. Meus pais viriam no dia de Natal, junto com meu irmão e a família dele. Em geral, eu dava uma festinha para amigos e vizinhos na Véspera do Natal, mas, neste ano, era inviável. Expliquei a todos que muita coisa estava acontecendo naquele momento e que eu iria chamá-los quando tudo se acalmasse. Esperava que ninguém se sentisse ofendido.

Nos momentos mais calmos, quando eu tinha tempo para refletir, eu via que estava me envolvendo demais com Jodie e seu sofrimento. Eu estava sendo sugada pelo abismo do turbilhão emocional pelo qual ela passava e, embora tivesse consciência dele, não conseguia escapar. Ela ocupava os meus pensamentos *sempre*. Quando eu tentava ler, descobria que estava virando as páginas sem ter acompanhado o enredo da história. O mesmo acontecia com o rádio ou a televisão. Eu estava constantemente preocupada com Jodie, e o meu estado mental estava sofrendo. A percepção distorcida de Jodie estava dando as cores à minha. Era como se o mal que havia corrompido o mundo de Jodie estivesse entrando e corrompendo também o meu. O ar parecia envenenado, e Jodie era a inocente transmissora. Cheguei à conclusão de que eu precisava de uma pausa para pôr as coisas na devida perspectiva. Liguei para Jill.

Expliquei que eu estava exausta, física e mentalmente.

– Jill, não estou brincando, eu preciso de uma pausa. Apenas um tempinho para juntar meus cacos e recuperar minhas forças, pensar um pouco no resto. Meus próprios filhos bem gostariam de ter um pouquinho do meu tempo e da minha atenção. Você pode pensar em me arranjar essa pausa... por favor?! Qualquer fim de semana em janeiro será ótimo.

– Claro – disse ela. – Você merece umas férias. Mais do que isso, você precisa de umas férias, para conseguir manter o rumo. Vou procurar nesta tarde. O único problema, Cathy, é que terei de encontrar pessoas que estejam a fim de acolher uma criança problemática. Têm de ser muito experientes, sem crianças da mesma idade ou mais jovens. Estou pensando num casal em Surrey. Verei se estão livres.

– Muito obrigada. Serei eternamente grata.

Desliguei o telefone. Meu espírito levantou um "pouquinhozinho".

CAPÍTULO DEZOITO
INCÊNDIO

No dia seguinte, Jill telefonou para combinar sua última visita antes do Natal. Batemos um papinho. Jill perguntou se Jodie alguma vez mencionara o irmão e a irmã.

– De vez em quando, no contexto de algo que ela estivesse me contando sobre sua casa – respondi.

– Ela não pede para vê-los?

– Não, não pede... – de repente, ocorreu-me quanto aquilo era extraordinário.

A ligação entre irmãos em acolhimento em geral é reforçada pela separação; por isso, mesmo que as crianças não estejam vendo seus pais, o Serviço Social procura manter o contato entre irmãos e irmãs.

– Há algum plano para que eles mantenham o contato? – perguntei.

– Não neste momento. É bom saber mais a respeito do tratamento que Jodie dá a eles. Tenho a impressão de que há motivo para acreditar que ela talvez tivesse a mão um tanto pesada com eles, e por isso todos foram separados.

Eu imaginava que Jodie, muitas vezes, atacasse os dois quando se sentia frustrada.

– Que tal cartões e presentes de Natal? – perguntei.

– Claro, podemos passar para eles, se ela quiser enviar.

Naquela tarde, perguntei a Jodie se ela queria fazer compras de Natal para comprar presentes para seu irmão e sua irmã.

– Não. Não quero.

– Que tal mandar um cartão? Ajudo você a escrever, se quiser.

– Não. Eu detesto eles.

– Por que você detesta eles, Jodie?

Ela pensou um pouco.

– A mamãe gostava mais deles do que de mim. Ela levava eles embora quando o papai entrava no meu quarto.

– Ah, está certo, minha bonequinha, acho que entendo.

Eu não tinha muita certeza do que ela estava me dizendo, mas era bem possível que os menores tenham sido protegidos de alguma forma de tudo o que Jodie passou. Não era de se espantar que se ressentisse deles. Talvez até tenha batido neles porque sentia ciúmes e queria castigá-los. Era uma conjetura, naturalmente, mas eu esperava que as crianças tivessem sido deixadas em paz.

Não apenas Jodie havia sido separada de seus pais, mas também estava isolada de seus irmãos. Sem avós na história e o abuso de *tias* e *tios*, isso significava que éramos a única família que ela tinha. Pensei em minhas próprias crianças e na família estendida, que não hesitaria em entrar e cuidar deles se qualquer coisa acontecesse comigo. Essa não era a questão agora, mas havia sido um verdadeiro problema no passado. Meu marido foi embora quando Adrian estava com a idade de Jodie e, em momentos mais sombrios, eu havia gostado da rede de segurança que era saber que, se eu fosse atropelada por um ônibus, eles seriam amados e cuidados da mesmíssima maneira. Jodie, por outro lado, não tinha mais ninguém no mundo, a não ser nós.

Em vez de ir ao *shopping*, Jodie queria pintar, por isso cobri a mesa com papel, arrumei as tintas, pincéis e um potinho com água. Amarrei o avental em volta de Jodie e a deixei por uns minutos trabalhando em alguma obra-prima. Quando voltei para verificar como ela estava, fiquei impressionada. Jodie havia produzido uma série de pinturas que realmente pareciam alguma coisa.

– Você gosta, Cathy? – perguntou ela orgulhosamente.

– Gosto sim. São excelentes, Jodie. Você pode me dizer o que são? Pode me dizer quem são essas pessoas?

– Está bem. Esta aqui é uma casa.

– Está muito boa. E isso aqui são as janelas, não é?

– É, as janelas. E este aqui é o meu cachorro, é o *burro* daquele cachorro velho.

Foi um solavanco, passei a prestar atenção. Na reunião de pré-colocação, contaram-me que Jodie havia posto fogo em seu cachorro e quase incendiara a casa com aquilo. Esse foi o incidente que finalmente fez com que ela e os irmãos fossem levados para o acolhimento.

– Ah, sei... Você pode me dizer mais alguma coisa sobre esse retrato?

– Sim, posso. Este é o nosso cachorro. É um cachorro marrom bem grande, está sempre latindo.

– E por que você disse que ele era burro, Jodie?

– Ora, eu não sei – respondeu ela com impaciência.

– Deve ter uma razão por que ele é burro. Você pode me dizer?

– Ele é todo feio e queimado. Ele é horrível.

– Ah, querida. Como é que ele ficou queimado? – perguntei, procurando manter a voz leve e relaxada.

Ainda estávamos lado a lado, olhando os retratos, e eu me sentia ansiosa em não fazer muita pressão. Jodie sacudiu o pincel na água, depois testou no papel. Vendo que ainda não estava limpo, mergulhou-o e sacudiu novamente.

– Jodie, você pode me dizer como o Sam se queimou? Prometo que não vou ficar zangada.

– Foi Jodie – resmungou ela. – Enrolei ele todo com o papel higiênico e usei o isqueiro da minha mãe. Ele ficou pulando e pulando, e latindo, e começou a correr em volta de tudo, e queimando tudo.

– Onde estavam o seu pai e a sua mãe quando você fez isso?

– Eles *tavam* na casa do tio Mike.

– Você estava sozinha?

– Não, o Ben e a Chessie *tava* lá – o nome da irmãzinha de Jodie era Chelsea, mas ela não sabia pronunciar e dizia *Chessie*. – Eu tava cuidando deles.

– E aí, o que foi que aconteceu?

– Eu peguei a Chessie e levei ela e o Ben *no* jardim, e aquele cachorro burro começou a rolar na terra. Ele tava muito feio, com o cabelo pendurado, e fedia. E fazia um barulhão. Aí eu fui lá no corredor e liguei 999 e *os bombeiro veio* e apagaram o fogo.

– Ah, foi muito legal, você chamou os bombeiros. Você salvou a Chelsea e o Ben.

– *Éé*... – disse ela, agarrando uma nova folha de papel.

– Jodie, você pode me dizer por que você queria machucar o seu cachorro?

– Não era o meu cachorro – ela retrucou. – É o cachorro do meu pai. Eu disse pra você.

– Ah, *tá*... Você pode me dizer por que você queria machucar o cachorro do seu pai?

Ela apertou as sobrancelhas em concentração. Aos poucos, seu rosto endureceu, e o punho agarrou o pincel com mais força.

– Eu odeio ele. Eu odeio eles, e queria queimar a casa até o fim e sair dali. É uma casa horrível – ela deu um pontapé na mesa. – E eu quero que o meu pai seja preso. Ele é horrível, ele sentou na minha cara. Eles deviam prender ele, matar ele!

– Mas por que pôr fogo no cachorro, Jodie? Por que você não queimou as cortinas ou o sofá se você queria queimar a casa toda e sair dali?

– Você é muito boba. Eu levo uma surra se estragar o sofá! Me dá um biscoito agora, Cathy?

Enquanto eu apanhava um biscoito para ela, perguntava-me se Jodie teria posto fogo no cachorro para castigar seu pai, machucando algo que ele amava. Ou, quem sabe, apesar de todas as dificuldades de aprendizagem e retardo mental, Jodie inventou uma maneira de sair fora daquela casa. O pensamento assustador era que, se ela não tivesse feito isso, poderia estar lá, passando por aquela vil degradação dia após dia.

***

Nos dias que se seguiram, Jodie se tornava cada vez mais distante. Renovei meus esforços para atraí-la para o centro de nossa família, mas ela resistia ferozmente, agindo como se não precisasse de ninguém e pudesse muito bem se virar sozinha. Eu já tinha visto aquele tipo de comportamento antes – a autossuficiência não é incomum em crianças abusadas ou negligenciadas, porque elas precisam ter certa elasticidade e capacidade de recuperação para sobreviver, só que Jodie levou isso para um novo nível. Qualquer expressão de cuidados ou preocupação de nossa parte deparava com a rejeição completa ou o escárnio desdenhoso. Ela não queria o apoio diário ou a interação com os outros, que constituíam a vida da família, e erigia barreiras para dar ênfase a seu isolamento. Uma tarde, Paula e Lucy se juntaram a nós num passeio de compras, mas Jodie se recusou a caminhar conosco – ela caminhava uns seis passos à nossa frente ou atrás e mal falou uma palavra. No dia seguinte, levei Jodie ao cinema para ver *Lilo e Stitch*. Ela propositadamente se sentou duas cadeiras para lá de onde eu estava. Ela só voltou para meu lado quando as luzes se apagaram, porque tinha medo do escuro. Ela nunca havia ido ao cinema e não se mostrou muito animada – nem antes nem depois. Era outro sinal de quanto ela estava embotada e sem sensibilidade. Ela se deleitava com a solidão, e eu não sabia o que fazer para descobrir como acabar com aquilo.

A minha única esperança era que o Natal ajudasse a reforçar o nosso relacionamento. Afinal, não há nada mais voltado para a família do que o Natal.

CAPÍTULO DEZENOVE

A GAROTINHA ESPECIAL

Nicola veio dar a última aula de Jodie antes do Natal e, no dia seguinte, a escola das meninas e a faculdade de Adrian entraram em férias. De repente, nós cinco estávamos em casa juntos o dia inteiro. Contudo, estou usando a expressão "juntos" meio superficialmente, pois, embora estivéssemos debaixo do mesmo teto, todos evitavam ficar juntos, e não apenas juntos de Jodie. Adrian, Paula e Lucy passavam a maior parte do tempo em seus quartos e, quando desciam, eram recebidos com chutes, socos e uma série de *O que você está fazendo? Saia daqui. Esta agora é a minha casa* – e assim por diante. A atitude dela com os outros não havia abrandado muito no tempo em que estava conosco. Não havia lógica: quanto mais atenção eu dava a Jodie, mais ciúmes ela tinha dos outros.

Expliquei para Jodie diversas vezes que nós vivíamos todos juntos, mas ela não estava aberta para a razão. Embora ela não quisesse a família, parece que ela me queria. A possessividade dela fora consolidada nas semanas em que estávamos só nós duas durante o dia, e eu começava a me ressentir com aquilo. Ela exigia a minha atenção constante, e eu via que estava fazendo o que nenhuma outra criança fizera antes: corroendo o tecido da nossa família. Normalmente, eu teria lidado com isso pondo alguma distância entre nós, o que era praticamente impossível com Jodie, por causa de sua imensa carência.

A hostilidade e agressividade de Jodie tiveram uma influência poderosa em todos na casa, criando uma atmosfera desagradável. Mesmo quando ela estava lá em cima, em seu quarto, podíamos sentir aquilo na casa, como uma presença malevolente. Na hora do jantar, nas ocasiões em que fazíamos as refeições juntos, eu tinha de conduzir a conversa, porque as crianças se sentiam inibidas com as intermináveis grosserias de Jodie e ficavam caladas. Até olhávamos menos uns para os outros, porque, se um de nós olhasse na direção de Jodie, aquilo poderia fazer com que ela destrambelhasse. Um olhar poderia rapidamente levar a um chilique, e ninguém queria ser responsável, por mais indiretamente que fosse, por estragar mais uma refeição.

Também estávamos nos comunicando bem menos uns com os outros, pois a natureza do abuso de Jodie significava que nos limitávamos a uma faixa muito estreita de assuntos para conversar. Não poderíamos, por exemplo, discutir o novo namorado de Lucy, ainda que ele fosse praticamente a única coisa que ela tinha na cabeça. Para falar a verdade, homens de quaisquer idades se tornaram tabu em nossa casa; tínhamos até receio de falar sobre as estrelas *pop* da televisão.

Com as meninas em casa, eu percebi claramente a distância física que Jodie havia criado entre si e o resto da família. Nos primeiros meses depois de sua chegada, Jodie havia precisado de abraços e consolo, mas, há pouco tempo, ela havia cortado quase todo contato físico, mesmo quando acordava gritando durante a noite. Eu estava sempre abraçando e beijando as meninas, e Adrian, um pouco menos, e isso deixou imediatamente aparente quanto Jodie se tornara isolada. Tentei remediar isso, naturalmente, mas, quando tentava abraçá-la antes de ir para a cama ou pedia que se sentasse ao meu lado no sofá, ela fazia uma piada sobre não ser gostada, abanava a cabeça ou simplesmente fugia.

Eu sempre me sentia perturbada quando ela fazia isso, porque estava claro que ela era terrivelmente triste e solitária, e eu não queria nada mais senão mostrar para ela o afeto e o amor que meus filhos não questionavam. Não sou psicóloga, mas me parece que o legado do abuso havia embotado o contato físico em sua mente e o deixara desagradável e assustador. É uma situação absurda: Jodie precisava do afeto mais do que qualquer pessoa que eu tenha conhecido, mas o meio pelo qual o afeto é transmitido só contribuía para sua ansiedade.

Sally, a guardiã *ad litem*, veio nos visitar e pediu para passar algum tempo sozinha com Jodie. Deixei as duas na sala de estar e aproveitei a oportunidade para passar algum tempo com Lucy e Paula. Adrian havia saído com os amigos. Jodie tivera uns rompantes e fora agressiva a manhã inteira. Encontrei Paula exasperada, sentada em sua cama.

– Eu queria estar de novo na escola – ela admitiu. – Estou com medo do Natal. Jodie vai estragar tudo.

– Não, não vai. Não vamos deixar. E podemos descobrir que é exatamente o que ela precisa para abrir seu coração. Eu sei que é difícil, mas ela não poderá sustentar isso para sempre.

– Não pode? Puxa, até agora ela tem se dado muito bem nisso! Não tenho nem coragem de trazer os meus amigos para casa por causa dela...

Fiquei perplexa. Minha filha, normalmente sociável, agora estava envergonhada e não queria trazer amigos para casa. Abracei-a.

– Desculpe. Eu não tinha percebido. Que tal você ir dormir na casa de uma das suas amigas enquanto ela estiver fora, para ter um alívio? Vídeos, festa da meia-noite e tudo o mais?

Ela se iluminou e disse:

– Está bem, mamãe. Desculpe.

– Não precisa se desculpar. Eu compreendo.

Fui para o quarto de Lucy, mas, no segundo em que mencionei o nome de Jodie, ela se virou para mim.

– É só isso que nós falamos. Jodie, a infame da Jodie. Estou morrendo de tanto mal que ela me faz. Eu gostaria que ela nunca tivesse vindo. Você não vai conseguir mudar essa garota, Cathy, não importa o que você fizer. Será que até agora você não consegue enxergar? Ela é o mal. Ela precisa da droga de um padre, não de uma acolhedora.

Eu não sabia se Sally havia notado a tensão na casa, porque, quando ia saindo, ela deu uma paradinha no corredor e pôs a mão no meu braço.

– Cathy, você está fazendo um trabalho realmente bom, mas cuide para que você e a sua família não sofram. Essas crianças podem arrasar as emoções de todos. Lembre-se de que o problema dela não é sua responsabilidade. Tudo o que pode fazer é isso que está fazendo.

Achei as palavras de Sally confortadoras. Era bom ouvir alguém dizer algo positivo e reconhecer o que estava acontecendo. Eu respeitava Sally – ela conseguia combinar o profissionalismo com uma empatia que me fazia sentir que ela compreendia.

Depois, naquela mesma tarde, Eileen telefonou.

– Olá, Cathy – disse ela naquela sua maneira monótona e arrastada. – Temos um probleminha.

– Ah, sim? – retruquei, sem me perturbar.

Eu estava habituada a ouvir assistentes sociais me dizendo que "nós" tínhamos problemas. Em geral, significava que alguma coisa desagradável estava para se atravessar no *meu* caminho.

– Quando enviamos uma cópia da carta do médico para os pais de Jodie, alguém se esqueceu de retirar os seus detalhes, por isso receio que tenham mandado seu nome e endereço.

Como sempre, ela não parecia muito chateada. Fiquei furiosa. Eu tinha me preocupado com a possibilidade de que o Departamento de Otorrinolaringologia fosse indiscreto, mas, enquanto isso, o Serviço Social andava passando adiante detalhes a meu respeito. Lembrei-me da ligação que havia recebido quando Nicola estava conosco – teriam sido os pais de Jodie?

– Sei, estou vendo. Isso realmente vai deixar Jodie se sentir segura! Mas não posso dizer que estou surpresa, para falar a verdade. Quando isso aconteceu?

– Não sei exatamente. Só descobrimos quando a mãe de Jodie nos telefonou hoje, exigindo um contato. Ela ameaçou ir à sua casa se não arranjássemos esse contato. Evidentemente, eu disse a ela que isso era inaceitável, mas achei que você deveria saber.

– Muito obrigada – respondi polidamente. – E o que foi que ela disse? Ela ainda está planejando aparecer por aqui?

– Acho que não. Ela só falou nisso uma vez... mas não se preocupe, se ela aparecer por aí, aplicaremos um mandado de segurança imediatamente.

Sim, pensei, mas um mandado de segurança é só um pedaço de papel. Eu já tivera pais enfurecidos batendo na minha porta e sabia muito bem que agitar um pedaço de papel para eles não tinha grande efeito. Se uma criança está sob uma ordem de acolhimento espontâneo ou se estamos trabalhando para a reabilitação da criança para que ela possa voltar para casa e os pais cooperam, não há nenhum problema que eles saibam onde a criança e eu vivemos. Na verdade, às vezes, o contato ocorre na minha casa. Evidentemente este não era o caso, longe disso. Estava claríssimo que deveria ter sido tomado o maior cuidado para proteger os meus detalhes, o que não havia acontecido.

Eileen era impermeável à minha frustração, e agora eu não poderia fazer muito a respeito da situação. Um mandado de segurança era tão útil quanto trancar a porta do estábulo depois que o cavalo fugiu.

– Muito bem – respondi formalmente. – Obrigada por me informar.

E desliguei o telefone.

Eu estava furiosa, é claro, mas, como dissera para Eileen, não estava lá muito surpresa. Enquanto a burocracia do acolhimento está em andamento, um número imenso de documentos é solto por aí, entre pais, advogados, assistentes sociais, guardiões *ad litem* e outros. O sistema atual confia em que alguém no escritório do Serviço Social se lembre de eliminar os detalhes confidenciais de todos os documentos, por isso é inevitável que aconteçam erros e equívocos. Pela minha experiência, a certa altura, uns 50% dos pais recebem o meu endereço, o que me parece inaceitável.

O resultado é que, quando há uma quebra da confidencialidade, nós, como família, temos de tomar precauções especiais. Meus filhos sempre espiam pelo olho mágico antes de abrir a porta e, quando é alguém que não reconhecem, não abrem – vão me chamar. Crianças acolhidas não podem abrir a porta de modo algum. Além disso, temos um sistema de alarme muito caro, uma tranca de segurança, e sempre olho para cima e para baixo na rua antes de sair de casa. Depois de algum tempo, isso se torna uma segunda natureza, e todos nós aprendemos que simplesmente temos de aceitar os riscos. Por felicidade, tirando alguns enfrentamentos verbais desagradáveis, nenhum de nós correu perigo real.

No entanto, a minha paciência com Eileen foi esticada ao limite poucos dias depois. Por motivos que só eles sabem, o pessoal do Serviço Social resolveu convocar uma reunião para discutir a ameaça da mãe de Jodie vir até aqui e queriam que Jill e eu estivéssemos presentes. Ficamos maravilhadas que eles tivessem tempo, tão perto do Natal... E o que seria discutido, por acaso? Ninguém poderia tomar de volta a informação, agora que fora dada; arranjar um mandado de segurança proibindo os pais de Jodie de se aproximarem de minha propriedade não adiantaria nada, o que evidentemente não era do interesse de ninguém – especialmente não de Jodie. E, de qualquer modo, quem ficaria com ela, com suas necessidades especiais e a tão curto prazo?

A reunião transcorreu como eu havia imaginado. Discutimos todas as opções possíveis antes de decidir a favor do rumo mais sensato: não fazer nada. Eu me senti aliviada ao sair dali e estava justamente sacudindo a cabeça pelo monumental desperdício de tempo que todos tiveram, quando Eileen me pegou no corredor.

– Cathy, antes que você vá embora, posso lhe entregar isto? É um presente de Natal para Jodie. O pai dela me pediu para passar isso para ela.

Fiquei olhando para ela, atônita, enquanto Eileen segurava uma sacola muito gasta de supermercado.

– Não sei se realmente seria apropriado, Eileen – disse com diplomacia forçada e lembrando que devia ser profissional. – Os contatos foram suspensos e presentes em geral são considerados contatos, especialmente num caso como este. Neste momento, Jodie se sente muito hostil em relação a seus pais, o que é bastante compreensível.

– Ah, muito bem... – disse ela, meditando sobre as minhas palavras. – Quer que eu devolva, então?

Dizendo isso, ela tirou da sacola o presente desembrulhado, talvez para me mostrar como era inofensivo e como eu estava sendo exageradamente cautelosa. Era uma camiseta cor-de-rosa, de mangas compridas, com "A menininha do papai" impresso na frente, em letras enormes faiscantes. Eileen olhava para aquilo e levantou a camiseta.

– Quer dizer que você acha que Jodie não vai gostar?

Fiquei sem palavras, olhando Eileen com uma camiseta que era simplesmente a coisa mais amargamente irônica que eu jamais tinha visto.

– Eileen... – disse lenta e deliberadamente. – Jodie foi estuprada pelo pai, talvez por quase toda a vida. Não sei se uma camiseta chamando-a de *menininha do papai* será algo lá muito apropriado, você não acha? Se eu der isso para ela, Jodie ficará aterrorizada só de ver.

A ficha caiu.

– Ah, sei. Estou entendendo. Vamos devolver então. Tenha um maravilhoso Natal!

Quando cheguei ao carro, ainda abanava a cabeça, perplexa.

CAPÍTULO VINTE

NATAL

Eu estava decidida a garantir que Jodie gostasse do Natal e começasse a sentir-se parte da família. Eu sabia, por uma triste experiência, que as crianças acolhidas em geral não tiveram Natal no passado. Na verdade, como elas ficam em casa pelo menos dois dias inteiros e seus pais tendem a beber mais, o Natal pode ser o pior momento do ano para muitas crianças.

Eu me lembrava do meu acolhido anterior, Callum, um menininho muito meigo de 10 anos. Callum tinha vivido com a mãe, que era uma alcoólatra não funcional. Isso significava que ela era incapaz de levar uma vida normal, estava trancada na prisão de sua dependência do álcool. No Natal antes de Callum vir para minha casa, o pai enviou um cheque para ele, que a mãe tomou e gastou em bebida. No dia de Natal, ela acordou depois do meio-dia com uma ressaca e tentou fazer a ceia de Natal. Ela não comprara nada, por isso tirou o farelo de pão que recobria alguns *nuggets* de frango do McDonald's e tentou dizer para Callum que era peru assado.

Apesar do problema da bebida, a mãe de Callum não havia sido violenta nem o maltratara, mas o alcoolismo era tal que ele tinha de cuidar dela, e não o contrário. Nos três anos anteriores, ele não ganhara um único presente de Natal nem de aniversário. No Natal que passou conosco, comprei um *skate*, um capacete e luvas – e, quando abriu os presentes, ele saiu correndo da sala porque não queria que o víssemos chorando.

Na manhã de Natal, Jodie estava de pé antes das 6 horas, como sempre, mas parecia considerar aquele mais um dia normal. Na noite anterior, havíamos pendurado as fronhas em nossas portas, e elas agora estavam cheias de presentes. Levei Jodie para baixo e mostrei para ela que a tacinha do licor, os restos da torta e todas as cenouras haviam desaparecido.

– Que legal, Cathy... – retrucou ela, como que brincando comigo.

Durante toda a manhã, até mesmo enquanto abríamos os presentes debaixo da árvore, Jodie permaneceu bastante calma, parecendo ter alguma compreensão da importância do dia. Ela se comportou bem e, de modo geral, juntou-se à família. Observando-a, eu tinha a esperança de que, embora ela não estivesse demonstrando muito entusiasmo, a boa vontade do dia estava tendo alguma influência e que, no futuro, ela viesse a se lembrar com ternura dessa data.

À tarde, meus pais chegaram, com meu irmão Tom, sua esposa Chloe e Ewan, meu sobrinho de 6 anos. De repente, a casa estava cheia de barulho e animação, e me dei conta de como todos nós estávamos isolados da vida normal – por exemplo, eu não tivera a companhia de nenhum adulto por mais de uma semana. Jodie já havia encontrado toda a minha família em outras ocasiões, quando eles normalmente vinham me visitar – e eles sempre incluíam as crianças que eu acolhia e as tratavam como membros da família. Mesmo assim, ela pareceu um pouco alarmada quando chegaram todos juntos, e permaneceu inibida a maior parte do dia.

Depois que ofereci uma rodada de bebidas, refrigerantes e sucos, nós nos reunimos na sala de estar para trocar presentes. Minha família havia trazido alguns para nós, e havíamos deixado os deles debaixo da árvore, prontos, esperando. Estavam todos muito animados, mas eu via que era mais um ritual novo para Jodie. Quando os presentes foram entregues, ela olhava para os outros, para pegar dicas de como se comportar. Ela observou Ewan abrindo um presente, e então fez o mesmo. Olhou para ele sem expressão e tive de incentivá-la a mostrar entusiasmo.

– Que bonito, Jodie, você não acha? Você pode brincar com isso agora à tarde. Você não vai dizer muito obrigada?

Ela disse o que tinha de dizer, mas sem nenhuma animação e olhos brilhantes que o Natal geralmente trazia para as crianças. Pelo dia afora, ela não parecia ingrata pelo que havia recebido, pareceu até gostar de alguns dos presentes, mas era triste vê-la tendo de imitar o entusiasmo e a felicidade que vinham naturalmente para os outros.

Depois do jantar, sentamo-nos em volta da mesa e começamos a jogar, enquanto nos recuperávamos aos poucos da refeição. As meninas se esforçaram bastante para fazer Jodie entrar nos jogos, mas ela começou a ficar irritada, talvez exaurida pela agitação do dia. Experimentou diversos jogos, mas não parecia sentir nenhum prazer com eles. Quando não ganhava, ela se enfurecia e batia o punho no braço do sofá. Quando ganhava, não mostrava nenhuma expressão; ela não conseguia sentir nenhum prazer com aquilo e não conseguia comemorar gregariamente com os outros. Quando brindávamos por ela, Jodie participava, mas era algo que parecia vazio.

Algum tempo depois, ela pareceu sentir-se frustrada e começou a segurar o nariz. Primeiro não dei atenção, imaginando que ela estava simplesmente procurando atenção, mas, como ela persistia, terminei perguntando o que estava errado.

– O meu nariz está doendo – disse ela, a voz abafada pela mão.

– Ah, minha nossa... – respondi. – Posso dar uma olhada?

Ela tirou a mão da frente, mas se encolheu quando tentei tocar seu rosto.

– Não estou vendo nada de errado... Tem alguma coisa que eu possa fazer?

– Está doendo...! – resmungou ela.

– Por que está doendo, Jodie? Você fez alguma coisa no seu nariz?

– Está doendo – ela falava cada vez mais alto e parecia sentir dor.

– Bom, está bem, venha comigo e vamos colocar um pano gelado em cima – levei-a para o banheiro e pus o pano em seu rosto. – Você pode me dizer o que você fez, Jodie, para fazer o seu nariz doer?

– Foi ele. Ele deu uma pancada com toda força no meu rosto.

– Quem, Jodie?

– O papai! Ele me bateu – ela choramingava, como se estivesse quase chorando.

Eu tinha ficado sentada ao lado dela na sala, portanto sabia que nada havia acontecido. Contudo, ainda que parecesse uma dor imaginária, porque realmente não havia sido ferida ou machucada hoje, era completamente real para ela. Era como se estivesse lembrando algum momento em que foi ferida no passado e estava transportando a memória para o presente. Ficamos na varanda um pouquinho, até ela se acalmar, depois voltamos para a sala, para nos juntarmos aos outros.

Às 20h, estávamos nos degraus da porta de entrada acenando as despedidas quando meus pais e a família do meu irmão foram para casa. Fechei a porta da frente. Eu me sentia aliviada porque o Natal havia terminado, ainda que tivesse sido tão bem quanto eu poderia ter esperado. Jodie estava um tanto exageradamente impressionada pela ocasião e também pela grande reunião, mas se comportara razoavelmente bem. Eu esperava que um pouco do calor humano da temporada tivesse sido transmitido a ela. Embora não tenha sido realmente uma descoberta importante e Jodie não tenha se sentido tão tocada emocionalmente quanto Callum, eu tinha a esperança de que agora o Natal significasse algo bom para ela; e que ela tivesse tido um gostinho do que as outras crianças sentiam a cada ano.

CAPÍTULO VINTE E UM

UM NOVO ANO

Conforme se aproximava o ano novo, sentia meu espírito levantar. Um novo ano oferece um novo começo, e qualquer coisa parece possível no dia 1º de janeiro. Abandonar o cigarro não estava na minha lista de resoluções, e eu estava agora deslizando para fora de casa mais de sete vezes por dia, iludindo-me de que o deixaria novamente quando as coisas acalmassem – mas... puxa vida, *quando* isso aconteceria?

Apesar das minhas esperanças, Jodie não mostrou nenhuma melhoria quando o ano novo chegou. O comportamento dela continuava difícil e hostil, suas noites estavam sendo cada vez mais perturbadas por pesadelos e alucinações. Ela agora tinha mais incidências de dores lembradas que se ligaram a revelações: Jodie reclamava que o braço doía, e isso levaria a uma lembrança da mãe batendo nela com um cinzeiro ou o pai escaldando-a com água quente. Em todos os casos, a dor de Jodie parecia realmente legítima, apesar de minhas tentativas de explicar para ela que os ferimentos que descrevia haviam acontecido meses ou anos atrás.

Embora não me passasse pela cabeça que ela estivesse inventando a dor lembrada, comecei a perceber que ela mentia em outras situações. Muitas vezes, era tão convincente que eu me via questionando a mim mesma sobre o que teria *eu* visto e duvidando das provas diante dos meus próprios olhos. Eu a pegava em flagrante no meio de algum pequeno delito, ela negava tão enfaticamente que aquilo estivesse acontecendo que eu tinha de parar e reavaliar o que via. Ela, às vezes, contava mentiras quando chegou, mas eu pressupunha que ela estava retornando à experiência passada, mentindo para evitar o castigo e, por isso, parecia um tanto compreensível. Agora, entretanto, ela já devia saber que não precisava se preocupar, que jamais haveria qualquer risco de que fosse punida física ou emocionalmente. Por que então aquela necessidade de negar suas ações com tanta veemência?

Ela também começou a fazer acusações falsas, inventando histórias sobre as outras crianças, mesmo quando eu estava na sala e evidentemente tinha visto que não havia acontecido nada. Declarava que Lucy ou Paula deram-lhe um pontapé ou a tinham beliscado, ou mordido, o que era claramente ridículo. Para começar, elas é que tinham medo dela, muito compreensivelmente. Quando lembrava a ela que eu havia estado ali na sala o tempo todo e tinha visto que ninguém sequer chegara perto dela, Jodie explodia.

– Ela fez sim! Fez! Por que você nunca acredita em mim?

E era tão intensa e convincente que, muitas vezes, eu me sentia tentada a repensar e tinha de lembrar a mim mesma o que tinha visto.

Em outros momentos, eu a pegava deliberadamente se machucando. Não era como na época em que ela se cortava friamente. Agora parecia mais como se fosse feito com raiva, num ataque de fúria ou emoção, quando ela se golpeava, beliscava-se, batia a cabeça em alguma coisa ou puxava o próprio cabelo. Depois, jogava a culpa em cima de um de seus amigos imaginários. Algum amigo, eu achava. Eu tinha de dizer pacientemente que era ela mesma que fazia aquilo e que ninguém mais a tocara. Os ferimentos feitos por ela mesma eram um dos aspectos mais perturbadores do comportamento de Jodie, e os beliscões, arranhões e pancadas que ela se infligia deixavam marcas que depois eram usadas para se convencer ainda mais de que alguém a atacara.

Mais preocupante ainda, uma semana antes do ano-novo, as diferentes vozes que ela às vezes fazia começaram a assumir identidades próprias. O celular de Adrian desapareceu e, depois de uma demorada busca, encontrei-o na caixa de brinquedos de Jodie, que estava em uma prateleira no jardim de inverno. Jodie não havia roubado nada antes, mas tinha problemas para respeitar a propriedade dos outros. Eu tentava ensinar que não poderíamos simplesmente usar qualquer coisa que quiséssemos, que tínhamos de pedir ao dono.

– Não fui eu, é verdade mesmo – repetia ela, olhando diretamente nos meus olhos e falando como um bebê. – Não foi mesmo. Eu não alcanço, sou muito pequena.

Adrian e eu olhamos para a prateleira, sobre a qual Jodie terminava de colocar a caixa de brinquedos facilmente.

– É claro que é grande – disse Adrian. – Ela mal está acima da sua cintura.

– Não sou – ela insistia, a voz de bebê ficou mais alta. – Foi ela – e apontou para o espaço a seu lado. – Foi Jodie.

– Você é Jodie – disse exausta.

– Não sou. Eu sou a Amy. Tenho só 2 anos e não alcanço – ela esfregou os olhos e fez beicinho, como uma criança emburrada.

Eu disse mais uma vez que ela não devia pegar o celular de Adrian e deixei por isso mesmo.

Um dia depois, a separação da personalidade assumiu mais uma forma, desta vez mais sinistra. Ela estava de pé às 5h30 da manhã, e fui vesti-la. Jodie estava sentada na cama, brincando com a caixa de música e batendo palmas, fazendo um barulhão.

– Calma, Jodie. Descubra alguma coisa para fazer que não seja tão barulhenta, se você já dormiu o suficiente.

Ela se virou rapidamente para me encarar. Seu rosto estava duro e distorcido.

– Não – berrou ela, com uma voz masculina bastante rude. – *Sai* daqui ou eu vou cortar você em pedacinhos. *Sai* daqui! Puta!

Instintivamente, dei um passo para trás.

– Jodie! Não use essa palavra! Agora se acalme. Encontre alguma coisa para fazer em silêncio. Estou mandando. Agora!

Ela se levantou e ficou de pé. Avançou para mim, com as mãos em garra, mostrando os dentes.

– Eu não sou Jodie – resmungou ela. – Eu sou o Reg. Sai daqui ou eu vou te matar!

Eu não ia lidar com aquela situação. Fechei a porta e fiquei esperando no corredor. Meu coração disparou. Escutei Jodie andando pra lá e pra cá, xingando meu nome e o de toda a família.

– Punheteiros! Punheteiros malvados! Vou arrancar a cabeça deles.

Ela resmungou mais um pouco e depois o silêncio. Abri a porta e espiei. Jodie estava na cama, olhando tranquilamente um livro. Aparentemente, a velha Jodie retornara.

Como acolhedora, eu já tinha visto comportamentos bastante extremados em crianças e, até certo ponto, estava acostumada – mas não àquele extremo. Aquilo era novo. Os amigos imaginários de Jodie pareciam estar tomando posse dela.

– Quem é Reg? – perguntei mais tarde naquela manhã, enquanto tirávamos juntas a louça da máquina.

Jodie olhou para mim sem entender.

– Você conhece alguém chamado Reg? Tenho a impressão de que você mencionou esse nome quando fui ao seu quarto hoje cedo...

Ela abanou a cabeça e continuou separando os talheres.

– Tem um cara na televisão da minha mãe chamado Reg, mas ele é horrível. Eu não falo com ele.

– E não tem mais ninguém que você conheça chamado Reg?

– Não.

Eu acreditava nela. Reg, assim como Amy, pareciam ter assumido vida própria, sem o conhecimento ou o consentimento de Jodie.

Quando contei isso a Jill, ela ficou espantadíssima.

– Isso é muito fora do comum. Se estou certa, parece-me que é um transtorno dissociativo de identidade, ou "desordem de identidade dissociativa" ou "personalidade múltipla".

O transtorno dissociativo de identidade é uma reação bastante rara e complexa à tensão, explicou ela, em que a personalidade se divide em uma série de diferentes identidades, para conseguir lidar com aquelas dificuldades. Muitas vezes, uma personalidade não sabe o que as outras estão fazendo.

– Parece exatamente o que ela está fazendo – disse. – É bastante desanimador. Por que ela está fazendo isso conosco? Isso não acontecia antes. Por que começaria a acontecer logo agora, quando ela está mais segura do que nunca?

– Talvez seja porque só agora ela se sente segura o suficiente para lembrar o abuso. Imagino que, antes, ela não fosse nem ao menos capaz de aceitar e elaborar o que aconteceu. Ela apagou tudo, para sobreviver. Você disse que ela estava muito calma e aceitando no início... lembra como ela passivamente começou a tirar as roupas quando você quis tirar uma fotografia dela? Ela não lutava, porque precisava seguir em frente. Agora, como foi retirada daquele meio abusivo, ela pode começar a rememorar e juntar os pedaços do que aconteceu.

Contei sobre a dor lembrada e quanto parecia real para Jodie.

– Isso também faz sentido – disse Jill. – Ela não podia se dar o luxo de sentir a dor naquela época, por isso está sentindo agora. Ela está recebendo um massacre de informação física e mental. Como ela está lembrando todas essas coisas medonhas, seu cérebro está sobrecarregado e não consegue lidar com tudo. Dividindo sua consciência, pelo menos parte do ego dela se mantém seguro. Até agora você viu o bebê Amy e um adulto zangado. Será que ela também tem um lado que é uma mulher adulta?

– Agora começo a pensar nisso... sim. Achei que ela estava só imitando sua mãe, mas agora não estou tão certa de que fosse isso. Ela tenta castigar Lucy e Paula como se fosse uma esposa furiosa.

– Ela se refere a essa mulher pelo nome?

– Não que eu tenha ouvido... não.

– É a forma clássica. Bebê, mulher adulta e homem adulto. Todos nós temos esses componentes nas nossas personalidades, mas, quando estamos mentalmente saudáveis, eles estão todos enrolados em uma só pessoa – Jill fez uma pausa. – Para ser franca, estou realmente preocupada.

Agora eu também estava me sentindo muitíssimo preocupada. Parece que Jodie estava reagindo às coisas terríveis que lhe haviam acontecido. Eu não tinha a menor ideia do que esperar e não sabia se seria capaz de lidar com o efeito colateral daquele extraordinário trauma emocional de Jodie.

Jill perguntou:

– Você contou para a Eileen?

– Não. Ela tem andado fora do escritório nos últimos tempos.

– Vou tentar chegar a ela. E vou fazer a psicóloga tomar conhecimento disso. Se estou certa, é uma grave desordem de personalidade.

– Jill...? – chamei, hesitante, algo me ocorrera. – Quando está em um desses estados, ela pode fazer coisas que normalmente não faria? Quer dizer, o Reg parece ser uma personalidade muito enfurecida, e ela parece muito forte quando personifica o Reg.

– Se ela fosse um pouquinho maior, eu tiraria ela daí. Adultos com esse transtorno podem adquirir uma força sobre-humana e fazer coisas que normalmente não fariam. Mas acredito que você possa contê-la se necessário, mesmo quando ela se torna Reg.

Fiz uma pausa.

– Acho que sim.

– E você quer continuar?

– Quero – quanto mais eu entrava naquele caminho, mais impossível me parecia voltar atrás. – Agora que eu sei o que é não parece tão assustador.

– Bom... Sabe, é realmente muito interessante.

Interessante para Jill, talvez, com a capacidade que ela tinha de avaliar a situação a certa distância. Para mim... bom, *interessante* não era exatamente a palavra.

Naquela tarde, chamei Adrian, Paula e Lucy lá embaixo e expliquei o que Jill disse. Eles ficaram olhando para mim de boca aberta.

– Quer dizer que Jodie tem muitas personalidades que se apossam dela em momentos diferentes? – perguntou Adrian, tentando entender aquilo. – E ela não tem ideia de que isso está acontecendo?

Assenti. Parecia uma loucura.

– Uma piração – disse Lucy. – Uma completa piração. Ela saiu completamente dos trilhos.

Paula riu.

– Acho que vou virar a Rainha de Sabá, e vocês podem vir me trazer presentes.

Sorri.

– Não é cena, querida. Ela não faz isso deliberadamente. É uma coisa que simplesmente acontece... é a maneira que ela tem para lidar com o que aconteceu.

– Ela vai fazer terapia? – perguntou Adrian, que sabia que ela havia estado com uma psicóloga.

Todos olharam para mim, esperando uma resposta.

– Não até que as avaliações estejam prontas, o que só vai acontecer perto da audiência final com o juiz. A Jill diz que isso pode passar por si mesmo, e, nesse meio-tempo, o melhor conselho é ignorar. Não há razão para brigar com ela porque, como já vimos, ela não consegue se lembrar do que as outras personalidades disseram ou fizeram.

Assim, tentamos ignorar e seguir em frente, na esperança de que aquilo passaria, mas agora estava aumentando. Três ou quatro vezes por dia a bebê Amy, o Reg furioso ou a matriarca sem nome, de repente, apossavam-se e suprimiam Jodie. Muitas vezes era uma mudança muito repentina que, em geral, durava de dez a quinze minutos. Não apenas a voz de Jodie mudava, mas cada personalidade tinha sua própria linguagem corporal. Quando estava na personalidade de Reg, ela se esticava, ombros para trás, peito para fora, e se fazia grande e masculina. Como Amy, ela se encolhia e fazia beicinho, seu rosto era de bebê. A esposa furiosa tinha uma pose agressiva, com movimentos curtos e raivosos, e um sorriso desagradável. A mudança ocorria num instante e era revertida, de repente, quando Jodie voltava.

Quando a bebê Amy aparecia durante o jantar, Paula não conseguia resistir e cortava sua comida e dava de colher.

– Eu nunca tive uma irmãzinha – dizia enquanto limpava o queixo de Jodie.

Ao contrário, quando Reg assumia, todos nós corríamos procurando abrigo. Saber o que era o problema ajudava, embora quem visse pensaria que os pirados éramos nós.

Informei Eileen e a psicóloga sobre essa nova faceta tão perturbadora da saúde mental de Jodie, mas nada escutei de nenhuma das duas. Eu até podia entender no caso da psicóloga – não era papel dela me oferecer conselhos ou dicas de terapia – mas fiquei decepcionada porque Eileen não foi capaz de oferecer nenhum apoio nem mostrar algum interesse, embora eu já não esperasse nada muito diferente da parte dela. Era apenas mais um pedacinho da tragédia de Jodie que uma assistente social incompetente, para dizer o mínimo, tivesse sido designada para tratar de seu caso.

Jill continuava dando bastante apoio – e o melhor que podíamos fazer era simplesmente esperar que as coisas melhorassem, sabe-se lá como.

A primavera terminou e, para meu imenso alívio, a secretária da escola Abbey Green finalmente telefonou para confirmar que o financiamento havia sido aprovado e que Jodie poderia começar na segunda-feira seguinte. Ela sugeriu que fizéssemos uma visita à escola na sexta-feira, para que Jodie pudesse passar algum tempo com sua turma e conhecer a professora que lhe daria apoio. Eu não sabia se deveria ou não contar a ela sobre a DID. Será que eu deveria avisar a respeito do comportamento estranho e instável de Jodie? Será que a escola teria ao menos ouvido falar da DID? Resolvi não mencionar a coisa. Eles tinham a declaração das necessidades educacionais e, se ocorresse alguma coisa difícil de lidar, eu tinha certeza de que me chamariam. Além do mais, eu queria que Jodie começasse do zero.

Agora que Jodie tinha uma escola, não havia mais necessidade de uma professora particular. Nicola telefonou para desejar sorte e despedir-se de Jodie, e Jodie falou sensatamente com ela por uns bons vinte minutos. Depois que desligou, ela veio para mim com solenidade.

– A Nicola é uma boa adulta, não é, Cathy?

– Sim, minha querida. Os adultos em geral são bons, como você descobrirá.

Jodie concordou pensativa. Senti uma faísca de esperança. Talvez ela estivesse dando passos minúsculos, muito lentos, mas, com certeza, na direção de conseguir retomar sua confiança nos adultos.

Mais tarde, naquele dia, Eileen, a assistente social de Jodie, nos fez uma visita – a segunda em quase dez meses. Como era mais do que previsível, foi uma visita muito parecida com a primeira e não funcionou. Jodie esteve hostil desde o início, e Eileen teve enorme dificuldade de se relacionar com ela. É comum deixar a assistente social e a criança juntas, para poderem conversar em particular, mas, desta vez, sempre que eu tentava me ocupar longe da sala, uma das duas me chamava imediatamente. Jodie queria outro suco, ou um quebra-cabeça, ou a televisão ligada, ou Eileen queria me perguntar alguma coisa banal. Por algum motivo, Eileen parecia querer que eu ficasse por ali. Tenho a impressão de que ela estava ansiosa, talvez até com medo de Jodie. Depois de ir e vir uma porção de vezes, resolvi que poderia muito bem ficar junto com elas. Sentei-me ao lado de Jodie, procurei acalmá-la e falar mais calmamente. Uns quinze minutos depois, Eileen pegou sua pasta e, com um sorriso amarelo, foi embora. Tinha cumprido seu dever.

– Já vai tarde...! – disse Jodie e bateu a porta atrás dela.

Não discordei.

CAPÍTULO VINTE E DOIS

A RAPOSA E A CORUJA

Estávamos no meio de janeiro. Depois de uma breve calmaria, a temperatura ficou gelada e tivemos três dias inteiros de neve. Jodie adorou aquela agitação e, nas poucas ocasiões em que eu não podia levá-la imediatamente para a neve lá fora, ela ficava olhando pela janela, fascinada.

O humor das crianças também levantou. Agora que haviam voltado para a escola, pareciam ter uma nova explosão de empatia por Jodie. Paula, em especial, parecia ter se beneficiado com o desabafo de suas frustrações antes do Natal. Ainda não tínhamos arranjado a noite passada na casa de alguém, mas ela tinha uma porção de amigos por perto e fazia questão de incentivar Jodie a participar do grupo; era um amor de criança.

Numa dessas tardes, Olívia, uma amiga de Paula, veio para o lanche, e elas resolveram dar uma caminhada pela neve. A minha rua fica na borda de um vale imenso, e as paisagens são espetaculares. Jodie emburrou quando percebeu que elas estavam saindo, por isso Paula perguntou se Jodie e eu não queríamos nos juntar a elas. Jodie ficou animadíssima, portanto nós quatro nos embrulhamos em casacos, lenços e botas e fomos para a rua.

Subindo em direção à rua principal, Paula e eu pegamos as mãos de Jodie, pois havia uma lâmina de gelo na calçada. Apesar dos nossos esforços, Jodie continuava escorregando, sempre caindo de bunda no chão. Na terceira vez, ela cruzou os braços, revirou os olhos e suspirou teatralmente:

– Cá estamos de novo!

Paula e eu nos entreolhamos encantadas. A resposta habitual de Jodie teria sido um discurso furioso do tipo *Quem foi que botou essa porcaria de gelo aqui? Por que estão fazendo isso comigo? É culpa sua! Odeio você!* – e assim por diante.

Desta vez, ela viu o lado engraçado e fez um esforço para nos fazer rir. Talvez não parecesse muito, mas, para nós, era como um progresso e entramos na brincadeira, agradecidas.

O primeiro dia de Jodie na escola estava se aproximando, por isso a levei para comprar seu novo uniforme. Compramos duas saias azul-marinho, dois blusões de lã com o logotipo da escola impresso e três camisas brancas de mangas curtas. Jodie se comportou muito bem na loja, mas ficou zangada quando escolhi meias até os joelhos em vez de meias-calças. Ela queria meias-calças como de Lucy e Paula, mas eu sabia que ela teria dificuldades para vesti-las novamente depois da aula de Educação Física, por exemplo. No final, entramos num acordo razoável, e comprei uma linda meia-calça branca rendada, que ela poderia usar nos fins de semana.

Quando chegamos em casa, Jill telefonou, pediu desculpas e disse que o casal que ela tinha pensado para a minha trégua não poderia ficar com Jodie. A razão não foi declarada.

– Maravilhoso! – disse rabugenta. – Prometem pausas periódicas por causa das grandes necessidades de Jodie, mas exatamente por causa dessas grandes necessidades é impossível encontrar alguém que a acolha.

– Desculpe, Cathy. Vou continuar procurando.

– Sim, por favor, faça isso. Se necessário, fora da agência.

Com isso, eu queria dizer que Jill poderia procurar alguém em outra agência de acolhimento. Não era o ideal, pois os critérios variavam e os acolhedores poderiam estar um pouco longe, mas era apenas um fim de semana e eu precisava de uma pausa.

Na sexta-feira daquela semana, arranjamos uma visita à nova escola de Jodie. Seria à tarde, mas Jodie estava de pé cedo, como sempre, e logo vestiu o uniforme novo. Achei que não era uma boa ideia, mas eu queria evitar qualquer enfrentamento desnecessário, por isso não disse nada, apenas amarrei um avental por cima enquanto ela comia. Apesar dos meus esforços, depois do café da manhã e do almoço, o uniforme estava cheio de restos de ambos. Passei uma esponja nas manchas da melhor maneira possível e chegamos aos portões da escola com uma razoável aparência para a sessão daquela tarde.

Abbey Green não havia sido minha primeira escolha, mas, quando chegamos, logo fiquei impressionada. A pequena área atapetada da recepção era bem iluminada e acolhedora, e a recepcionista sorridente nos cumprimentou calorosamente.

– Olá, Jodie. É muito bom conhecer você – disse ela e ligou para o diretor, que fez a cortesia de aparecer prontamente.

– Adam West – disse ele, apertando minha mão. – Oi, Jodie. É um grande prazer ter você aqui na nossa escola.

Ele devia estar em seus 30 e tantos anos, mas sua gentileza e o jeito amistoso rapidamente me deixaram à vontade.

– Pensei em começarmos dando uma volta pela escola, depois vocês podem passar algum tempo com a turma de Jodie, o que acham?

– Ótimo – disse, e me virei para Jodie. – Parece muito bom, não é?

Ela se escondia atrás de mim, agarrando-se à minha saia. Toda a valentia havia evaporado.

Adam foi à frente, atravessamos as portas duplas e entramos em um corredor não muito comprido.

– São seis salas de aula que dão para o saguão principal, que ainda tem a cantina e o ginásio – explicou ele.

Enquanto seguíamos, eu sentia o cheiro residual de verduras cozidas e molho, um fator constante em milhares de escolas por todo o país. As paredes do saguão, como as dos corredores, estavam cobertas com exemplos dos trabalhos das crianças. O sr. West descreveu orgulhosamente os diversos projetos que haviam inspirado esse trabalho. Eram pinturas, desenhos, ensaios, poesias e páginas impressas de computador, tudo com base em uma série de temas, como terras distantes, água, animais e o projeto de uma casa. Ele estava tão entusiasmado e sua abordagem era tão centrada na criança que pensei comigo: "se esta escola não conseguir cuidar das necessidades de Jodie, ninguém mais conseguirá".

Chegamos à turma de Jodie, e o diretor bateu antes de entrarmos. Um mar de rostinhos levantou os olhos cheios de curiosidade, antes de voltarem ao trabalho.

– Caroline Smith – disse ele, guiando-nos até a professora da turma. – Esta é Cathy Glass, e esta é Jodie.

Apertamos as mãos.

– Aquela ali é a sra. Rice, a assistente da turma. Ela vai ajudar Jodie.

Dei uma olhadela por cima da mesa e sorri. A sra. Rice era uma mulher simples, em seus 50 e poucos anos, que usava um vestido estampado com flores. Ela nos deu um pequeno aceno. A confiança de Jodie aumentara durante a volta pela escola, e ela começou a perambular entre as mesinhas, espiando por cima dos ombros das crianças. Um garoto se remexeu, sentindo-se incomodado.

– Jodie, venha cá – chamei.

Ela me ignorou.

– Não se preocupe – disse a sra. Smith. – Eles só estão terminando uma redação da nossa aula de alfabetização. Ela pode olhar.

O sr. West despediu-se.

– Se tiver alguma pergunta, estarei no meu gabinete, no final da tarde.

Agradeci e passei alguns minutos com a sra. Smith, que me explicou como as carteiras eram agrupadas. Ela sugeriu que eu desse uma olhada pela sala, e foi o que fiz, sentindo-me muito visível e intrometida. Eu me sentia como um gigante caminhando entre as mesas e cadeiras em miniatura. O grupo azul evidentemente era o mais esperto. A letra deles era bonita e detalhada, com poucos erros de gramática. A mesa da sra. Rice, o grupo laranja, era outra história. As crianças lutavam para produzir meia dúzia de linhas legíveis, e o trabalho deles estava cheio de correções. Mesmo assim, a mais fraca dessas crianças estava bem acima do nível de Jodie. Ela mal conseguia escrever seu próprio nome.

– Você gostaria de sentar-se na sua mesa agora? – a sra. Smith convidou Jodie, do outro lado da sala. – Essa cadeira vazia ao lado da sra. Rice é o seu lugar.

O convite foi muito gentil, mas firme. Jodie, que aparentemente ainda não se sentia pronta, a avaliava. Eu via que Jodie estava com uma daquelas expressões do tipo "me pegue, se tiver coragem", e o meu coração estava na boca. *Não agora, Jodie, por favor, não vamos recusar e ter um chilique na sua primeira visita.*

Agora as outras crianças também estavam olhando; talvez estivessem acostumadas a responder imediatamente a qualquer solicitação da professora. Jodie olhava para a sra. Rice, mas então, para alívio meu, abaixou o olhar e foi caminhando, e caiu pesadamente em sua cadeira com um suspiro dramático.

A sra. Rice deu a Jodie um lápis e papel. Fui ao longo da parede e me sentei num banco perto da janela. A sala de aula dava para o pátio, e uma turma de alunos mais velhos estava no meio de uma aula de Educação Física. A sala estava em silêncio. De vez em quando, ouvia-se uma cadeira arrastada e o sussurro da sra. Rice ajudando alguém de seu grupo. Percebi que havia mais meninos do que meninas e me perguntei se as meninas, que já deviam ter amizades estabelecidas, permitiriam que Jodie participasse de algum dos grupos. A pobre garota precisava fazer amigos tanto quanto precisava de educação, e as crianças podem ser muito generosas quando percebem que é algo justificado.

As crianças terminaram a redação, e a sra. Smith perguntou se alguém queria ler a sua. Meia dúzia de mãos se ergueu, entre as quais a de Jodie. Um menino, chamado James, foi chamado em primeiro lugar; ele havia escrito sobre as aventuras noturnas de uma raposa chamada

Lance. A história tinha uma estrutura clara, usava uma porção de adjetivos e, quando ele terminou, os outros alunos aplaudiram. A seguir, veio Susie, cuja história estava centrada espertamente em torno das observações de uma coruja sábia, de seu ponto de vista lá em cima das árvores. Pelo conteúdo das histórias, percebi que eles escreviam sobre animais com hábitos noturnos. Susie também recebeu seus aplausos, e a professora disse que ainda havia tempo para mais uma. Jodie levantou a mão de novo, acenando com todas as forças.

A sra. Smith trocou um olhar com a sra. Rice.

– Vamos, Jodie, vamos escutar a sua história.

Eu me encolhi, embaraçada; podia ver que Jodie havia feito uma porção de rabiscos.

– Turma, esta é Jodie – disse a professora. – Ela vai entrar na escola na segunda-feira.

Jodie se levantou e orgulhosamente segurou o papel na altura dos olhos, como vira os outros fazendo. Fingiu ler em voz alta e toda confiante, mas sua história era apenas uma enfiada de palavras não relacionadas entre si, pontuadas aqui e ali por uma "coruja" e uma "raposa" sem nada inteligível no meio.

– Eu vi a raposa, pra ver, e eu digo não, e a raposa era ele, e ele... não. E aí a coruja. Onde ele estava... ele foi longe e o *seu* Corujo. Fica de olho. Eu disse pra você, é lá longe. Aí a raposa foi e de noite, está vendo, eu disse! Aí eles foram. Aí a raposa estava de noite e a coruja, mas ele não tava, e eu disse. Aí eu vou pra raposa e a coruja...

Felizmente Jodie não se dava conta do absurdo que estava dizendo. Eu via os olhares sem expressão das outras crianças e rezava para que não rissem. Depois de um ou dois minutos, sem um final à vista, a professora agradeceu a Jodie e disse para ela sentar-se. Não houve aplausos, mas também não houve risadinhas; eu me senti realmente grata por isso. Jodie não pareceu ter percebido nada estranho – para falar a verdade, ela estava muito animada e até triunfante.

A última hora era para atividades que cada um escolhesse, e as crianças trabalharam em qualquer aspecto que preferissem dos temas cobertos durante a semana. Dei uma volta pela sala mais uma vez. Algumas das crianças estavam nos computadores, habilmente cortando e colando coisas, outras faziam palavras cruzadas, escreviam histórias ou desenhavam para ilustrar suas histórias. Jodie desenhou uma série de grandes caixas e as coloriu de laranja, azul, verde, vermelho e amarelo. Ela me explicou que aqueles eram os diferentes grupos da turma. Elogiei-a, impressionada ao ver que ela havia compreendido isso, e depois escrevi o nome das cores debaixo das caixas para ela. Cinco minutos antes da campainha, as crianças guardaram suas coisas nas mochilas, sentaram-se no tapete diante da professora e cantarolaram: *Boa tarde, sra. Smith.* A professora desejou um bom fim de semana. Enquanto eles reuniam a mochila e o casaco, a professora perguntou o que Jodie havia achado daquela primeira tarde.

– Brilhante! – disse ela. – Eu quero vir todos os dias. Para sempre!

CAPÍTULO VINTE E TRÊS

O VOVÔ

Uma das coisas notáveis que havia percebido desde o início é que Jodie não tinha absolutamente nenhuma concepção do tempo. Ela podia discutir eventos ocorridos há anos como se estivessem acontecendo agora mesmo. Da mesma forma, se planejássemos algo para dali a algumas semanas, ela esperava que acontecesse naquele instante. No dia seguinte à visita à escola, ela queria ir de novo; não importando quantas vezes eu explicasse que as escolas não abrem no sábado, ela não conseguia entender. Ao contrário, estava certa de que era culpa minha.

– Hoje é sábado – expliquei pela quinta vez. – Ninguém vai à escola aos sábados. Seja boazinha e tire o seu uniforme, depois vamos pendurá-lo no cabide para ele estar pronto para segunda-feira.

– Não! Eu não quero! Cale a boca! É meu e eu vou pra lá! – e sentou-se no chão de pernas e braços cruzados, furiosa e desafiadora.

Eu me agachei.

– Eu sei que o uniforme é seu, querida, e todas essas outras roupas lindas. Que tal você pôr agora a sua meia-calça de renda, porque vamos à casa do vovô e vovó mais tarde...?

Tirei a meia-calça da gaveta, e a coloquei em cima da cama, com uma saia e um blusão.

– É você quem tem de decidir, mas elas vão ficar lindas com a sua saia *jeans*.

Saí do quarto e fui preparar o café da manhã. Meia hora depois, Jodie apareceu vestida com as roupas que eu havia separado.

– Que lindo, Jodie... Você escolheu muito bem!

Cada situação tinha de ser tratada com um cuidado infinito, para haver alguma chance de cooperação. Eu não podia dizer simplesmente "Ponha os sapatos, está na hora de sair". Jodie tinha de acreditar que a decisão era dela e que ela estava no controle. Eu sabia de onde isso havia saído. Quando era violentada, Jodie não tinha nenhum controle sobre nada, por isso agora ela precisava estar sempre no controle, apenas para se sentir segura. Infelizmente para mim, o resultado disso tudo era que o pedido mais simples sempre deparava com uma recusa, a não ser que estivesse persuadida de que ela é que tomara a decisão. Eu tinha de usar diplomacia e coerção se quisesse qualquer coisa, e isso era muito cansativo.

Uma visita para o vovô e a vovó era exatamente o que todos nós precisávamos, para amenizar algumas tensões na família e levantar o nosso moral. Jodie tinha consideração pelo mundo dos meus pais, como Adrian, Lucy, Paula e todas as crianças que havia cuidado antes. Minha mãe e meu pai estavam em seus 70 e poucos anos, e eram o arquétipo dos avós: tinham paciência ilimitada e todo o tempo do mundo para fazerem as vontades dos netos.

Quando chegamos, Jodie estava em boa forma e cumprimentou meus pais calorosamente. Fomos todos para a sala de estar, quando Jodie viu o cachorro de meus pais, Cosmo, um velho galgo aposentado triste e passivo. De repente, Jodie gritou, atravessou a sala e começou a dar socos nele com os punhos. O pobre cachorro gania, mas Jodie estava em cima, e ele não conseguia se mexer. Papai e eu corremos e tiramos Jodie dali; perguntei o que é que ela estava fazendo.

– *Ele olhou pra mim!* – berrou ela, ainda de olho no assustado animal.

Ela nunca havia mostrado nenhum afeto ou amor por animais, mas tinha uma particular aversão a cachorros. Talvez fosse por causa do cachorro do pai ou, na hierarquia a que ela estava habituada, o cachorro era o único a quem ela podia chutar e machucar sem medo de represália. Jodie não tinha nenhuma empatia por qualquer um mais vulnerável do que ela.

– ... Mas ele não queria fazer nenhum mal a você! – disse com firmeza enquanto meu pai acariciava o pobre animal, que despachou para o jardim. – Comporte-se. Nós dissemos que teríamos um bom dia, não dissemos?

Jodie concordou, emburrada.

– Tive uma ideia – disse meu pai. – Por que você não vem me ajudar a dar comida para os peixes? Eles ainda não comeram nada porque estavam esperando você chegar. Podemos fazer isso juntos, se você quiser. Que tal?

Jodie gostou da ideia, pegou a mão de Paula e as duas foram atrás de meu pai para o jardim, enquanto Cosmo olhava de longe, em segurança. Adrian e Lucy, que se consideravam maduros demais para esse tipo de brincadeira, escutavam seus MP3, que, desde o Natal, mantinham-nos mudos.

Fui para a cozinha ajudar minha mãe a preparar o almoço, enquanto contávamos as últimas notícias. Como sempre, daí a pouco, eu estava falando e era principalmente sobre Jodie. Para mim, era catártico discutir o comportamento anormal no contexto da existência muito normal de minha mãe, e como ela era uma boa ouvinte, ajudava bastante.

– Bom, de qualquer maneira, espero que viremos a página logo – disse finalmente. – Agora, diga-me, o que vocês dois andam fazendo?

Ela me contou sobre os diversos *hobbies* e interesses que enchiam a aposentadoria muito ativa dos dois. Mais tarde, as meninas e meu pai entraram pela porta da cozinha, enquanto Jodie falava entusiasmada sobre os peixes dourados que vieram à superfície para se alimentar. Minha mãe e eu servimos o almoço, e sentei-me com Jodie entre nós duas. O prato dela continha uma pilha de galinha, batatas assadas, três legumes e o molho.

– Eu gostaria de morar aqui – disse ela, olhando com adoração para a vovó.

Minha mãe acredita piamente que todos precisam ser "alimentados", mesmo quando evidentemente deveriam estar em dieta rigorosa.

Conforme a refeição avançava, percebi que Jodie estava tomando mais do que um interesse passageiro por meu pai, que estava sentado bem à sua frente. Ela olhava para ele muito concentrada, prestando atenção quando ele olhava o prato por baixo dos óculos, e por cima, para pegar o copo ou falar com alguém. Imaginei que ela estivesse curiosa a respeito da maneira como ele usava os óculos, que serviam para perto. Minha mãe perguntou se alguém queria repetir, e limitei a repetição para Jodie. Ela emburrou com isso, ressentindo-se porque meu pai havia enchido o prato – mas ele precisava: a idade o deixara muito magro, em vez de aumentar o peso.

– Vovô? – de repente ela perguntou, arrumando seus talheres.

Ele olhou por cima dos óculos.

– Sim, querida...!

– Você é o pai da Cathy?

– Isso mesmo. Ela é minha filha.

Ela pensou um pouco, tentando elaborar alguma coisa.

– Quer dizer que você é o avô deles? – e apontou para Adrian e Paula.

Sorri para Lucy, na esperança de que ela não se ofendesse com o ato falho de Jodie.

– Isso mesmo, muito bem – disse meu pai.

Ela ficou radiante com o elogio e fiquei impressionada por ela ter finalmente conseguido fazer a conexão, algo com que lutava desde a primeira vez que vira meus pais.

– Quer dizer que se você é o vovô deles, você fazia coisas malvadas com eles com o seu pinto quando eles eram pequenos, que nem o meu vovô fazia comigo? – disse ela, olhando para ele.

Todos ficaram mudos. Meu pai parou de comer e olhou para mim.

– Jodie! É claro que não! – disse bruscamente. – Eu já disse para você antes que as famílias normais não fazem essas coisas. O vovô é um homem bom. Agora termine o seu jantar e vamos falar disso mais tarde.

Jodie, sem perceber o impacto chocante do que dissera, pegou o garfo e a faca e continuou a comer muito satisfeita.

Meus pais estavam chocados. Eu via no rosto deles. Jodie fizera a pergunta com muita simplicidade, como se fosse um pressuposto perfeitamente natural. Logo mudamos de assunto e falamos bem alto sobre outras questões – enquanto eu pensava sobre o que ela havia dito. O avô dela? Eu nem ao menos sabia que ela tinha avós, não havia nenhuma referência a eles nos registros. Eu me perguntava se ela não estaria fazendo confusão entre pai e avô, ou realmente haveria um avô envolvido na história. Será que isso significava que, entre os que abusaram, haveria mais alguém presente na vida de Jodie? Haveria alguém que não tivesse participado da destruição da menina? Olhei para meu pai, que ainda estava sob a impressão da bomba lançada por Jodie e, mais uma vez, pensei sobre a enorme divisória entre as famílias saudáveis e as famílias que maltratavam os filhos. Será que a percepção dela poderia ser alterada em algum momento? Talvez, algum dia, ela conseguisse aceitar que o que havia acontecido com ela era anormal e estava errado, e que a maioria das famílias funcionava de maneira completamente diferente – mas, às vezes, aquilo me parecia uma esperança perdida.

Fiquei de olho em Jodie pelo resto da tarde. Minha mãe a ajudava a colorir e a cortar algumas coisas. Nunca saíamos da casa de meus pais sem uma última xícara de chá e uma fatia de bolo feito em casa, e só nos despedimos depois das 18 horas. Havia um acidente na via expressa, e por isso chegamos em casa bem depois da hora de Jodie ir para a cama. Resolvi só fazer perguntas sobre o avô no dia seguinte, mas, quando a enfiei na cama e diminuí a luz, ela de repente perguntou:

– Por que o vovô não fazia coisas ruins com Adrian e Paula? Ele não gosta deles?

Olhei para ela naquela meia-luz. Jodie estava enfiada no acolchoado, só o cabelo louro visível, caindo em feixes pelo travesseiro. Como eu poderia começar a destrinchar a confusão entre afeto normal e a compensação deturpada que ela conhecia?

– É um tipo de amor diferente, Jodie. Completamente diferente do amor entre duas pessoas grandes. O que eles fizeram com você não era nenhum tipo de amor. Era uma coisa ruim e muito, *muito* errada. Você vai entender melhor quando crescer um pouco mais.

Eu queria deixar a coisa por ali mesmo, descer, fazer um café e depois, quem sabe, sentar-me na sala para ler o jornal – mas, se não fosse atrás disso agora mesmo, Jodie teria esquecido na manhã seguinte, lançando aquela memória horrenda no tenebroso abismo da negação.

Com uma nova maré já conhecida de ansiedade pelo que eu estava para escutar, levantei um pouco a luz e sentei-me na cadeira ao lado da cama de Jodie. Os olhos dela espiavam por cima do acolchoado e acariciei sua testa.

– Jodie, minha bonequinha. O seu avô machucou você do mesmo jeito que o seu pai e o seu tio fizeram?

Ela abanou a cabeça.

– Não, Cathy. Eles *foi* mais legal.

– *Eles...?* Quantos avós você tinha?

– O vovô Wilson e o vovô Price.

– Ah, quer dizer que eram dois... e como é que eles eram mais legais, Jodie?

Ela pensou um pouco, as linhas de sua testa afundaram, e eu tinha esperança de que ela fosse me contar que eles a levaram ao zoológico ou compraram um ovo de Páscoa, as coisas normais que fazem os avós.

– Eles ficavam em cima de mim, mas não me machucavam. Eles só faziam xixi na cama. É porque eles gostavam muito de mim, Cathy – ela contava isso muito naturalmente, como se estivesse me contando um passeio no zoológico.

– Não, não gostavam. Isso é errado, Jodie. Os adultos não mostram amor pelas crianças desse jeito. O que eles fizeram foi muito ruim, não tem nada a ver com amor.

Eu conseguia entender como a ejaculação sem penetração poderia ter parecido mais delicada para ela, se comparada ao outro tipo de violação.

– O seu pai e a sua mãe estavam no quarto quando isso acontecia? – perguntei.

– Às vezes – ela acenou que sim com a cabeça. – E o tio Mike e uma pessoa que eu não conhecia.

Segurei a mão dela e acariciei sua testa.

– Tem mais alguma coisa? Você se lembra de mais alguma coisa?

Ela abanou a cabeça.

– Pode me contar uma história agora, Cathy? *Os sapatos novos de Topsy e Tim...?*

Ela não estava perturbada, e descobri que eu também não estava. Eu estava perdendo a sensibilidade tanto quanto ela. Li a história de Topsy e Tim, disse boa noite e desci. Anotei a conversa no meu diário, depois fui lá fora fumar um cigarro. Enquanto estava ali, no ar gelado da noite, pensei em fazer um curso básico de psicoterapia. Achei melhor não fazer. Se eu fizesse alguma tentativa amadora de ajudar Jodie, provavelmente faria mais mal do que bem. Bastava continuar dentro das mesmas linhas em que estava andando, usando o bom senso para reafirmar a normalidade, mas fazia pouco ou nada pelo profundo estrago psicológico que já havia sido feito. Sentia-me completamente inadequada, e não era a primeira vez que me sentia assim desde a chegada de Jodie.

No domingo de manhã, Jodie estava zumbindo cheia de energia, e tive de enfrentar uma barreira de perguntas sobre a escola. Ela teria de fazer lição de casa? Tinha recreio? A professora tinha marido? Tinha pai? Será que ia chover? Adotando a política de procurar queimar um pouco daquela energia tensa, levei-a para dar uma volta de bicicleta na rua.

– Está muito frio – comentei, puxando a gola para cima. – É capaz de nevar...

– O que é neve? – perguntou ela, enquanto subíamos o morro.

Procurei lembrar o melhor que pude, contando como ela havia gostado quando nevara três dias seguidos, mas Jodie, de repente, queria que nevasse imediatamente e ficou furiosa quando eu disse que não podia ou, segundo ela, que eu *não queria* fazer neve. Seguiu-se um enorme chilique, ela ficou deitada na calçada por uns bons quinze minutos, batendo os punhos e gritando que queria neve. Teria sido engraçado se não estivesse tão frio. Quando voltamos para casa, sentei-a na frente do vídeo até o jantar ficar pronto. Ela estava com a mesma hiperatividade depois do jantar, e teve outro chilique quando eu disse que não sairia para comprar sorvete. Consegui persuadi-la a tomar um banho, o que a acalmou o suficiente para ir para a cama às 19 horas. Amanhã será seu primeiro dia na escola depois de mais de um ano, e eu rezava para que fosse um dia bom.

CAPÍTULO VINTE E QUATRO

AMIGOS

Jodie se levantou e se deitou a noite inteira, mas, de manhã, estava alegre e animada, enquanto eu estava simplesmente exausta. Ela vestiu o uniforme da escola, e tivemos apenas um pequeno soluço quando ela inventou de ir para a escola com a meia-calça rendada, mas terminei conseguindo dissuadi-la.

Chegamos cedo à escola, por isso ficamos sentadas um pouquinho no carro, ouvindo o rádio. Embora Jodie estivesse animada, eu podia ver que ela também estava um pouco nervosa – e eu também me sentia nervosa por ela.

Levei Jodie pela mão até o portão da escola. Apertei-a um pouquinho, e entramos no prédio da escola. A sra. Rice veio ao nosso encontro na recepção. Devido às dificuldades de aprendizagem de Jodie, havíamos combinado que eu iria entregá-la para a sra. Rice todas as manhãs e ela iria devolvê-la para mim no final do dia. Dei um abraço em Jodie e observei ansiosamente enquanto a sra. Rice a levava pelo corredor.

Assim que cheguei em casa, o telefone tocou. Era Jill. Ela havia recebido as anotações sobre os avós de Jodie que eu passara por *e-mail* no domingo e já havia falado com Eileen. Eles haviam verificado os registros e confirmaram que realmente não havia nenhum avô na história. A coisa foi resolvida tão depressa que eu me perguntava se o chefe de Eileen teria falado com ela. A avó materna de Jodie estava viva, mas não havia nenhum contato entre elas. Jodie não havia conhecido nenhum dos avôs, o paterno ou o materno. Houve uma pausa, enquanto Jill esperava que eu chegasse à conclusão óbvia.

– Eles estão na mesma categoria dos chamados *tios*, pedófilos disfarçados de membros da família? – perguntei.

Jodie já havia descrito alguns de seus outros violadores como tios e tias, mas parece que estes não eram parentes mesmo: ao contrário, eram amigos dos pais de Jodie, descritos como familiares para facilitar a introdução de estranhos no ambiente doméstico.

– Achamos que sim. Parece que os pais de Jodie faziam parte de uma rede. A polícia está investigando os criminosos indiciados – respondeu Jill. – Se aparecerem nomes como Wilson e Price na lista da região, vão chamá-los para interrogatório. Mas tenho de ser honesta, Cathy: não estou nada otimista. Se essas pessoas não foram condenadas antes, não estarão na lista. Há mais uma coisa: Eileen pegou os resultados do exame do legista.

– Sim...?

Jill abaixou a voz.

– Ele confirma que ela foi penetrada, mas sem DNA ou provas de uma terceira parte, não há nada suficiente para um processo criminal. Ela foi estuprada, mas, para conseguir uma condenação, você precisa provar quem foi o responsável.

– Quem diabo você acha que foi responsável? Não está claro que Jodie está falando a verdade? O resultado do legista simplesmente confirma tudo o que ela diz – suspirei. – Bom, e agora?

– Vamos em frente, com a esperança de que alguma coisa apareça. Eileen agora percebeu que Jodie está pronta para uma revisão da LAC, na verdade, já mais do que passou o momento. Está bem se fizermos na sua casa? Ela sugeriu na quinta-feira, às 14 horas.

– Sim, está ótimo.

– Eileen quer que Jodie esteja presente. Eu sei... é uma tarde fora da escola, quando ela mal começou, e sei muito bem que ela não poderá contribuir com nada. Mas Eileen, de repente, quer cumprir as regras, e ela tem o direito de insistir nisso.

Senti aquele misto de raiva e frustração que sempre parecia estar nos meus calcanhares quando eu tinha de tratar com Eileen.

– Está bem, vou apanhar Jodie na escola na hora do almoço – eu disse e, depois de uma rápida despedida, desliguei.

LAC é a sigla de *looked after children* (ou "crianças sob cuidados") – que é a expressão oficial usada para as crianças em acolhimento. A revisão da LAC é uma reunião periódica, exigida pela Lei da Infância, na qual devem estar presentes todos os envolvidos no caso da criança. O objetivo da reunião é um relatório sobre o progresso da criança e a tomada das decisões necessárias. Os pais de Jodie não estariam presentes, é claro, porque o contato entre eles havia sido suspenso, mas a guardiã *ad litem*, a assistente social da criança, o chefe da equipe dela, a diretora da escola, Jill, Jodie e eu estaríamos todos na reunião. No entanto, como Jodie ainda estava funcionando no nível de uma criança de 4 anos, a presença dela muito provavelmente ofereceria pouco mais do que uma interrupção.

Com Jodie na escola, eu desejava aproveitar o máximo possível de meu primeiro dia livre em meses. Sentei-me no sofá e comecei a planejar meu dia. Três horas depois, acordei e comecei a me censurar pelo tempo perdido. Já eram 12h45, e eu tinha menos de duas horas antes de ir buscá-la na escola. Corri para o supermercado, mas, quando voltei para casa, percebi que teria de desistir da fantasia de ler em paz durante uma hora. Mesmo assim, consolei-me, pensando que eu devia estar precisando de sono. Estava dormindo muito pouco à noite, e esse pouco era interrompido pelos tormentos noturnos de Jodie. Não era de se espantar que eu não conseguisse manter meus olhos abertos no momento em que tinha a oportunidade de relaxar.

Voltei para a escola e fiquei esperando no portão, trocando sorrisos com algumas das outras mães. Será que já tinham ouvido falar de Jodie? Como as crianças a teriam descrito? A sra. Rice apareceu, com

Jodie saltitando a seu lado, e me disse que ela tivera um dia muito bom. Isso foi confirmado no carro, pois Jodie não parava de falar o tempo todo enquanto voltávamos para casa. Ela me contou repetidas vezes tudo sobre as crianças da sua sala, a maioria das quais eram agora seus melhores amigos; e ela queria que todos viessem tomar chá lá em casa, como faziam as amigas de Paula. Adrian, Lucy e Paula já haviam chegado quando entramos, e Jodie teve uma nova plateia para seu animado monólogo; eles escutaram com paciência. Aquilo continuou pelo jantar afora até que tive de lembrar que ela devia comer, que era a prioridade. Ela se deitou facilmente à noite: estava exausta, física e emocionalmente. E eu também.

Pouco depois da meia-noite, fui despertada pelo som do choro de Jodie no corredor perto da escada. Enfiei o robe, corri para fora do quarto e a encontrei deitada no tapete do lado de fora do quarto de Paula. O rosto estava vermelho, e ela mal conseguia respirar por causa do choro. Pus meu braço em volta dela e a levei de volta a seu quarto. Sentei-me ao lado da cama e a acariciei até ela conseguir falar.

– Cathy, quando eu tava na minha escola e tinha uma amiga, mas aí ela não quer mais ser minha amiga – disse ela, entre soluços.

Entreguei um lenço de papel a ela e esperei que assoasse o nariz.

– Não fique chateada, minha bonequinha. Agora você vai fazer uma porção de amigos.

– Mas ela era a *melhooor* de todas as minhas melhores amigas. E ela vinha pra minha casa. Só que depois ela não podia, por causa do que eu disse.

Na embriaguez do sono, meu cérebro começou a entrar em foco.

– O que foi que você disse? Tenho certeza de que não foi tão ruim assim. Os amigos somem a toda hora, Jodie, até os melhores.

Ela abanou a cabeça.

– Eu contei pra ela. Eu contei da minha mãe, e do meu pai, e do tio Mike. E aí ela contou pra mãe e pro pai dela, e eles disseram que ela não pode vir brincar aqui. A mãe dela disse que aqui é uma casa muito ruim. Mas eu não sou malvada, não é, Cathy?

Apertei-a contra mim.

– Não, meu amorzinho, é claro que você não é malvada. Ela estava querendo dizer que o que aconteceu com você foi malvado. Nunca foi culpa sua. Você não pode pensar que foi.

Enquanto eu a consolava, minha cabeça zumbia. Ela havia contado para alguém. Outros adultos agora sabiam do abuso. Será que essa prova de terceira parte era necessária para garantir um processo? Eu agora estava plenamente acordada.

– Você fez muito bem, Jodie. A mãe e o pai dela deviam ter contado para a polícia, em vez de não deixá-la brincar com você. Como era o nome dela? Você consegue lembrar? É importante.

Ela fungou.

– Louise Smith. Ela morava do lado. Não vou contar pros meus novos amigos, não é, Cathy?

– Não, não precisa contar para ninguém. Você pode me contar qualquer coisa e você sabe que eu vou fazer alguma coisa com o que você me contar.

Ela fungou de novo e conseguiu dar um sorriso.

– Você é uma boa garotinha. Você fez a coisa certa. Agora eu quero que você feche os olhos e durma um pouquinho. Não queremos que você fique cansada para amanhã!

Enfiei as cobertas embaixo dela. Passei a mão em sua testa até seus olhos se fecharem. Eu estava tensa e concentrada. Jodie tivera coragem de contar para alguém, e essa coragem não havia sido recompensada, mas, ao contrário, para ela levara a um castigo, pois agora não podia ver sua amiga. Eu podia imaginar por que os pais de Louise a fizeram calar: eles não queriam se envolver, queriam proteger sua filha. Calando-se, eles deixavam uma vítima inocente aberta para mais abusos. Bastava darem um telefonema anônimo para a sociedade nacional de prevenção à crueldade com as crianças, para o Serviço Social ou para a polícia e seria o suficiente para começar uma investigação. Sempre que esse tipo de alegação é feita, a polícia ou o Serviço Social têm de examinar a história.

Voltei para a cama, mas não conseguia me ajeitar. No final, desisti e desci para fazer um chocolate quente. Fiquei parada ali na cozinha, esquentando as mãos na caneca quente. Havia implicações mais amplas no que Jodie disse. Morando na porta vizinha, a família Smith devia ter visto gente entrando e saindo. Se a polícia entrevistasse essa família agora, com a alegação em aberto, será que eles contariam a verdade...? Eu conhecia bem a zona em que Jodie havia crescido; já havia cuidado de crianças daquela zona. Era uma comunidade fechada, muito unida, em que todos pareciam saber o que acontecia na casa de todos. Quantos outros residentes teriam sabido do que acontecia, mas se calaram, com receio das possíveis consequências? Como essa gente dormia à noite?

CAPÍTULO VINTE E CINCO

A NEGAÇÃO

— Mas eles devem saber de alguma coisa! – insisti, quando Jill me ligou alguns dias depois. – Aquele pessoal entra e sai das casas uns dos outros o tempo todo. As meninas eram as "melhores" amigas.

– Sim, mas a família Smith diz que ainda são amigos. Eles dizem que estão espantados com as alegações e até se ofereceram a dar referências para os pais de Jodie. Lamento, Cathy, mas acho que não vamos tirar nada de útil deles.

Fiquei quieta. Eu sentia as paredes do silêncio conspiratório que havia aprisionado Jodie se fechando de novo, e era assustador.

– Bom, então por que eles impediram a filha de ir brincar, se aqueles putos dos pais dela eram tão respeitáveis?

– É, mas eles alegam que nunca a impediram. Veja, Cathy, eu não duvido do que você está dizendo ou do que Jodie disse. Mas Eileen realmente conversou com eles e parece que não há nenhuma chance de que eles falem, e a polícia é da mesma opinião. Se os tais "avôs" fossem criminosos indiciados, seria diferente, mas não são. O fato é que, no máximo, temos a palavra de uma criança de 8 anos de idade bastante confusa, com dificuldades de aprendizagem, que nem ao menos fala com a polícia. Não é o suficiente para criar um caso.

– Ela não é tão confusa assim – disse bruscamente. – Não! Quando se trata dessa questão, ela é clara e sabe o que está dizendo.

Tomei fôlego, não havia motivo para gritar com Jill.

– Desculpe, estou me sentindo frustrada. Parece que eles vão se livrar dessa, enquanto Jodie vai ter de aguentar todas as consequências de dizer a verdade.

– Eu sei que é frustrante, mas Jodie não precisa saber que não haverá um processo. Pelo menos é bom que ela tenha conseguido revelar as coisas, mas nós temos de aceitar as coisas onde elas estão neste momento. A polícia disse que vai manter o arquivo dela em aberto, caso surja algo novo.

– Vou ter de me afastar – disse exausta. – Estou me envolvendo demais.

– Você não seria uma acolhedora tão boa se não se envolvesse, Cathy. E eu ainda estou trabalhando na sua pausa. Não esqueci.

Deu-me vontade de ir pessoalmente conversar com a família Smith e, se necessário fosse, implorar que se apresentassem. Eu estava no pátio fumando, pensando no que poderia dizer. Se eu olhasse bem em seus olhos, será que conseguiria deixá-los envergonhados e fazer com que admitissem o que sabiam? Se falasse para eles sobre os pesadelos de Jodie, sobre como a vida frágil dela havia sido destruída, será que eu conseguiria fazer com que mudassem de ideia? Respirei fundo, mas, quando apagava o cigarro, dei-me conta de que não poderia fazer isso. Seria completamente inadequado, seria algo nada profissional para uma acolhedora fazer, e eu provavelmente perderia o meu emprego – portanto, perderia Jodie. Além do mais, eu duvidava de que isso pudesse trazer algo de bom. Se eles haviam resistido aos esforços da polícia e do Serviço Social, era bem provável que não seriam convencidos por mim. Voltei para dentro e fechei a porta da cozinha. Mais uma vez, senti a frustração de Jodie.

Sentia-me um pouco aliviada pelo fato de Jodie estar finalmente na escola e esperava que a rotina lhe desse algo para ocupar sua cabeça

– ainda que essa rotina estivesse condenada a ser interrompida pelos constantes lembretes de seu passado. Chegou a quinta-feira, e tive de apanhá-la na escola na hora do almoço, para que ela estivesse na revisão da LAC.

Às 15 horas, estavam seis pessoas na minha sala de visitas, tomando café e comendo uns biscoitinhos. Espantosamente, Eileen apareceu com uma hora de atraso, sem nenhuma explicação além de um desinteressado "Desculpem, fiquei presa". Distribuiu cópias de seus planos e finalmente a reunião começou.

De repente, Jodie estava no centro das atenções por motivos que ela não entendia e muito naturalmente se apresentava para a plateia. Com as mãos nos quadris, ela andava empertigada para lá e para cá. Berrando instruções e dizendo a todos para calarem a boca sempre que alguém falava. Ela dizia que estava "brincando de escola". Jill e eu trocamos olhares conscientes, tínhamos a impressão de que isso poderia acontecer.

Apesar das interrupções de Jodie, Eileen insistia em seguir seus planos, e levantava a voz acima da de Jodie quando necessário. A reunião logo se transformou em um circo. Adam West apresentou seu relatório, que era mínimo, pois Jodie estava há apenas três dias e meio na escola. Depois, como tinha outra reunião, ele pediu desculpas e foi embora. Jodie não gostou nada disso. Por que ele poderia voltar para escola e se divertir e ela não? Ela estava a ponto de ter um daqueles chiliques completos, o que evitei, enchendo-a de biscoitos e garantindo que ela iria no dia seguinte.

Por causa do comportamento de Jodie, a toda hora eu me levantava e me sentava na minha cadeira, e por isso mal conseguia contribuir para a discussão. Também não estava me sentindo muito bem, porque achava que falar sobre Jodie com ela presente era humilhante para ela e provavelmente reforçaria exatamente as questões e o comportamento que estávamos tentando mudar.

– Você gostaria de dar alguma contribuição, Jodie? – Eileen acabou perguntando. – Afinal, esta reunião é sobre você.

– Contribuir quer dizer falar alguma coisa – expliquei, porque Jodie ficou olhando de boca aberta para ela.

– *Não!* – gritou ela. – E eu já disse pra vocês que é pra parar de falar, senão vocês *vai ficar* sem recreio.

Eu estava aliviada porque o diretor tinha ido embora e não estava mais aqui para ver aquele retrato dickensiano de sua premiada escola.

Uma hora e meia mais tarde, encerramos a reunião. A obrigação estatutária havia sido cumprida praticamente sem qualquer realização. Eu teria apreciado resolver a desesperante necessidade que Jodie tinha de uma terapia, mas essa não era uma possibilidade até os problemas burocráticos estarem resolvidos. O chefe da equipe e a guardiã saíram, depois Eileen fez um gesto de ir atrás deles.

– Foi muito bom ver você de novo, Jodie – disse ela, enfiando suas anotações na pasta.

– Ah, foi, é? – disse Jodie. – Por quê?

Eileen forçou um sorriso.

– Porque você é uma garotinha encantadora.

A condescendência e a falta de sinceridade estavam evidentes até para Jodie. Houve uma pausa enquanto suas feições se transformavam num conjunto que eu conhecia muito bem, enquanto Eileen permanecia na mais completa ignorância do que estava para acontecer.

– *Não! Eu não sou!* – Jodie estrondeou em sua profunda voz masculina. – Eu sou o Reg e estou furioso. Você já prendeu o puto daquele pai?

E... antes que eu pudesse contê-la, Jodie chutou a canela de Eileen. Rapidamente a envolvi com os braços e a contive, enquanto Eileen esfregava a perna.

– Vou te levar lá para fora – disse Jill, conduzindo-a pelo corredor.

– Isso foi muito feio – eu disse para Jodie. – Você não pode chutar as pessoas por aí, seja lá quem você for, Reg ou Jodie.

Tão depressa quanto havia surgido, Reg desapareceu, e, quando Jill voltou, Jodie estava sentada muito satisfeita no chão, concentrada nos blocos de montar.

– Então aquele é o Reg – disse Jill muito séria. – Você já tinha me contado, mas a gente nunca está preparada para ver isso em ação. É de arrepiar. Eu já tinha visto, há anos, mas... minha nossa, só o tipo mais grave de trauma pode provocar isso em uma criança tão pequena.

– É a primeira vez que ela se transforma em Reg na frente de estranhos – eu disse.

– Bom, gostei de ter tido a oportunidade de ver em primeira mão.

– Espero que a Eileen também! – retruquei secamente.

Sorrimos as duas.

Agora que Reg havia sido liberado diante de outros, ele não hesitaria em aparecer de novo, desta vez para uma plateia diferente. Eu mal retornara depois de levar Jodie para a escola, quando a secretária ligou.

– Olá, Cathy. Estamos com um problema. Jodie não está machucada, mas o diretor pergunta se você pode vir aqui imediatamente.

Eu ainda estava com o casaco, de modo que peguei as chaves em cima da mesa e voltei, minha cabeça disparando. O que ela teria feito agora? Quando cheguei, a secretária me fez entrar diretamente no gabinete do diretor. Ele estava sentado com uma expressão sombria atrás de sua escrivaninha e tive a impressão de que a distância entre nós era proposital, para dar ênfase à conversa que teríamos.

– Obrigado por ter vindo tão prontamente – disse ele, levantando-se rapidamente e apontando para a cadeira à frente. – Serei direto. Tivemos um incidente lamentável esta manhã, que resultou em Jodie batendo no rosto de outra criança.

Um incidente de tapa no rosto não exigiria que o diretor me chamasse, nós dois sabíamos muito bem disso.

– Serei muito sincero, sra. Glass. Não foi tanto o tapa que perturbou a criança e toda a turma, mas o comportamento dela que veio em seguida.

Levantei as sobrancelhas interrogativamente.

– Jodie estava completamente descontrolada com algo sem grande importância. Ela estava chutando, berrando insultos violentos e jogava a culpa daquilo em alguém chamado Reg. Não temos ninguém com esse nome na turma, mas ela era inflexível. Foi preciso dois funcionários para acalmá-la. Evidentemente não faz muito tempo que eu conheço Jodie, mas a reação dela agora foi muito perturbadora e parecia bastante despropositada.

Realmente, despropositada. Cheguei à conclusão de que não tinha alternativa senão pôr as cartas na mesa. Falei sobre o transtorno de Jodie e o que havíamos visto lá em casa, depois o tranquilizei, dizendo que havia um psicólogo envolvido. Não disse que o psicólogo estava apenas fazendo uma avaliação e não uma terapia. Toquei ainda nas duas outras personalidades de Jodie, e ele assentiu em reconhecimento.

– A sra. Rice me disse que, às vezes, Jodie fala com uma voz de bebê. Atribuímos isso ao nervosismo, você sabe como as crianças podem regredir quando estão ansiosas... mas você está dizendo que isso é parte do mesmo problema?

– Sim, pode ser.

– E suponho que a assistente social dela sabe disso...

– Sabe.

"E ontem ainda mais", pensei com meus botões.

– E você diz que isso desaparece por si mesmo?

– Foi o que me disseram, sim.

– Normalmente, mandaríamos a criança para casa depois de um incidente dessa natureza, mas parece que não adianta muito, se ela não sabe o que fez. Vou mantê-la na sala e monitorar a menina...

Agradeci e pedi que ele transmitisse as minhas desculpas à criança e a seus funcionários.

– Mais tarde, falarei com Jodie – disse, sentindo-me no dever de oferecer algo. – Lamento que você tenha tido de lidar com isso na escola.

Saí do gabinete, ciente de que tinha escapado por pouco. Estava claro que o sr. West não toleraria o comportamento de Reg indefinidamente. Falei com Jodie a respeito naquela noite, mas era perda de tempo. Às vezes, ela não parecia lembrar absolutamente nada e, às vezes, parecia saber do que eu estava falando e jogava toda a culpa em Reg ou Amy. Nós duas poderíamos começar a perder a sanidade mental se continuássemos a trabalhar por muito tempo em cima do que estava acontecendo. No que dizia respeito a Jodie, eu a estava acusando de algo que ela não havia feito e não insistia, por medo de estragar a confiança que ela havia depositado em mim. Em todo caso, esse era mais um incidente que demonstrava que Jodie precisava urgentemente de uma terapia, a começar o mais depressa possível. Simplesmente não era bom esperar até a decisão do juiz. Resolvi pressionar o mais que pudesse para começar logo o tratamento.

– Ela precisa entrar em terapia – a psicóloga concordou quando levei Jodie para a consulta marcada na clínica na semana seguinte. – Quanto tempo até a audiência final com o juiz?

– Está marcada para maio.

Mais quatro meses. Ela deu um suspiro e revirou os olhos.

– E você notou alguma melhoria, de modo geral?

Olhei para Jodie, que estava caminhando em círculos no meio da sala, resmungando para si mesma.

– Ela não tem defecado há algum tempo. Além disso, em um dia bom, tenho alguma cooperação, embora ela seja assaltada por lembranças recorrentes até mesmo nestes últimos dias. Ontem ela estava convencida de ter visto o rosto do pai nas cortinas da sala.

– Ela estava alucinando?

– Estava, mas aquilo era completamente real para ela. À noite, ela acorda gritando e, quando entro, está certa de que há pessoas no quarto que querem machucá-la. Vejo os olhos dela virados para essas pessoas, ela fica olhando para o espaço vazio. Às vezes, levo horas para acalmá-la. Ela parece estar revivendo a dor que sentia na época – estremeci. – Minha família acha isso muito perturbador.

– Só poderiam... Com o choque pós-traumático, o abuso está sendo revivido. Você está tendo pausas periódicas?

Sorri estoicamente.

– Ainda estou esperando. Há um problema para encontrarem acolhedores experientes, por causa do grau de necessidades de Jodie.

Ela fez uma anotação em seu bloco, depois olhou para o relógio.

– Cathy, eu gostaria de fazer mais um teste com Jodie. Será que você poderia esperar lá fora? É só uma brincadeira... – ela tranquilizou Jodie, que estava agarrada em meu braço, querendo sair comigo.

Sentei em uma das cadeiras no corredor, e a doutora Burrows fechou a porta. Talvez fosse só uma brincadeira, mas Jodie não estava com disposição para brincadeiras. Eu a escutava berrando com a doutora, dizendo que ela devia calar a boca e ir embora. O tom uniforme da doutora Burrows persistiu por mais uns dez minutos, depois a porta abriu, e Jodie correu para fora.

– Essas malditas doutoras – ela xingava. – Por que elas não se metem na merda dos seus próprios negócios?

Ela já havia chegado à saída quando consegui alcançá-la.

Nas semanas seguintes, Jodie continuava a gostar da escola, embora não houvesse nenhuma melhoria perceptível em seu comportamento ou em sua situação. Na verdade, mais do que a escola estar tendo algum efeito em cima de Jodie, parecia que era Jodie que estava afetando a escola. Notei que os olhos da sra. Rice estavam vermelhos e inchados.

– A senhora está bem? – perguntei, esperando estar sendo intrometida.

– Sim, estou ótima – ela riu, ainda fungando. – Só estou um pouco emocionada.

– Ah, espero que não seja nada que Jodie...

– Não, não, não... Bom, não exatamente – ela interrompeu. – Para falar a verdade, posso ter uma palavrinha contigo?

A sra. Rice evidentemente não queria falar na frente de Jodie, por isso mandei a garota para o *playground* por alguns minutos, enquanto a sra. Rice e eu fomos para um canto sossegado.

– Algumas das crianças tiveram a prova oral hoje, e Jodie começou a falar sobre um exame médico que ela havia feito. Estávamos gostando que ela tivesse algo para contribuir, é claro, mas, de repente, ela começou a contar umas coisas horríveis sobre... Ela disse que preferia quando era um homem que fazia aquilo, e estava claro que ela estava falando sobre... bem... você sabe.

– Ai... lamento muito. Ela não sabe a diferença entre o que é apropriado e o que não é.

– Não, foi tudo bem. Eu a interrompi antes que as outras crianças começassem a entender, mas ela parecia querer falar sobre aquilo, por isso fiquei conversando com ela na hora do recreio, só nós duas. Bom, eu só queria ter a certeza de que você está ciente dos detalhes. O único aspecto novo é que ela mencionou uma tia envolvida na história e a mãe dela, mas não disse o nome da tia. Foi só.

– Muito obrigada por me contar isso. Ela já me falou sobre essa tia. Eu realmente lamento muito que a senhora tenha tido de lidar com tudo isso.

– Ah, não se preocupe, tenho certeza de que não será a última vez! – ela sorriu.

Acariciei seu braço, peguei Jodie, e fomos para casa.

Na sexta-feira, a escola teve a festa da ONG *Comic Relief*. O sol tinha saído e por isso as barracas estavam armadas no pátio, em vez de no salão, como haviam esperado. As crianças estavam vestidas de vermelho, as professoras usavam perucas e roupas engraçadas, e até alguns dos pais estavam com nariz vermelho de plástico. Havia barracas com doces e bolos, jogos e sorteios, e um tiro ao alvo em que os mais corajosos se deixavam alvejar com esponjas molhadas. Era muito divertido, e Jodie adorou. Fiquei observando enquanto ela corria pelo pátio, sendo perseguida por três colegas. Estavam todos molhados de suor e o rostinho corado com a brincadeira. As marias-chiquinhas de Jodie balançavam no ar enquanto ela escapulia e corria de seus novos amigos, rindo loucamente. Talvez tenha sido um dos momentos mais felizes de sua vida.

CAPÍTULO VINTE E SEIS

OS ELOS NA CORRENTE

Os relatórios da escola não foram planejados apenas para garantir a segurança de Jodie, eles também permitiam que a professora assistente e eu nos mantivéssemos perfeitamente atualizadas em relação ao progresso dela. Todas as manhãs, eu dava à sra. Rice um resumo de como Jodie passara a noite anterior: como ela havia dormido, como estava seu humor, quaisquer problemas a examinar e assim por diante. À tarde, a sra. Rice fazia o mesmo para mim, o que era útil, especialmente quando Jodie estava chateada ou furiosa na escola.

Conforme se adaptava à turma, Jodie parecia se dar razoavelmente bem com as outras crianças, em boa parte porque a maioria delas era esperta o suficiente para permanecer em termos polidos, mantendo, ao mesmo tempo, certa distância. Entretanto havia outro aluno no grupo laranja que tinha problemas comportamentais – um menino chamado Robert, que era outro encargo importante de Rice, que se sentava entre Jodie e Robert na sala e passava a maior parte do tempo atendendo aqueles dois, mantendo suas lições frouxamente relacionadas com o que acontecia na lição mais ampla. Esse tipo de ensino é a chamada "lição diferenciada".

Uma tarde, quando Jodie se arrastava infeliz descendo a escada, a sra. Rice me explicou o que havia acontecido. A turma estava desenhando com giz de cera, quando Robert e Jodie estenderam a mão para apanhar o giz vermelho ao mesmo tempo. Robert chegou lá primeiro, por isso Jodie encostou-se na cadeira, muito zangada. Ela olhou para o desenho que fazia, olhou para Robert, levantou-se de sua cadeira, foi por trás da sra. Rice e arrancou o giz da mão de Robert. Robert começou a chorar, e a sra. Rice naturalmente disse para Jodie parar com aquilo e a fez devolver o giz de cera. Jodie ficou furiosa, berrou que era culpa de Robert e o chamou de "quatro olhos". Isso perturbou Robert ainda mais, porque ele mal havia começado a usar óculos; mais tarde, Jodie foi persuadida a pedir desculpas. Quando a aula terminou, as crianças saíram para o recreio. No pátio, Jodie passou alguns minutos calada, olhando para Robert. De repente, foi até ele e lhe deu um soco – no final, os dois tiveram de ser separados.

A caminho de casa, ela ainda estava enfurecida, batendo os pés e chutando o encosto do passageiro.

– Ele está implicando comigo, Cathy! Eu odeio ele, *eu odeio ele!*

Jodie, às vezes, tinha seus chiliques no carro, pois sabia que eu não podia fazer muito para detê-la.

– Jodie, acalme-se e fique parada. Não vou dizer isso duas vezes.

– Não! *Cala a boca!*

– Jodie, você não vai ter televisão esta noite, estou avisando. Você não se comportou. Basta!

Ela espichou o beiço em silêncio e tentei explicar por que a mandaram parar com aquilo.

– Você tomou o giz vermelho do Robert e depois o magoou muito com um xingamento. Foi por isso que a sra. Rice ficou aborrecida.

– É, mas eu *precisava* do giz. Por que é que ninguém nunca acredita em mim?

Nas semanas seguintes, as queixas de Jodie sobre Robert se tornaram um aspecto normal de nossas voltas para casa no carro, e muitas vezes também durante as nossas noites. Jodie teimava, dizendo que

Robert implicava com ela e a ameaçava, não importa quantas vezes eu explicasse que quem estava realmente implicando e ameaçando era ela. Eu tinha pena de Robert, que era um menino calmo e ansioso, com seus próprios problemas mais do que suficientes para desejar outros, e Jodie despertava o que havia de pior no menino.

O relacionamento de Jodie com Robert era apenas um dos inúmeros problemas na escola, e logo passei a ter até medo do som da voz da secretária, porque geralmente significava que estávamos com dificuldades. Contudo o problema que tive de enfrentar em relação à escola não estava relacionado com o comportamento de Jodie. Uma noite, durante o jantar, ela estava me falando sobre sua colega Freya, e eu estava distraída. As histórias de Jodie costumavam entrar em divagações e raramente tinham algum centro ou uma solução, mas, quando Jodie disse que Freya a visitara na casa velha em que ela havia morado, rapidamente comecei a prestar atenção.

– Você disse que a Freya foi à sua casa quando você morava lá?

– *Ééé...*

– Aquela casa em que você cresceu, com a sua mãe e o seu pai?

– É – ela suspirou.

– E ela está na sua sala agora?

– *Ééé...*

– Então você e a Freya eram amigas desde a sua outra escola?

– Não, ela não ia à minha escola.

– Então, como é que você conheceu a Freya?

– Porque ela aparecia lá, e a gente brincava de Barbie.

– Quer dizer que o seu pai e a sua mãe a conhecem?

– Ééé... lá do *pub*.

– Sei. E eles ainda se veem de vez em quando, será que você sabe?

– Acho que veem.

"Ai, que merda!", pensei.

No dia seguinte, fui à sala do diretor da escola. Se os pais de Freya ainda eram amigos dos pais de Jodie, era quase certo que a notícia da escola que Jodie frequentava agora vazaria. Isso levantava a possibilidade de que os pais dela viessem à escola e poderiam nos enfrentar ou mesmo tentar apanhá-la. Jodie ficaria aterrorizada ao ver seu pai num lugar que ela pensava ser seguro, pior ainda se ele se aproximasse dela. A ida à escola é cheia de ansiedade quando se está acolhendo, porque se é um alvo exposto. Os pais, às vezes, tentam agarrar seus filhos nos portões da escola, e nós recebemos o conselho de deixar a criança ir e chamar a polícia.

O diretor sugeriu que Jodie e eu passássemos a usar a entrada dos funcionários daí em diante e me deu o código de segurança. Embora fosse uma precaução sensata, significava que, em mais uma maneira, por menos importante que fosse, Jodie estava sendo diferenciada das outras crianças e o passado mais uma vez estava obstruindo seu futuro.

No domingo seguinte, Jodie, Paula e eu saímos para dar uma caminhada no parque. Estávamos subindo o morrinho pelo centro do parque, quando uma senhora idosa que vinha na nossa direção escorregou e caiu. Foi horrível ver aquilo: seus punhos não conseguiram abrandar a queda, e ela bateu com o nariz no asfalto. Paula e eu corremos para ela, dei a primeira ajuda, enquanto Paula telefonava pelo celular para pedir uma ambulância. Usei um chumaço de lenços de papel para deter o sangramento e falava o tempo todo, para evitar que ela entrasse em choque. Ela se chamava Maureen e evidentemente não estava muito bem, seu corpo frágil tremia. Seu rosto estava esfolado, o nariz parecia ter sido quebrado e um dos punhos havia inchado. Esperamos até os paramédicos chegarem e explicamos o que havia acontecido. A ambulância a levou para o hospital, e voltamos para casa. Durante todo esse tempo, Jodie ficou por perto, observando.

Aquele fim de tarde ainda estava na nossa cabeça na hora do jantar.

– Espero que aquela senhora esteja bem, coitada... – disse Paula. – Me deu vontade de chorar.

– Por que você quer chorar? – perguntou Jodie.

– Aquela pobre senhora, que caiu de cara no chão lá no parque.

– Ué, por quê? Ela não machucou você...

– Não, eu sei – disse Paula com toda a paciência. – Mas ela se machucou bastante e é velha. Quando a gente vê uma coisa assim, a gente fica triste, não é?

Jodie olhou para ela – estava muito claro que não entendia a emoção que Paula procurava descrever.

Resolvi tentar ajudar.

– Nós não gostamos de ver outras pessoas machucadas, Jodie, porque nós sabemos como o machucado dói na gente. Se você tivesse caído, você teria se machucado, não é?

Jodie ficou pensando um pouquinho.

– Ah, é... Coitada daquela senhora...

E daí em diante, ficou repetindo a frase o resto da noite. Gostei de escutá-la fazendo o barulho certo, mas parecia vazio e eu não estava muito convencida de que ela realmente sentisse. Jodie não era empedernida de propósito, ela simplesmente não parecia ter qualquer senso de empatia. Talvez por isso ela fosse tão cruel com os animais e tão grosseira e violenta com as outras pessoas. Durante todo o tempo em que ela estava conosco, eu nunca a tinha visto chorar de tristeza uma única vez; suas lágrimas eram sempre de raiva e frustração. No entanto, embora ainda não tivesse aprendido a sentir a empatia, ela já sabia que as pessoas esperavam que pelo menos devesse aparentar alguma simpatia ou solidariedade e, por isso, imitava as reações dos outros para parecer normal. Pensando bem, ela fizera isso no Natal, copiando as reações dos outros ao abrir seus presentes. Da mesma forma, quando eu apontava um lindo pôr do sol, ela repetia a frase "Que lindo pôr do sol!" – mas sempre soava oco, como se ela realmente não visse ou apreciasse a beleza.

***

Algumas semanas depois, cheguei à escola para apanhar Jodie no fim do dia. Quando ela vinha pelo corredor, percebi que estava sendo acompanhada pelo diretor e não pela sra. Rice. Respirei fundo e me segurei. O que ela teria feito agora? Trocamos olás, e ele me puxou para o lado, longe dos ouvidos de Jodie.

– Não se preocupe – disse ele. – Ela não fez nada. Eu só queria dar uma palavrinha rápida. A sra. Rice resolveu tirar uns dias de folga, por isso temos uma nova assistente começando amanhã.

– Ah, sei – disse surpreendida. – Foi de repente. Ela não falou nada a respeito. Espero que esteja bem.

Ele assentiu.

– Acho que ela só precisa de um tempinho. Você sabe como é trabalhar com crianças, e as assistentes estão na linha de frente. Como vocês, os acolhedores…

Concordei com ele.

– Às vezes, você só precisa de uma pequena pausa, não é?

– É, sei bem o que é isso – dei um sorrisinho amarelo, pensando cá com meus botões se eu, algum dia, conseguiria a pausa que me prometeram no começo do ano.

Quando saí, eu me senti triste pela sra. Rice. Eu já a vira perturbada suficientes vezes para perceber que Jodie era em parte responsável pelo desgaste que ela sofria. A sra. Rice não estava acostumada a escutar a respeito das coisas pavorosas pelas quais Jodie passara, e nunca havia lidado com uma criança tão difícil e tão problemática. Jodie estava sempre nervosa e alerta em relação a algum perigo: era brigar ou fugir. Quando escutava o menor ruído, ela se virava bruscamente, pronta para agir. Quando passa muito tempo na companhia de uma criança como Jodie, em pouco tempo a pessoa se vê em um estado de alerta elevado e fica muito difícil desligar e relaxar.

Eu certamente sentia-me cada vez mais arrasada pela vida de Jodie e por toda a dor, o medo e a angústia por que ela passara.

CAPÍTULO VINTE E SETE

SILÊNCIO

O poeta T. S. Eliot escreveu que abril é o mês mais cruel e parece que, no que se refere a este ano, ele tem toda razão. Conforme se aproximava abril, os dias sombrios e o céu permanentemente cinzento não davam dica de nada diferente, no passado ou no futuro. O inverno parecia não ter fim, e a temperatura despencou. Era difícil acreditar que Jodie já estava conosco há quase um ano, mas o aniversário de sua chegada estava perto.

Puxei a gola para cima e parei um pouco na vitrine da agência de viagens. Eu fantasiava em cima das ofertas de preços baixos para o Caribe. Eu adoraria enfiar a família inteira num avião e irmos todos para uma ilha ensolarada. Era impossível. Embora minha bolsa até pudesse aguentar, eu sabia que Jodie não poderia. Além de todos seus outros problemas, ela começara a ter tanto medo de adultos que até uma visita ao nosso jornaleiro, com quem ela antes costumava conversar, agora criaria um ataque de pânico. Um voo lotado seria intolerável para ela, e eu duvidava que a companhia fosse fretar um avião só para nós.

Saí da frente daquela vitrine tentadora e me virei para o supermercado. Meu celular tocou: era a secretária da escola.

– Desculpe, Cathy – disse ela. – Jodie está inconsolável. Ela está convencida de que o pai veio para levá-la. Será que você poderia vir logo?

Voltei para o carro.

Felizmente, as ruas estavam calmas, e, vinte minutos depois, eu estava chegando à recepção. Um grito agudo irrompeu lá dentro, eu sabia que era Jodie. Apertei a campainha da segurança, e a secretária me levou ao consultório médico. Jodie estava agarrada no aquecedor, olhos arregalados para o infinito, o corpo rijo de medo.

– Não me faça ir com ele! Por favor, Cathy, *por favooor* – ela implorava.

A nova assistente, senhorita Walker, que tinha se dado muito bem com Jodie, estava ajoelhada ao lado dela, falando baixinho, tentando tranquilizá-la, mas eu via que Jodie estava longe dali.

Fui até ela, que recuou.

– Ninguém vai levar você embora, Jodie – eu disse com firmeza. – Ele não está aqui, juro, e você sabe muito bem que eu não minto.

Ela abriu a boca, pronta para berrar, mas não dei chance.

– Não, Jodie. Estou dizendo para você não gritar. Pare com isso. Não tem ninguém aqui. Agora, acalme-se, solte o aquecedor, e assim podemos nos abraçar.

A jovem assistente me olhava desconfiada. Jodie olhava de uma para a outra e para a porta. Ela começou a relaxar.

– Muito bem, menininha. Assim é melhor.

Finalmente, ela soltou o aquecedor.

Fui até ela e a peguei em meus braços, enquanto a senhorita Walker deslizava para fora em silêncio.

– Ele estava aqui... – ela chorava. – Na minha escola velha. Ele veio me pegar, e aí nós fomos no carro dele.

O resto foi abafado pelo choro, mas eu sabia o que era. O passado mais uma vez se transpunha para o presente, e as lembranças pareciam tão reais agora como na época em que o abuso acontecera.

– Está tudo bem, minha bonequinha, juro. Não vai acontecer de novo. Venha cá... está tudo bem.

Assim que ela se acalmou, levei-a para o carro e fomos para casa. Eram 11 horas, mas ela quis ir direto para a cama. Disse que estava cansada, e a cama era boa e segura. Fui para o andar de cima com ela, ajudei-a a tirar o uniforme. Enfiei Jodie na cama, e ela adormeceu no mesmo instante. A cada meia hora, eu voltava para verificar, mas ela não se mexia. Às 14 horas, resolvi entrar para acordá-la, porque eu sabia que, se dormisse muito, passaria a noite desperta.

Ela havia mudado de posição, e agora estava deitada de costas. Estava de olhos abertos, olhando para o teto.

– Você está melhor? – perguntei, mas ela não pareceu ter escutado.

Abri as cortinas, peguei o *jeans* e o blusão no armário, e os deixei em cima da cama.

– Ponha essa roupa, bonequinha, e eu vou fazer um lanchinho para você, e depois nós podemos levar a sua bicicleta para o parque um pouquinho. Você vai gostar.

Normalmente, ela me dizia exatamente do que gostava e do que não gostava, mas, desta vez, não fez nenhum som ou movimento. Olhei mais de perto, inclinei-me sobre a cama e soltei um pouco o acolchoado sob o queixo dela.

– Jodie, você está bem, querida?

Os olhos dela enfocavam algum ponto distante acima de sua cabeça. Procurei trazê-la de volta.

– Vamos. Vista a roupa enquanto eu faço um sanduíche, e depois nós saímos.

Ela continuava olhando para o infinito; eu não sabia se tinha me escutado.

Cheguei à conclusão de que era melhor deixá-la, na esperança de que ela pensasse no parque e viesse correndo para baixo. Quinze minutos depois, como ela não havia aparecido, fui lá ver o que estava acontecendo. Ela permanecia exatamente como eu a deixara: deitada de costas, olhando para o espaço. Sentei-me na cama e comecei a falar, tranquilizando-a, dizendo que eu compreendia como aquilo era complicado, mas que depois tudo seria resolvido; ela tinha toda a vida à sua frente. Ela continuou sem dizer nada, e se manteve imóvel. Tentei a firmeza, a coerção, depois o suborno e, por fim, tentei levantá-la fisicamente do travesseiro: nada funcionou. Ela caía de volta como uma boneca de pano, e eu estava realmente começando a ficar preocupada. Fiquei um pouco ali na porta, mas depois, deixando a porta aberta, fui telefonar no meu quarto. Liguei para Jill e contei os fatos do dia.

– Pode ser parte do choque pós-traumático – disse ela. – A lembrança que ela teve na escola pode ter feito o cérebro dela se fechar para se proteger.

– Então ela sai dessa?

– Ela deve estar recuperada de manhã. Sugiro que você a deixe dormir. Se precisar de ajuda durante a noite, chame a assistente social de emergência, mas duvido que seja necessário.

Voltei para o quarto de Jodie e tentei despertá-la mais uma vez. Não adiantou, por isso, com relutância, fechei as cortinas e saí, deixando a porta levemente aberta. Pouco depois, as crianças chegaram em casa e expliquei o que havia acontecido. Elas vinham comigo a cada vez que eu ia verificar, de meia em meia hora, mas não houve nenhuma alteração. Um silêncio estranho desceu sobre a casa; música e televisão eram mantidas bem baixinho. Quando fui para a minha cama, os olhos de Jodie estavam fechados, ela parecia dormir. Deixei a luz bem baixinha e a porta dela aberta; fui para o meu quarto.

Às 4 da manhã, fui acordada por uma voz baixinha do lado de fora de meu quarto.

– Cathy, a Amy fez xixi na cama.

Pulei e a abracei.

– Não tem problema.

Pelo menos parte de Jodie estava de volta. Mudei os lençóis e o pijama, enquanto ela falava com a voz de bebê.

– A Amy é boazinha, ela diz pra Cathy. A Amy *qué fazê* cocô.

Não me importei, qualquer coisa era melhor do que aquele medonho silêncio comatoso. Enfiei Jodie debaixo dos lençóis e a deixei abraçada a um ursinho, chupando o dedo, muito satisfeita.

De manhã, fiquei surpresa ao ver que Amy continuava ocupada, e assim permaneceu durante o café da manhã.

– Pare com esse blá-blá-blá, com essa vozinha idiota! – Lucy não aguentou, ela nunca estava de muito bom humor de manhã.

Lancei um olhar de advertência.

– Tenho certeza de que vai embora na hora que chegarmos à escola – eu disse.

Uma hora depois, quando me despedi de Jodie com um beijo e a entreguei à senhorita Walker, ela foi caminhando ainda na personalidade de Amy, com o passo hesitante de um bebê que acabou de aprender a andar.

Voltando para casa, fiquei presa no trânsito e resolvi ligar do carro para Jill, para deixá-la a par do que acontecia. Ela me pediu que eu mandasse por *e-mail* as minhas anotações do diário o mais depressa possível, para que ela pudesse passá-las para Eileen, para a guardiã *ad litem* e para a doutora Burrows. Terminei de datilografar depois do meio-dia e ia comer alguma coisa, quando o telefone tocou. *Por favor, que não seja a escola de novo…* – pensei. Eu nem tinha começado a fazer as tarefas da casa e ainda tinha de passar no supermercado.

Era a escola.

– Olá, Cathy – disse a secretária... e me preparei para más notícias. – o sr. West me pediu que ligasse para você para dizer que Jodie está muito bem hoje.

– Muito obrigada – dei um suspiro profundo, aliviada. – Muitíssimo obrigada!

O bom comportamento de Jodie continuou até a noite, mas foi um falso alvorecer. Na manhã seguinte, ela chorava descontroladamente e, apesar dos meus esforços, não me dizia por quê. Quando a sentei na cama, observando seu choro, mais uma vez eu me sentia completamente ineficaz como acolhedora e tentei me lembrar de que esse não era um trauma infantil comum.

Às 9 horas, ela não estava nada melhor, por isso liguei para a escola e disse que ela não iria de manhã, mas, se houvesse alguma melhora, eu a levaria à tarde. Não houve. Nem no dia seguinte. No final da semana, Jodie tinha ido à escola o total de um dia e meio e estava se deteriorando diante dos meus olhos. Quando ela não estava chorando, estava olhando o espaço, afastada e distante de qualquer coisa que eu pudesse dizer ou fazer. Mal se alimentava, e minha política anterior de restringir doces e comidas gordas foi-se pela janela.

– Que tal um biscoito de chocolate? – perguntei, tentando obter uma faísca de interesse dela. – Ou o sorvete que está no congelador?

Nada conseguia atraí-la; ela estava sobrevivendo com um sanduíche de vez em quando e, de vez em quando, um punhado de flocos de arroz.

Era muitíssimo perturbador. Eu nunca tinha visto nenhuma criança assim em toda a minha vida e simplesmente não sabia como lidar com aquilo, não sabia como ajudar Jodie. Liguei para a única pessoa em quem eu conseguia pensar que pudesse me dar algum apoio e algum conselho num momento como esse. Na mesma hora, Jill concordou em dar uma passada lá em casa.

– Isso não pode continuar assim – disse ela logo que viu o estado de Jodie, que se alternava entre o choro de cortar o coração e a mais completa falta de expressão. – Ela precisa de ajuda. Agora mesmo!

Ela telefonou para Eileen, mas disseram que ela estava em licença anual de novo, e a nova chefe da equipe, Gail, estava em reunião. Jill deixou um recado bastante duro, exigindo uma ligação assim que ela estivesse livre.

– Jill? Será que é possível que uma criança tão novinha tenha um ataque de nervos? – perguntei.

– Sim, há casos... mas são raríssimos.

Nós nos entreolhamos, as duas pensando a mesma coisa. A amplitude do abuso e dos maus-tratos que Jodie sofrera era bastante incomum... Por que ela não poderia estar sofrendo um ataque de nervos?

Se havia uma criança que fosse uma excelente candidata a um completo desmoronamento mental, era ela.

Jill tentou conversar com Jodie, que havia passado a manhã jogada em cima do sofá, olhando em silêncio para o espaço. Ela usou uma abordagem levemente diferente da minha. Jill não fez nenhuma pergunta. Em vez disso, ela simplesmente contou histórias de diversas crianças que ela conhecia, na esperança de que uma pelo menos despertasse uma reação. O resultado final foi o mesmo: o olhar inexpressivo, que, de vez em quando, dava lugar a lágrimas silenciosas. Fiz a única coisa que podia fazer: eu a abraçava bem apertado e a tranquilizava, dizendo que tudo acabaria bem. Jill não tinha mais nada a oferecer, por isso foi embora, dizendo que telefonaria de quando em quando, e prometeu alertar a doutora Burrows.

Daí a uma hora, a doutora ligou, pedindo para ver Jodie na primeira hora da manhã de segunda-feira. Ela disse que havia cancelado uma consulta para atender Jodie e, embora eu me sentisse grata, não sabia se conseguiria tirar Jodie de casa. Perguntei se ela poderia vir até minha casa.

– Não, só posso ver as crianças no centro, por causa da segurança – respondeu ela, quase se desculpando.

Eu disse que levaria Jodie até lá.

O fim de semana passou, e Jodie não apresentou nenhuma melhora. A família toda falava em sussurros, em reconhecimento ao sofrimento dela. Nós nos alternávamos ao lado dela, no sofá, lendo suas histórias preferidas, mas nem o vídeo da *Mary Poppins* conseguiu obter uma reação. Ela só queria ir para a cama, onde agora passava uma parte cada vez maior do dia e de onde era uma luta forçá-la a levantar-se de manhã.

Eu rezava para que a doutora Burrows tivesse algumas respostas para nós.

CAPÍTULO VINTE E OITO

A AVALIAÇÃO

Na segunda-feira de manhã, dei um banho e vesti Jodie, depois observei quando ela se sentou à mesa da cozinha, olhando para o vazio. Terminei jogando fora o mingau que ela sequer tocou, enfiei um pacotinho de batatas fritas na bolsa e ajudei Jodie a vestir o casaco e os sapatos. Disse que estávamos indo ver a doutora Burrows, mas ela não tinha nenhuma expressão, como sempre. Ajudei-a a sair de casa e entrar no carro, prendi o cinto de segurança e liguei o cassete com suas músicas preferidas. Quando chegamos à clínica, ela olhava direto para as costas do assento à sua frente, sem dizer nada. Estava completamente fora de alcance; eu me perguntava se ela saberia onde estava.

Entramos na clínica e dei nossos nomes à recepcionista, que nos disse para entrarmos logo no consultório. Bati e entrei; a doutora Burrows estava arrumando lápis de cor em uma mesinha de criança. Assim que viu a doutora, a letargia de Jodie desapareceu e ela irrompeu num violento chilique.

– *Não quero!* Vá embora! – e chutava as cadeirinhas de plástico pela sala.

– Está tudo bem, Jodie – a doutora Burrows tentou acalmá-la. – Não há nada com que se preocupar. Estou aqui para ajudar você.

– Não quero a sua ajuda! Fora! – Jodie tapou as orelhas, fechou os olhos e berrou com todas as forças.

A doutora fez um gesto para mim, dizendo que não fizesse nada, por isso permaneci onde estava, enquanto o berreiro reverberava pelas paredes num *crescendo* angustiante. Ela acabou perdendo o fôlego e o berreiro terminou tão abruptamente quanto havia começado. Então, abaixou as mãos e correu para a mesinha, jogando-a na parede. Virou as caixas de brinquedos, chutou o conteúdo pelo chão e depois se dirigiu ao arquivo de pastas, com uma das gavetas meio aberta. A doutora Burrows a deteve.

– Não. Aqui você não pode mexer – disse ela calmamente, colocando-se entre o arquivo e Jodie. – Isto é meu e contém papéis importantes. Aqui não.

Para minha surpresa, Jodie aceitou isso, mas a raiva não consumida então se virou contra ela mesma. Jodie agarrou um chumaço de cabelos e o cortou. Quando vi isso, levantei-me e a contive. Talvez não tenha sido a abordagem correta aos olhos da médica, mas eu não estava preparada para ficar parada, vendo Jodie se machucar. Segurei seus punhos, depois cruzei seus braços, envolvendo-a, como fazia em casa. Ela lutou, cuspiu e, por fim, ficou completamente mole. Levei-a para o sofá e passei os braços em volta dela. Não sei se a doutora Burrows aprovou ou não. Ela se sentou na frente. A sala estava em silêncio. Olhei para a confusão; o chão estava coberto de restos, um mar de destruição.

Estávamos sentadas em silêncio. A doutora Burrows se inclinou para Jodie. Sua voz era suave e baixa, ela buscava o contato com os olhos.

– Eu sei que você está machucada, Jodie... e eu quero tentar acabar com esse machucado. Você deixou a Cathy ajudar. Por que não me deixa ajudar também? Seria muito bom se você deixasse.

Era uma abordagem calma, nada ameaçadora, que eu tinha certeza de que devia ter funcionado com incontáveis crianças antes, mas, embora Jodie estivesse calada, era um silêncio que eu reconhecia como fuga.

A doutora Burrows me deu um sorriso tranquilizador e repetiu seu pedido. Jodie não se mexeu e não deu nenhuma indicação de que tivesse escutado. A psicóloga tentou de novo, desta vez modificando as palavras.

– Jodie, a Cathy me contou como você tem sido valente, você teve de lidar com coisas horríveis. Estou achando que você está descobrindo que este problema é muito difícil para você tentar consertar sozinha. É por isso que a Cathy está aqui e é por isso que eu estou aqui. Você vai me deixar ajudar você?

Jodie continuava olhando para algum ponto vago um ou dois metros a sua frente, permanecendo fechada e distante como sempre naqueles últimos dias.

A doutora Burrows se encostou na cadeira e abriu um bloco de notas em seu colo.

– Cathy, talvez você possa me contar como Jodie tem estado desde a última vez que nos encontramos. Eu sei que você anda muito preocupada com ela.

Pressupus que fosse uma estratégia para incentivar Jodie a contar o que sentia, por isso expliquei que ela estava indo muitíssimo bem, mas que a lembrança de coisas horríveis de seu passado agora a estavam deixando infeliz. Dei uns dois ou três exemplos, para deixar claro para Jodie que a doutora Burrows conhecia sua história e era confiável. Disse que toda a família estava muito preocupada; Adrian, Lucy e Paula gostavam muito de Jodie e não queriam vê-la perturbada. A doutora Burrows se inclinou para frente de novo.

– Eu vejo muitas crianças perturbadas e furiosas por causa de coisas que aconteceram com elas. Não é culpa delas. Eu conheço maneiras de ajudar essas crianças. Posso ajudá-las a se livrarem do machucado, para que elas possam ser felizes de novo. Eu gostaria de ajudar você, Jodie.

A natureza de nossa visita parecia ter mudado de avaliação para terapia, mas se Jodie não se envolvesse e o caminho da comunicação não se abrisse, tudo teria sido inútil.

– Eu gostaria que você nos ajudasse – eu disse, na esperança de que o "nos" despertasse a confiança de Jodie, mas ela continuava inerte, olhando para o infinito.

A doutora Burrows fez uma anotação em seu bloco.

– Você gostaria de fazer uma brincadeira, Jodie? Vou trazer a casa de bonecas para cá.

Olhei esperançosa para Jodie, mas ela não se mexeu.

– E que tal fazer um desenho? Você fez um desenho muito bonito na sua primeira visita. Ele ainda está comigo.

Jodie sequer levantou os olhos.

– Vou lhe dizer uma coisa – a doutora se levantou da cadeira. – Antes de fazermos qualquer coisa, a Cathy e eu vamos guardar todos esses brinquedos de volta nas caixas. Gostaríamos que você nos ajudasse, por favor.

Peguei a deixa, tirei meu braço que envolvia Jodie e me juntei à doutora no chão. Imagino que a ideia era envolver Jodie na colaboração física, na esperança de que isso facilitasse que ela dissesse alguma coisa… mas, enquanto enchíamos as caixas com os brinquedos e juntávamos os lápis do chão, eu via pelos cantos dos olhos que Jodie sequer estava olhando para nós, talvez nem soubesse que estávamos ali. Minutos depois, terminamos e voltamos para os nossos assentos. A doutora Burrows fez mais algumas anotações em seu bloco e eu passei meu braço em volta de Jodie. Eu não tinha a menor ideia do que ela estaria escrevendo, mas podia imaginar que fossem indicadores para seu olho profissional, talvez até mesmo um diagnóstico, apesar da não cooperação de Jodie.

Ela fechou o bloco e sorriu bondosamente,

– Chega por hoje. Muito obrigada a vocês duas por terem vindo. Estarei em contato.

Eu me espantei, achando que seria mais uma estratégia para despertar Jodie. A psicóloga se levantou.

– Daqui a pouco tempo, vejo você de novo, Jodie.

A sessão estava encerrada.

Olhei para Jodie, que continuava imóvel, com aquele mesmo olhar impenetrável.

– Está bem, querida, podemos ir para casa agora.

Peguei a mão dela e a levantei da cadeira enquanto a psicóloga abria a porta. Quando saímos para a luz do dia, tive um pressentimento horrível.

CAPÍTULO VINTE E NOVE

TERAPIA

Aquele pressentimento continuou pelo dia seguinte afora. Jodie e eu nos sentamos no sofá e li para ela seus versos preferidos: "A água do banho está quente, a água do mar é fria. Os gatinhos da Gigi são bem pequeninhos, mas o Buster está ficando velhinho". Antigamente, ela viraria as páginas ansiosamente, repetindo as palavras, curtindo o som das palavras rimadas. Agora, estava impermeável, surda e muda.

A perturbação de Jodie havia atingido um novo grau, e eu sabia que o que podia oferecer era muitíssimo inadequado. Havia algo assustador e também profundamente entristecedor em observar aquela perturbação toda. Até que ponto uma personalidade poderia sofrer uma fratura antes que fosse impossível consertá-la? Até onde toda aquela infelicidade e todo aquele ferimento a levariam? Eu tinha a impressão de que aquilo a estava levando para um lugar de escuridão e silêncio onde, finalmente, ninguém conseguiria alcançá-la. Eu sabia que ela precisava de alguma ajuda urgente. Mas que tipo de ajuda? Como eu poderia confortá-la?

Deixei o livro de lado e a abracei bem apertado, enquanto repassava a sessão do dia anterior com a doutora Burrows na minha cabeça. Eu não tinha esperado uma cura milagrosa, mas um avanço, mesmo insignificante. Porém a sessão servira apenas para demonstrar quanto Jodie estava perturbada e como até a psicóloga era impotente para chegar até ela ou ajudá-la. Seria possível que ela ficasse presa nessa armadilha para sempre?

– Eu me sinto desamparada, Jodie – sussurrei. – Eu gostaria muito de poder fazer alguma coisa. Eu queria ser uma fada madrinha e ter uma varinha mágica para mandar todos os seus problemas embora.

Passei os braços por baixo dos ombros dela, coloquei-a no meu colo e a embalei suavemente. Ela continuava impassível. Meu olhar escorregou para a janela no momento em que um floco de neve solitário passou flutuando. Foi seguido por outro e mais um. Eles flutuavam, como se estivessem caindo do céu, e derretiam quando tocavam o chão.

– Olhe, Jodie! – virei a cabeça dela para a janela. – Parece que vai nevar e já estamos em abril!

Ela olhou, seus olhos pareceram entrar em foco por um segundo.

– Vamos lá fora dar uma olhada? Você gosta da neve, não é? Por favor, olhe...!

Mas o momento havia passado, e ela virou a cabeça para o chão, sem mostrar nenhuma emoção nem qualquer reconhecimento.

Coloquei Jodie na cama às 19 horas e, com as meninas nas aulas de piano e Adrian chegando bem mais tarde, eu tinha a casa para mim. Tentei ler, mas não conseguia me concentrar. Coloquei um CD de música clássica, mas só me entristeceu. No final, fiquei sentada vendo televisão, mantendo o volume muito baixo, para poder escutar caso Jodie se mexesse. Fui cedo para a cama e, enquanto estava ali deitada, acordada, rezei – pela primeira vez em trinta anos.

Pela manhã, imaginei que havia uma pequena melhora. Jodie desceu sozinha e comeu umas colheres bem cheias de cereais. Infelizmente, não durou. Meia hora depois, ela estava de novo curvada em posição fetal no sofá, calada e distante.

Jill telefonou às 9h30. A nova chefe da equipe convocara uma reunião de planejamento de emergência para as 11 horas, e minha presença era necessária. Ela não sabia exatamente por que a reunião fora convocada, mas disse que era um sinal de que as coisas começavam a andar. A doutora Burrows talvez tivesse recomendado que a terapia começasse imediatamente. Por outro lado – se ousássemos ter essa esperança –, talvez tivessem surgido novas provas que finalmente enfiariam os que abusaram de Jodie atrás das grades. A colega de Jill, Lisa, havia se oferecido para cuidar de Jodie, e chegaria dentro de uma hora. Enfim, alguma ação, pensei. Olhei para Jodie e senti minhas esperanças começando a subir.

Lisa chegou em boa hora, apresentei-a a Jodie – que, pelo menos, conseguiu virar a cabeça para olhar na direção dela. Mostrei onde estava o café e os biscoitos, e saí quando ela começava a ler uma revista da Barbie para Jodie. Eu havia vestido meu terninho "de reunião" e meu ânimo continuava subindo ao dirigir para o Serviço Social. Talvez algo de bom saísse disso, finalmente outras pessoas começavam a compreender o que eu já sabia há um bom tempo: a extensão dos problemas de Jodie era fora do comum, e ela precisava de ajuda especializada e terapia imediata. Alguém devia saber como destrancá-la e recuperá-la para a vida.

Estacionei na garagem do edifício ali perto e tomei o elevador até a rua, com dez minutos de sobra.

O enfeitado edifício de pedra, que já havia sido a prefeitura, agora estava rodeado de prédios residenciais altíssimos e mantinha apenas a fachada de sua antiga nobreza. Entrei, passando pelas portas duplas. Como sempre, estava cheio de gente. Pessoas de todas as idades e nacionalidades estavam sentadas, de pé ou caminhando para lá e para cá, esperando ansiosamente seu número aparecer no mostrador eletrônico suspenso no teto. Quando passei pela multidão, um bebê agarrou a bainha da minha saia antes que a mãe o pusesse de novo no colo, sorrindo e pedindo desculpas.

Cheguei à recepção.

– Cathy Glass – disse enquanto a recepcionista abria a divisória de vidro apenas o suficiente para escutar. – Estou aqui para uma reunião marcada para as 11 horas, sobre Jodie Brown. Sou a acolhedora dela.

Com estoica resignação, ela puxou meu nome de uma lista impressa e me entregou um adesivo de segurança com "Visitante" impresso em grandes letras pretas. Apertei o adesivo em meu casaco.

– Sala sete – disse ela. – Atravesse as portas duplas, suba as escadas, é à sua esquerda.

A divisória se fechou antes que eu ou qualquer outra pessoa pudesse enfiar a cabeça.

Eu conhecia o prédio, tive muitas reuniões ali em outros tempos. A sala sete era uma das maiores, e, enquanto subia a escada, dei-me conta de que também tinha sido onde ocorrera a reunião de pré-colocação de Jodie, cerca de um ano antes. Era difícil acreditar que tivesse passado tanto tempo. Pensei naquele dia e me arrepiei só de pensar em meus nobres pressupostos na época, quando eu não tinha a menor dúvida de que tudo o que qualquer criança precisava eram cuidados, orientação firme, estímulo e atenção. Eu não tinha a menor dúvida de que Jodie terminaria sendo mais um caso que deu certo. Eu havia sido tão confiante de que chegaria a Jodie como havia chegado a tantas crianças problemáticas, a quem ajudara a pôr na estrada da recuperação e uma vida tão normal quanto possível. Pela primeira vez, meus métodos mais do que testados haviam falhado. Pelo menos eu não estava sozinha nessa incapacidade de chegar à origem do tormento de Jodie. Contudo eu me perguntava se alguém na sala sete demonstraria sua decepção.

Jill, Sally e Gail, a nova chefe da equipe, já estavam sentadas de dois lados da mesa de mogno polido. Elas sorriram quando entrei, e Gail se apresentou. Troquei um "bom dia" com Sally e sentei-me ao lado de Jill.

– Estamos esperando a doutora Burrows e Mary, do financeiro – disse Gail. – Eileen está de férias, e o diretor da escola de Jodie não virá, mas enviou um relatório.

Tirei o casaco, arrumei-o no encosto da minha cadeira e me animei pelo fato de terem convidado o financeiro. Em geral, o pessoal do financeiro só era chamado quando era preciso encontrar fundos. E os fundos seriam necessários para entrar na terapia.

– Como está ela? – Jill perguntou baixinho.

– Na mesma... mas sei que, assim que entrar em terapia, as coisas vão melhorar.

– Vamos esperar que sim – ela sorriu.

A porta se abriu, e Mary entrou correndo, agarrada a um espesso maço de papéis, desculpando-se pelo atraso. Sentou-se à minha frente, e eu estava morta de curiosidade, louca para perguntar até onde o orçamento para a terapia se esticava, mas eu sabia que não era muito protocolar fazer isso quando a reunião nem havia começado. Gail e Mary conversavam em voz baixa, discutindo um caso diferente. Então a porta se abriu de novo, e a doutora Burrows entrou carregando uma pasta, mais parecendo alguém que trabalhava na cidade do que uma psicóloga, com aquele elegante terninho cinzento.

– Desculpem por ter mantido vocês esperando, mas o táxi atrasou.

Gail esperou que ela se sentasse e abriu a reunião. Agradeceu a todas nós por termos vindo, fez a minuta da data, hora, nomes das presentes e depois pediu que cada uma se apresentasse.

Depois das apresentações, ela olhou ao longo da mesa.

– Estamos aqui para avaliar a situação atual de Jodie e decidir a melhor maneira de agirmos. Creio que será bom começar com você, Cathy, depois Sally, se for possível. Lerei o relatório da escola e talvez seria bom termos a sua conclusão, doutora Burrows.

Resmungamos a nossa concordância.

Eu havia ensaiado o que tinha para dizer durante o caminho. Seria otimista sobre o progresso inicial de Jodie, sem minimizar a necessidade de ajuda que ela tinha. Respirei fundo e comecei.

– Como vocês sabem, Jodie havia mostrado um comportamento muito difícil quando chegou para mim, a tal ponto que ela havia passado por cinco acolhedores em quatro meses. Era muitíssimo agressiva, costumava enfrentar as pessoas e sofria de um retardo em seu desenvolvimento. Não tinha muito controle dos intestinos, e a autoestima era baixíssima. Ela apresentava um comportamento sexualizado para homens e mulheres. Com o tempo, ela se adaptou à rotina da nossa casa e começou a reagir aos limites claros que estabeleci e ao estímulo positivo. Conforme sua ansiedade diminuía, ela se tornava menos violenta e estava aprendendo a controlar sua raiva. No entanto, assim que começou a sentir-se segura, ela começou a revelar o que havia acontecido. A vastidão do abuso sexual que sofreu nas mãos de sua família é horrenda – fiz uma pausa. – Como todos sabem, nestas duas últimas semanas, a condição de Jodie se deteriorou mais e muito depressa. Apesar de todo o meu estímulo e tranquilização, ela agora passa grande parte do dia na cama e não se interessa por nada do que acontece à sua volta. Raramente fala ou come, muitas vezes a encontro chorando baixinho para si mesma. Em janeiro, ela entrou na escola primária Abbey Green, onde tinha o apoio de uma assistente em tempo integral. Inicialmente, houve algum progresso, mas, desde que começou essa deterioração, ela não tem sido capaz de ir à escola. Já perdeu mais de três semanas de aula.

Enquanto falava, eu olhava nos olhos delas e sentia o reflexo de sua preocupação e inquietação.

– Admito que, neste momento, não sei como chegar a Jodie, como ajudá-la a entrar em bons termos com suas experiências. A meu ver, ela precisa da ajuda de um psicoterapeuta profissional. Dado o progresso inicial, eu me sinto otimista, acreditando que, assim que a terapia começar, esse progresso será retomado.

Gail agradeceu e passou a palavra a Sally, a guardiã *ad litem*. Sally apresentou a lista das datas em que nos visitara, elogiou-me por ter conseguido ganhar a confiança de Jodie, o que permitiu que ela revelasse o que havia acontecido. Disse que, embora não tivesse a chance de observar Jodie ultimamente, ela estivera sempre muito próxima da doutora Burrows e de Eileen e, portanto, estava plenamente a par da situação presente. Estivera com os pais de Jodie, e os fizera saber quanto Jodie havia sido horrivelmente afetada pelo que ela havia revelado. O pai de Jodie não se comovera e fora categórico, dizendo que aquilo tudo era invenção de Jodie, mas a sra. Brown desabara em lágrimas. Sally não disse mais nada sobre os pais de Jodie – e com seu profissionalismo, nem era questão que dissesse – mas ela apresentou uma inferência, afirmando que não havia muita dúvida sobre a culpabilidade de ambos no que havia acontecido a Jodie.

Não senti nenhuma simpatia ao ouvir que a mãe de Jodie caíra em lágrimas; minha reação imediata foi dizer que aquilo era fingimento, para encobrir a própria culpa. Eu não tinha nenhuma dúvida de que Jodie me contara a verdade. Não havia nenhuma outra criança da idade dela que pudesse saber as coisas que ela sabia e descrever o que ela havia descrito. Bastava olhar para a desintegração da menina para saber que o que ela dissera havia acontecido.

Eu mal conseguia pensar nos pais dela. Detestava a ideia de que eles continuassem livres para seguir a vida cotidiana e quais fossem as degradações que estivessem a fim, enquanto sua filha estava aprisionada na dor e no sofrimento que haviam causado. O que os dois haviam infligido à Jodie a condenara a uma sentença vitalícia.

– Jodie é uma criança terrivelmente prejudicada – concluiu Sally. – Minha recomendação está totalmente alinhada com as descobertas da doutora Burrows.

Houve um silêncio, enquanto Gail fazia uma anotação; depois ela pegou uma folha de seu arquivo e leu o relatório do diretor da escola. No momento em que ele escreveu, Jodie estivera presente por setenta e dois dias, e sr. West baseou suas observações tanto na capacidade acadêmica de Jodie como na maneira como ela se relacionava com os colegas. Naquele momento, ela estava aprendendo a sequência do alfabeto e os números até vinte. Ela não tinha nenhum vocabulário, mas estava trabalhando na meta de aprender cinco novas palavras por semana. Sua concentração era limitadíssima, e ela estava sendo incentivada a passar mais tempo nas tarefas e a trabalhar de modo independente. Tinha dificuldades para fazer amigos, em boa parte devido a seu comportamento instável e esquisito. Os resultados dos testes mostravam que, em termos de leitura e escrita, ela estava mais ou menos no nível médio de uma criança de 4 anos. A sentença de conclusão do diretor resumia tudo perfeitamente: "A educação e o desenvolvimento social de Jodie estão severamente restritos por suas experiências, e até que isso seja resolvido, tenho a impressão de que suas realizações serão insignificantes".

Gail arquivou o relatório, e senti meu pulso acelerar quando a doutora Burrows abriu seu arquivo. Ela seria a última a falar, e depois que tivesse apresentado suas recomendações, Mary mostraria a importância disponível e o financiamento seria confirmado, de modo que poderíamos encaminhar Jodie para a recuperação. Eu só esperava que o financiamento fosse adequado; tinha a impressão de que ela precisaria de pelos menos duas sessões de uma hora por semana.

– Como todas sabem, fui nomeada pelo juiz para avaliar Jodie com relação aos procedimentos de acolhimento definitivo – começou a doutora Burrows. – Enquanto inicialmente isso tinha o objetivo de determinar a viabilidade de que ela voltasse a viver em casa, o que aconteceu desde então confirma que viver em casa é impossível, por isso estou agora tratando da questão de sua presente saúde mental.

E prosseguiu, fazendo uma avaliação clínica da situação de Jodie, com relação a nossas duas últimas consultas. Eu estava gostando que a presença da doutora Burrows e seu relatório indicassem exatamente quanto todos agora estavam levando a sério a questão. A psicóloga só deveria apresentar seus comentários no final do processo burocrático, mais adiante, mas dera um passo além das instruções do juiz para apresentar sua análise mais cedo. O que havia observado em Jodie lhe causara muita preocupação e ela sabia que era preciso tomar providências imediatas – daí sua presença nessa reunião, apesar de sua agenda ocupadíssima.

Olhei para as outras, que tomavam notas detalhadas. A doutora encerrou o que tinha a dizer:

– Portanto, a minha recomendação é de que Jodie precisa de nada menos do que uma terapia intensa, de longo prazo, com um psicoterapeuta pediátrico, com experiência em abuso sexual de crianças.

Graças a Deus, pensei. Agora só precisamos do financiamento.

– Que espécie de terapia você tem em mente? – perguntou Gail.

Mary deslizou sua calculadora até ela.

– Jodie tem dificuldades de aprendizagem e funciona no nível de uma criança bem mais nova – disse a doutora Burrows. – Por isso, tem dificuldades de entender conceitos e retê-los. Diante disso e da seriíssima natureza de sua situação, não creio que nem uma terapia por sessões do mais alto nível seja de alguma ajuda. Portanto é minha opinião profissional que, para a terapia ter algum efeito no caso de Jodie, ela deve ser constante e imediata. Sendo assim, afirmo que a melhor chance de recuperação para essa menina está em uma unidade residencial terapêutica.

Escutei as três palavras finais, mas a ficha levou um momento para cair. A sala estava em silêncio, as outras terminavam de escrever. Eu sentia meu pulso batendo no pescoço e o estômago dando voltas. Jill tocou meu braço.

– Muito obrigada, doutora Burrows – disse Gail. – Isso foi muito útil.

Eu sentia os olhos delas em cima de mim e olhava para meu bloco de anotações.

– Cathy, o que você acha? – perguntou Sally. – Sei que você é muito próxima a Jodie.

Levantei a cabeça e engoli em seco. Minha voz estava completamente irregular, eu lutava para segurar as lágrimas que estavam subindo.

– É complicado. Eu não estava esperando isso. Eu tinha esperanças de que, assim que Jodie começasse a terapia regular, poderíamos entendê-la por inteiro – fiz uma pausa. – Para falar a verdade, acho que tudo isso não serviu para nada.

Sally olhou para a doutora Burrows, que sacudiu suavemente a cabeça.

– Até mesmo antes da crise atual, duvido que Jodie pudesse funcionar bem em uma família normal – disse a doutora. – Ela está profundamente traumatizada, e isso está afetando todos os aspectos de sua vida.

Pouquíssimos acolhedores teriam investido tanto quanto você investiu, e é crédito seu que ela tenha chegado até aqui.

Gail, Sally e Jill resmungaram sua concordância.

Dei de ombros, desanimada.

– Não valeria a pena experimentar a terapia em sessões, digamos, durante uns seis meses?

Elas olharam novamente para a doutora Burrows, que olhou para mim com simpatia.

– Em minha opinião, *não*. Não apenas não seria eficaz, mas poderia exacerbar a situação dela. A personalidade de Jodie está se desintegrando, e, quanto mais tempo se deixar assim, mais profundo será o estrago a longo prazo.

Eu não disse nada.

– Em que escala de tempo você está pensando? – perguntou Gail.

– Se eu fizer a recomendação imediatamente, ela poderia estar lá dentro de um mês.

Levei um susto.

– Você tem algum lugar em mente? – continuou Gail.

A doutora remexeu em sua pasta e retirou alguns panfletos coloridos, os quais distribuiu pela mesa.

– O lugar se chama High Oaks e é dirigido pelo doutor Ron Graham e sua esposa, Betty. Eles são psicólogos infantis experientes. Vocês talvez tenham ouvido falar deles. São muito respeitados em seu campo.

Jill abriu o panfleto entre nós duas, e olhei para a primeira página. Eu só enxergava blocos de letras indistintos justapostos a fotografias de crianças sorridentes. Pisquei os olhos e tentei me concentrar.

A psicóloga continuou sua explicação:

– Eles estão estabelecidos há doze anos e criaram uma excelente reputação. É uma encantadora mansão dentro de um parque cheio de árvores, nos arredores de Cambridgeshire. A família Graham mora lá mesmo, com uma equipe de terapeutas de excelente formação. As crianças têm aulas pela manhã com professores muito bons. Essas aulas abrangem todo o currículo até o segundo grau. As tardes são para atividades recreativas e terapias individuais. Nos fins de semana, eles fazem o que as famílias fazem, vão ao cinema, nadam na piscina e assim por diante... e, claro, também saem de férias com as crianças. Tenho estreita ligação com a família Graham desde que abriram e sei que eles têm um índice elevadíssimo de sucesso. Noventa por cento das crianças, mais tarde, passam a viver com uma família. Bom, é claro, não sai barato...

– Quanto? – perguntou Gail.

– Isso depende do pacote, mas, para uma criança com as necessidades de Jodie, será aproximadamente quatro mil libras por semana. Eu faria uma recomendação inicial para três anos, mas naturalmente isso teria uma revisão periódica.

Levantei os olhos, Mary digitava alguns números em sua calculadora e mostrou o resultado para Gail, que fez uma anotação.

– Ela poderá receber visitantes? – perguntou Jill, sabendo que eu perguntaria isso se estivesse pensando direito.

– Claro – disse a doutora Burrows. – Para falar a verdade, é essencial que ela receba visitas. Se uma criança não tem família, High Oaks arranja um amigo. É muito importante que a criança mantenha ligações com o mundo exterior.

– Cathy, você gostaria de manter o contato? – perguntou Sally.

– Sim, claro – respondi automaticamente.

Gail olhou para todas na mesa.

– Teremos de levar isso ao painel, mas, como é uma recomendação sua, é muito provável que seja aceita. Algo mais?

A doutora Burrows se inclinou para frente.

– Só quero agradecer a Cathy por tudo o que ela fez e pelo oferecimento de contato no futuro.

As outras concordaram e imediatamente começaram a juntar sua papelada. Rapidamente se dispersaram, deixando Jill e eu sozinhas. Pus minhas mãos com as palmas para baixo em cima da mesa e respirei fundo.

– Como vou explicar isso a Jodie? Ela confiou em mim, e agora tenho de dizer que ela vai embora. Ela vai pensar que eu a rejeitei como os outros. O que isso fará para sua saúde mental?

Jill tocou meu braço.

– Eu sei. Lamento muito, Cathy. Escute, eu não diria nada para ela por enquanto. Pela minha experiência, essas organizações costumam ter um conjunto de procedimentos para as apresentações e introduções. Entrarei em contato com High Oaks para ver como eles desejam tratar da questão. Começaremos a partir daí.

Dei um suspiro e me levantei.

– Está bem. É melhor eu voltar, porque ela deve estar querendo saber onde estou.

Jill me apanhou no corredor.

– Talvez não pareça bom agora, mas é o melhor possível. Você não poderia ter feito mais nada. Você vai manter o contato, por isso ela saberá que você não a rejeitou. E quem sabe... daqui a uns três anos...?

Saí do prédio lutando com minha sensação de ter falhado. Jodie iria me deixar em pior condição do que havia chegado – era a primeira vez que acontecia isso com qualquer criança que havia estado comigo. Eu poderia dizer a mim mesma que absolutamente não era culpa minha, mas era difícil evitar a sensação de que tudo aquilo havia sido uma perda de tempo – todas aquelas noites insones, os dias intermináveis e exaustivos de chiliques e violência, as cenas em público, as horrendas horas das refeições, a confusão na vida das crianças. Agora, depois de tudo o que havíamos passado, Jodie teria de se mudar novamente.

Intelectualmente, eu sabia que Jodie precisava de uma ajuda adequada e de uma terapia intensa do tipo que eu simplesmente não poderia oferecer, nem com todo o amor, bondade e bom senso do mundo. Mesmo assim, eu sentia como se tivesse sido derrubada. O pior, eu derrubaria Jodie.

Como seria possível contar que ela teria de ir embora?

CAPÍTULO TRINTA

GRAMA VERDE E VACAS MARRONS

Naquela noite, enquanto o resto da casa dormia, peguei o álbum com as fotografias de todas as crianças a quem eu acolhera – chamo esse álbum de minha galeria dos malandrinhos. Fui passando as páginas. Algumas das fotos eram posadas, outras tiradas sem que a criança soubesse, um passeio na praia ou alguém correndo pelo jardim. Eram crianças de todas as idades e todas as raças, do pequeno Jason, que tinha apenas 2 dias quando chegou, a Martha, uma adolescente de 17 anos furiosa e desaforada, que se formou em Medicina.

Perdi o contato com alguns deles, mas muitos ainda me escreviam e telefonavam. Quatro haviam ficado comigo por um ano ou mais, e todos os quatro agora me visitam periodicamente e se tornaram parte de nossa família extensa. Conforme eu virava as páginas, lembrando-me das diversas personalidades e problemas das crianças, não havia nenhum que me fizesse sentir que falhei. Pelo menos até agora. Ainda não havia nenhuma foto de Jodie, mas, quando as acrescentasse, eu saberia que seriam as últimas. Qualquer atitude ou capacidade minha parecia ter sido perdida. Eu tinha a confiança estilhaçada e decidi que não acolheria mais nenhuma criança de novo.

Passaram-se três dias antes que eu ouvisse mais alguma coisa; enquanto isso, Jodie permanecia fechada e distante. Eu nem levantava mais a possibilidade de uma volta à escola; não havia como, ela estava em um mundo só dela. De alguma forma, conseguimos passar os dias. Eu lia para Jodie, a abraçava e procurava tentá-la incentivar a comer; Adrian, Lucy e Paula faziam seus próprios esforços para animá-la.

Eu havia chamado as crianças pouco depois de voltar da reunião de emergência e contei que Jodie iria nos deixar. Não disseram muito, mas as expressões solenes e a calma aceitação me diziam que elas já sabiam quanto a situação de Jodie se tornara grave. Sempre era triste o momento em que uma criança nos deixava, mas, em geral, eu sabia que eles estavam indo para frente, de modo positivo – voltavam para suas famílias ou para uma família adotiva – e sempre nos deixavam melhores do que quando chegavam. Com Jodie não havia esse consolo; apesar de nossos melhores esforços, não conseguimos ajudá-la, e nenhum de nós deixou de ser afetado.

– Não se culpem – eu disse, fazendo eco às palavras de Jill para mim. – Nós fizemos o melhor que pudemos. Fizemos o que era possível fazer.

Aquilo soava tão vazio para eles quanto para mim, e eu sabia que os meninos tinham a mesma sensação de terem falhado.

Quatro dias depois da reunião, chegou uma carta de Ron Graham. Dentro do envelope, havia uma carta para mim e um segundo envelope endereçado a Jodie. Na minha carta Ron se apresentava e dizia que, em breve, telefonaria para combinarmos uma visita. Nesse meio-tempo, será que eu poderia entregar a Jodie o envelope anexo? Entreguei o envelope quando ela veio lambiscar seu almoço. Ela o apanhou desconfiada, depois viu seu nome na frente. De repente, seus olhos se iluminaram.

– *Pra miiim?* De quem é?

– É melhor você abrir e descobrir... Parece que é muito importante!

Tirei o prato da frente, enquanto ela cuidadosamente abria a aba do envelope e desdobrava a folha de papel amarelo-claro. Estava datilografada em letras vermelhas, com uma carinha feliz num canto – atraía no mesmo instante.

– *Pra miiim...?* – perguntou ela mais uma vez.

– Sim! Quer que eu leia?

Ela a segurou entre nós duas, protetoramente, e eu ia apontando as palavras conforme ia lendo.

> *Querida Jodie*
> *O meu nome é Ron, e a minha mulher se chama Betty. Nós temos uma porção de crianças morando conosco em uma casa enorme no interior.*
> *Nós resolvemos os problemas delas e também nos divertimos bastante. Somos bons pra resolver problemas e gostaríamos que você viesse pra contarmos para você quem somos.*
> *Estamos ansiosos para encontrar você.*
> *Até loguinho,*
>
> *Ron e Betty*

Era uma apresentação simples, mas redigida com inteligência, e ela estava impressionadíssima por ter uma carta só sua. Ela pediu que eu lesse de novo e mais uma terceira vez.

– Quando é que eles vêm aqui? – perguntou ela, mostrando mais entusiasmo do que fizera em semanas.

– Eu ainda não sei. Eles vão telefonar antes.

– Espero que seja logo. Eles parecem bem legais, não é, Cathy?

– Sim, querida, parecem muito legais.

Ela enfiou a carta de novo no envelope e o carregou o resto do dia. Quando Adrian, Lucy e Paula chegaram em casa, pediu que lessem a carta para ela. Os meninos ficaram tão espantados com o entusiasmo dela quanto eu tinha ficado. Para falar a verdade, nenhum de nós expressou isso, mas estávamos todos nos sentindo um tantinho menosprezados. Como é que uma carta de estranhos funcionava enquanto os meses de cuidados que demos falharam?

Naquela noite, quando Jodie já estava na cama, Ron telefonou. Contei-lhe a boa reação dela.

– Crianças como Jodie raramente formam ligações afetivas – disse ele, registrando instintivamente meus sentimentos não expressados. – Isso não é uma acusação a você, Cathy!

Ron perguntou como era a minha família e como Jodie se comunicava com cada um. Explicou o processo da apresentação: começava com a carta e continuaria com uma visita dele e sua esposa na semana seguinte.

– Nunca apressamos as apresentações – disse ele. – Jodie depositou sua confiança em você, e agora temos de transferir parte dessa confiança para nós.

Conforme falava, fui ficando impressionada com o tanto do histórico de Jodie que ele tinha na ponta dos dedos. Ele devia ter lido o arquivo inteiro, de capa a capa; ficamos no telefone mais de uma hora. Foi um alívio conversar com alguém que parecia saber o que fazia e podia conversar qualquer coisa sobre o caso. Fazia uma enorme diferença.

Embora Jill tivesse feito tudo o que podia, ela era apenas uma pequena peça em uma enorme engrenagem, com pouquíssimo poder para mudar qualquer coisa. Só podia apresentar sugestões e fazer perguntas. Eileen, a supostamente dedicada assistente social de Jodie, mostrara-se desinteressada, não se envolvera, era ineficiente e, para ser franca, descuidada e preguiçosa em relação ao caso. Após um ano, ela não conhecia os detalhes do arquivo de Jodie, não se deu o trabalho de conhecer a menina e não cumpriu seus deveres estatutários. Somente quando conversei com Ron é que senti parte do peso que eu havia carregado por tanto tempo ser tirado de meus ombros. Eu não havia percebido quanto me sentira só. Por tanto tempo, éramos Jodie e eu lutando juntas da melhor maneira que podíamos, enquanto o sistema moía lentamente, obstruído por sua vastidão e sua burocracia. Agora, pelo menos eu sentia que alguém estava realmente interessado em Jodie.

Quando perguntei o que eu deveria contar para Jodie sobre a visita do casal, Ron me disse para contar o menos possível, mas para anotar quaisquer indagações que ela fizesse e tranquilizá-la, dizendo que seriam respondidas quando Ron e Betty chegassem.

Fui para a cama me sentindo mais feliz do que me sentia há um bom tempo. Jodie reagira muito bem, e Ron parecia ter sensibilidade e era direto. Talvez todos estivessem certos, para que o melhor acontecesse.

Na manhã seguinte, quando os meninos saíram para a escola, contei para Jodie o telefonema de Ron na noite anterior.

– O que é que ele quer? – disse ela com desdém, empurrando o mingau que acabara de pedir.

Eu me perguntava se ela teria compreendido que Ron era quem havia mandado a carta.

– Ele quer descobrir quem você é. Ele escreveu para você aquele amor de carta, lembra? Eles vêm aqui para ver você na semana que vem.

– Não quero. Cala a boca. *Vai embora.*

– Jodie...? – comecei, mas achei melhor não continuar.

Eu faria o que Ron havia pedido, e pegaria a deixa que ela me desse.

O dia inteiro, Jodie não mencionou Ron, Betty ou a visita e se manteve calada e retraída. Na hora de ir para cama, encontrei a carta rasgada em pedacinhos espalhados pelo chão. Teria sido um disparate fingir que não via aquilo, principalmente porque eu conhecia Jodie o suficiente para perceber que aquela era a sua maneira de comunicar a raiva. Juntei os pedaços da carta e sentei-me na beira da cama.

– Eu sei que é difícil, querida. É complicado para todos nós. Você não quer me dizer como está se sentindo? O que você está pensando? Talvez eu possa ajudar...

O rosto dela se enrugou todo e ela se atirou nos meus braços. Apertei-a junto a mim, a cabeça no meu peito, e ela chorava de dar dó.

– O que é, Jodie? Tente me dizer, por favor. Eu realmente quero ajudar você!

Ela pensou um pouquinho, depois deixou escapar:

– Eles vão fazer o que os outros fizeram! Eu não quero. Eles me machucaram. Você disse que não ia acontecer de novo!

– Ah, querida, não. Eles são gente muito boa. Eles nunca machucariam você, é verdade!

A percepção de Jodie era muito diferente da minha. No mundinho dela, um novo adulto significava alguém novo que abusaria dela e a machucaria, com muito poucas exceções. A ideia de qualquer adulto novo devia ser aterrorizante para Jodie. Resolvi ignorar o conselho de Ron para dizer o mínimo possível, e tentei explicar.

– O Ron e a Betty são como eu. Eles ajudam crianças que foram machucadas, só que eles sabem fazer isso melhor do que eu. Eles sabem as coisas certas a dizer. Eles já ajudaram centenas de crianças e querem ajudar você. Eu vou estar com você o tempo todo em que estiverem aqui. Eles só querem conversar. Eles vão nos contar como é a casa em que vivem e quem são as outras crianças que moram lá.

Ela fungou.

– Eles não vão entrar no meu quarto, vão? E eu não quero entrar no carro deles.

– Não, claro que não – virei o rosto dela para mim. – Olhe aqui, Jodie, você encontrou uma porção de gente nova desde que está comigo, e nenhuma delas machucou você. Eu não deixaria essa gente vir aqui se eu não achasse que fosse para fazer o bem. Você confia em mim, não confia?

Ela assentiu com a cabeça.

– Então, por favor, confie em mim agora, querida.

Ela deixou que eu secasse suas lágrimas com um lenço de papel, mas não estava muito certa de que ela tivesse aceitado as minhas tranquilizações. Afinal, o tempo em que já estava comigo era relativamente curto em relação aos oito anos anteriores. Na experiência de Jodie, o meu mundo era uma exceção, não a norma.

Li uma história para ela, e a arrumei para a noite. Quando ia saindo do quarto, escutei Amy dizendo para Jodie:

– Você pode confiar na Cathy. Pode sim, de verdade!

Conforme se aproximava o dia da visita, Jodie foi ficando cada vez mais instável. Ela entrava e saía das personalidades de Reg e Amy; entre os dois, pouco mais oferecia. De vez em quando, eu via a Jodie real e tentava aproveitar o máximo, mas ela rapidamente voltava para sua concha, e, mais uma vez, eu me deparava com aquele olhar inexpressivo, inexorável. A escola continuava fora de questão e, tirando-se algumas expedições essenciais de compras, mal saíamos de casa.

Na manhã da visita de Ron e Betty, ela não estava nada diferente, e eu me sentia ansiosa, receando que ela se deteriorasse mais ainda com estranhos vindo para a casa. Betty ligou do carro para dizer que eles estariam conosco dentro de uns quinze minutos; aproveitei para avisar sobre as minhas preocupações.

– Você fez muito bem de ver tudo – disse ela, positiva e sensível como o marido. – Uma vez que estivermos na casa e ela nos encontrar, será mais fácil.

Eu não estava lá muito convencida.

Voltei para a sala de estar e comecei a fazer um quebra-cabeça, na esperança de atrair Jodie para que ela fizesse qualquer coisa.

– Era o Ron e a Betty – eu disse, alegremente. – Daqui a pouquinho, eles estarão aqui. Vamos começar este quebra-cabeça?

Para meu deslumbramento, ela escorregou do sofá, pegou uma peça e me entregou. Coloquei no lugar certo, e a cara do gato tomou forma.

– Onde está a nossa gata? – perguntou ela de repente.

– A Toscha está dormindo na cestinha dela, perto do aquecedor.

– Eles têm um gato?

– Não sei. Isso é uma coisa que podemos perguntar...

Ela me passou outra peça, e a coloquei no lugar. Quando a campainha tocou, Jodie ainda estava sentada no chão, com toda a aparência de quem estava brincando muito satisfeita, como qualquer outra criança.

Peguei os casacos de Ron e Betty, mostrei para eles a sala de visitas. Eram um casal de bom porte, em seus 40 e tantos anos, vestidos com uma elegância informal; seus rostos eram cordiais e amáveis.

– Oi, Jodie – disse Betty com alegria. – Estou gostando muito de conhecer você...

Betty se inclinou para examinar o quebra-cabeça.

– Ah, muito bom... Você gosta de quebra-cabeça?

Jodie fez que sim com a cabeça.

– Este é o meu marido, Ron.

Jodie olhou para ele e sorriu, enquanto Ron se sentava discretamente em uma poltrona perto dela.

– Jodie estava curiosa, querendo saber se vocês têm um gato... – respondi.

– Gato não... mas, atrás da nossa casa, há um campo com uma porção de vacas – respondeu Betty.

– Vacas...?! – disse Jodie, subitamente interessada.

– É, sim. Uma porção. De manhã, a gente ouve as vacas mugindo, e aí o rapaz chega e as leva para tirar o leite. As crianças adoram ver aquilo. Às vezes, as vacas chegam bem pertinho da cerca, e você pode passar a mão nelas.

– É mesmo? – ela agora estava radiante.

Deslizei para a cozinha e fiz um pouco de café.

Toscha, escutando as vozes novas, levantou languidamente da sua cesta e foi dar uma olhada. Escutei Jodie apresentando a gata.

– Essa aqui é a Toscha, mas ela é menor que uma vaca.

– Isso mesmo – disse Betty. – *Muito* menor...!

Jodie deve ter visto algo em Ron e Betty, porque estava tão diferente da criança que eu descrevera que senti que eles poderiam duvidar da minha história se não tivessem acesso a todos aqueles outros relatórios.

Apanhei a bandeja carregada, enquanto Betty ajudava a dar o toque final no quebra-cabeça. Sentei-me e fiquei admirando o resultado. Jodie passou o prato com biscoitos, depois se sentou ao lado de Betty no sofá.

– Conte para mim de que outros jogos você gosta, Jodie – disse Ron, intrometendo-se na conversa.

Ele tinha uma fala macia e jamais poderia ser descrito como intimidador.

– Pintar, eu gosto... e ir ao parque – disse ela.

– Parece muito bom – ele sorriu, e Jodie sorriu para ele.

Passamos alguns minutos falando sobre o parque, e Ron sutilmente levou a conversa para High Oaks, e as atividades e passeios que eles faziam por lá. Pegou um folheto de seu bolso: era uma versão para crianças do que eu vira na reunião, e nos reunimos em volta de Jodie para ler. Enquanto Jodie virava as páginas, Ron descrevia a rotina diária de lá e mencionava algumas das crianças; Jodie perguntou se eles tinham televisão e a que horas eles iam para a cama.

Ron e Betty ainda ficaram mais umas duas horas, conversando e brincando, e nos apresentaram um vídeo curto de High Oaks, mostrando os quartos e o terreno. Quando se sentiram satisfeitos vendo que Jodie estava pronta, sugeriram que marcássemos uma data para visitar High Oaks na semana seguinte.

– Eu quero ir agora! – Jodie ria e pulava.

– Ih, não! – Betty sorriu. – Nós queremos deixar o seu quarto pronto, para você ver quando for até lá.

Aquela era a primeira vez que qualquer um de nós mencionava o quarto "dela" ou a possibilidade de que ela fosse viver lá; observei Jodie para ver a reação dela.

– A Cathy pode ir?

– Para a visita? Claro que pode – disse Ron. – Ela vai levar você no carro, vocês duas vão lá ver o seu quarto e conhecer todo mundo. Aí, da próxima vez que você for lá, pode passar a noite, e a Cathy vai para casa e, no dia seguinte, vai pegar você.

– Eu posso passar a mão numa vaca? – perguntou ela.

– Bom, pelo menos você vai ver uma – disse Betty. – Agora, se vai passar a mão, isso vai depender se a vaca chegar perto da cerca.

Sorri comigo mesma. As vacas evidentemente haviam substituído os gatos nas afeições de Jodie, tão certamente quanto Ron e Betty estavam me substituindo. Vimos os dois saírem, acenamos as despedidas, e Jodie passou o resto da tarde muito alegre e animada. Ela passou algum tempo pintando no jardim de inverno e, quando fui lá para ver como estava, ela me deu um sorriso cheio de orgulho enquanto me mostrava sua obra mais recente. Era um quadro claro e colorido de uma enorme casa vermelha sobre um campo verde, com três vacas marrons.

CAPÍTULO TRINTA E UM

HIGH OAKS

Uma semana depois, havia um ar de calma expectativa quando entramos na estradinha em High Oaks, e a imponente mansão entrou no campo de visão. Jodie havia passado boa parte do longo caminho cochilando ou conversando com Julie, a boneca em tamanho natural. Conforme nos aproximávamos de High Oaks, ela ficou quieta e se inclinou para frente para enxergar melhor. Reconhecemos a casa do vídeo, mas, de perto, surpreendi-me com o tamanho. Era imensa, com catorze quartos que se estendiam em duas alas e um anexo à direita, que havia sido a ala dos criados e agora era a sala da terapia e da "calma". O telhado era em espigão, descaindo sobre um pórtico arqueado de tijolos, que estava coberto de hera. Imaginei que os prédios tivessem sido construídos em meados do século XIX.

– É grandioso – disse. – Vamos ter de marcar hora para falar com você...

Jodie sorriu, sem compreender muito bem o que eu tinha dito, mas apreciando que era especial e que se aplicava a ela.

Estacionei atrás de uma fila de três carros na estrada das carruagens e abri a porta para deixar Jodie sair. Ela enfiou a mão na minha, e fomos triturando o cascalho até a porta de carvalho. Puxei a corda da campainha de latão, e escutamos o eco do sino lá dentro.

– Eu *faz* isso – disse ela, e deu mais três puxões fortes.

A porta se abriu e Betty apareceu sorrindo.

– Você gostou do nosso sino, Jodie? Nós chegamos a pensar em colocar uma campainha moderna, mas todos votaram em deixar essa mesmo.

Jodie imediatamente trocou a minha mão pela de Betty, o que me espantou, pois, naquela manhã, ela havia declarado que não sabia quem era Betty. Entramos no saguão, decorado com painéis pintados de branco com rosetas pintadas em estêncil no centro de cada quadrado, dando ao espaço uma sensação leve, alegre. Ron apareceu, vindo lá de dentro da casa.

– Oi, Jodie! Oi, Cathy! Vocês fizeram uma boa viagem?

– Sim, obrigada – respondi por nós duas.

Jodie se refugiou atrás de Betty.

Ron havia telefonado na noite anterior e o deixei a par do estado mental de Jodie. Jodie não se alterou e não havia levantado o assunto da visita. Tínhamos discutido isso apenas uma vez no dia anterior, quando lembrei a Jodie que iríamos a High Oaks e Reg havia retrucado que "vai merda nenhuma".

– Este é o caminho para a sala de estar – disse Betty, conduzindo Jodie pelo corredor. – As crianças foram dar um passeio, por isso está tão quieto. Elas voltam mais tarde.

A sala de estar era nos fundos da casa e devia ter umas três vezes o tamanho da nossa lá em casa. Pelas portas de vidro, via-se a área de concreto de um pátio; mais adiante, estavam três balanços, um escorrega, uma gangorra e a maravilhosa casa na árvore. Além da cerca no fundo, eu via o campo, onde, naquele momento, não havia nenhuma vaca. A sala de estar estava mobiliada com praticidade: quatro sofás em torno das paredes, duas poltronas e meia dúzia de poltronas-saco, tudo arranjado em ângulos diante da ampla tela da televisão.

– Nós usamos esta sala à noite e nos fins de semana, quando estamos todos juntos – disse Ron. – Mais tarde, mostramos para vocês o restante da casa.

Jodie se sentou ao lado de Betty e enfiou a boneca entre as duas. Sentei-me no sofá adjacente, e Ron, na grande poltrona. Parecíamos Cachinhos de Ouro e os três ursos, o pai urso na maior poltrona. Betty nos ofereceu um suco, mas agradecemos, havíamos parado na estrada para tomar o café da manhã.

– No momento, temos dez crianças conosco – disse Ron, olhando para Jodie. – E temos nove pessoas para ajudar. Clare e Val serão as suas adultas especiais. Você vai encontrá-las na próxima visita, Betty e eu estamos sempre aqui, e Shirley, que é a governanta, também. Ela prepara as nossas refeições e, depois, todos nós ajudamos a limpar. Eu sei que você gosta de ajudar, não é Jodie?

Ela não respondeu, apenas sorriu mansamente e se encostou um pouquinho na Betty.

Ron continuou explicando como as crianças se alternavam para escolher o que desejavam para a refeição da noite. Enquanto isso, eu olhava em volta da sala, perguntando-me como eles conseguiam mantê-la tão limpa e arrumada com tantas crianças. Imaginei que aquilo devia cair nas costas da governanta.

– E agora, você pensou em alguma questão que queira saber? – perguntou Ron.

– Onde estão as vacas? – perguntou ela, tornando-se mais confiante e se retorcendo para a beira do sofá.

– A esta hora do dia, elas, em geral, estão nos campos de cima. Você vai conseguir vê-las do seu quarto. Quer dar uma olhada por aí agora?

Ela acenou vigorosamente um *sim* com a cabeça e escorregou do sofá. Com a boneca enfiada embaixo do braço, seguiu Betty até a sala de jantar, que também dava para o jardim e tinha uma comprida mesa de refeitório e catorze cadeiras. Ao lado, estava o escritório, onde as crianças não podiam entrar sem bater antes na porta. Em seguida, vinha a porta da sala de brinquedos, que era grande como a sala de estar e estava cheia de brinquedos, poltronas-saco e equipamentos. Ali havia três computadores, diversas mesinhas de plástico e armários cheios de jogos, brinquedos de pano e livros. Havia ainda um "canto da casinha" – equipado com um fogão de brinquedo, uma pia, um micro-ondas, um sofazinho e um berço. Em volta de uma mesinha, estava sentada meia dúzia de ursinhos, com copos e pratos de plástico bem arrumados na frente de cada um. Jodie apontou para eles muito animada.

– Nós tivemos um piquenique dos ursinhos a noite passada – disse Betty. – Aposto que a sua boneca vai gostar de participar da próxima vez.

Jodie sacudiu Julie, de modo a que a boneca parecesse estar concordando com a cabeça.

– Muito bem... então vamos colocar mais um lugar à mesa.

Fomos para a cozinha, onde uma mulher estava ocupada na pia.

– Shirley, esta é Jodie e a acolhedora dela, Cathy – disse Ron.

Shirley era uma senhora rotunda, em seus 50 e muitos anos de idade, com um rosto bondoso e aberto. Enxugou as mãos no avental e se aproximou.

– Olá, Jodie, que bom conhecer você. E quem é esta aqui? – ela se referia à boneca, mas Jodie a escondera atrás de Betty.

– Desculpe – eu disse, apertando a mão dela.

– Não tem problema. Espero que ela me mostre da próxima vez.

– E agora, para o seu quarto – disse Betty, percebendo a ansiedade de Jodie em seguir em frente.

Jodie soltou a mão dela, pegou a minha e seguimos Ron na escada que fazia uma curva com uma impressionante balaustrada que seguia pela plataforma no alto da escada, até a antepenúltima porta.

– Entre você primeiro, Jodie – Betty a incentivou. – Este é o seu quarto, e nós somos os seus convidados.

Jodie orgulhosamente virou a maçaneta, entrou e escutamos a exclamação deliciada que ela soltou. O quarto havia sido recentemente decorado em dois tons de pêssego, complementado com cortinas floridas e um acolchoado combinando. Um conjunto de móveis de pinho: uma cama nova encostada em uma das paredes, um armário, uma cômoda e uma estante em outra.

Jodie estava na janela.

– *Olha lááá...! Tou* vendo as vacas!

Fiquei atrás, vendo com ela meia dúzia de vacas holandesas reunidas sob um grande carvalho à direita da propriedade.

– Até que enfim, as vacas...! – disse tanto para Betty e Ron como para Jodie.

Era uma vista muito bonita, o terreno se estendia para o campo de um lado e para morros ondulantes do outro. Eu não poderia ter imaginado um melhor ponto de partida para a recuperação de Jodie do que abrir as cortinas de manhã e contemplar aquela tranquilidade.

Ela ficou olhando por algum tempo e depois se virou para explorar seu quarto. Abriu e fechou todas as gavetas, examinou o guarda-roupa e depois se atirou pesadamente em cima da cama.

– Da próxima vez que vier, você pode trazer um dos seus brinquedos e deixá-lo aqui no seu quarto, se quiser – disse Betty.

– Posso deixar a boneca agora – exclamou ela, segurando a boneca pelo braço.

– Tem certeza? Se ela é a sua preferida, só a verá de novo na semana que vem!

– Eu quero que ela fique! – disse ela muito decidida.

Betty e eu trocamos olhares de aprovação, enquanto Jodie puxava o acolchoado e enfiava Julie na cama. Evidentemente, era um bom sinal.

Passamos então aos banheiros, cada um dividido por três crianças. Nesse momento, cruzamos pelas portas dos outros quartos, e Betty explicou para Jodie que eles eram "privados". Quando íamos descer, a porta de frente se abriu e as crianças entraram, retornando de seu passeio. A casa silenciosa de repente irrompeu em tagarelice animada; Jodie agarrou a minha mão e ficou imóvel.

– Está tudo bem – eu disse. – Não há nada com que se preocupar.

– Vamos dizer um *oi* rápido para eles – disse Betty, encorajando-a. – Depois acho que por hoje chega. Você foi muito bem, Jodie.

Eu a puxei pela mão para descermos o resto da escada, mas, diante de tantos rostos novos, ela se manteve escondida atrás de mim. As crianças começavam a tirar as botas sujas de lama e a pendurar os casacos. Cada uma tinha seu cabide e sua caixa para guardar os sapatos.

– Esta é Jodie, e esta, Cathy – disse Ron.

Houve um coro de "ois" e "olás", mas Jodie não disse nada e ficou parada onde estava.

– O chocolate quente está pronto? – perguntou um garoto.

– A Shirley está terminando de fazer – disse Ron.

Aparentemente uma longa caminhada acompanhada pelo chocolate quente era uma rotina normal, e as crianças afluíram para a sala de jantar como uma grande família voltando de um passeio. Com o corredor agora livre, Jodie saiu de seu esconderijo.

– Você pensou em mais alguma pergunta? – Betty sorriu.

Jodie abanou a cabeça e se dirigiu para a porta da frente.

– Bom, então, se você pensar em alguma coisa, pode dizer para a Cathy. Amanhã nós vamos dar um telefonema e depois vemos você na semana que vem...

Agradeci enquanto saíamos, e eles acenaram até estar fora de vista.

Tendo se animado na ocasião, Jodie agora estava física e emocionalmente exausta. Deitou-se no banco de trás gemendo, enfiou o dedo na boca, enrolou-se como uma bolinha e adormeceu em cinco minutos. Liguei para casa para dizer que estávamos a caminho e disse às crianças que a visita tinha ido muito bem.

– Quer dizer que ela vai mesmo para lá? – perguntou Paula.

Eu podia sentir a tristeza em sua voz.

– Pois é, sabem, realmente é o melhor lugar para ela, e acho que ela sabe... Mais tarde, conto tudo para vocês.

Entrei no tráfego na pista que ia para o sul, a uns 90, 100 quilômetros firmes por hora. De vez em quando, espiava pelo retrovisor para ver Jodie dormindo no banco de trás. Ela estivera muito calma e normal o dia inteiro, e eu me sentia tentada a esquecer os meses de comportamento perturbado e a acreditar, mais uma vez, que ela poderia permanecer conosco. Talvez com uma terapia normal, amor e paciência, ela poderia se recuperar e aprender a funcionar em uma família. Comecei a repensar no diagnóstico da doutora Burrows, perguntando-me se ela não teria errado o tempo todo. Será que ela não estaria equivocada? Será que a conclusão dela estaria 100% correta ou seria apenas o melhor que ela poderia apresentar naquele momento? Nós éramos a única família que Jodie tinha e, por melhor que fosse High Oaks, continuava sendo um abrigo para crianças. Liguei o rádio baixinho e me concentrei no carro em frente.

Faltando vinte minutos para chegarmos em casa, Jodie despertou com um grito. Estava desesperada para ir ao banheiro.

– Não posso esperar, Cathy! Vou fazer xixi nas calças!

Pelo menos nesse terreno ela havia melhorado com certeza; um ano atrás, simplesmente teria urinado no banco de trás. Saí da via expressa e encontrei uma estradinha calma, onde avistei a entrada para um campo. Parei ali e levei Jodie para baixo de um grupo de árvores.

– Pode se agachar e fazer xixi aí. Ninguém está enxergando.

Ela levantou a saia e sorriu.

– Você quer ver?

– Não. Claro que não, ora... – disse, virando de costas.

Escutei a corrente da urina, e a voz dela.

– O meu pai sempre queria... Eu tinha de fazer xixi na cara dele. Ele dizia que era a bebida dos deuses, quentinha e doce.

Eu não disse nada. Esconder a minha revolta se tornara tão parte de meus cuidados com Jodie quanto mostrar amor e afeto.

CAPÍTULO TRINTA E DOIS

UMA NOITE

A normalidade de Jodie não durou muito, e foi preciso toda a minha energia para passar com ela pelos dias seguintes. Na manhã seguinte à visita, ela acordou esperando ver vacas pela janela de seu quarto e ficou furiosa quando eu disse que as vacas estavam em High Oaks e que ela iria vê-las na próxima semana.

– Você levou elas embora! – ela disse, torcendo o nariz. – É culpa sua. Você me detesta.

– Eu não detesto você, Jodie. Eu gosto muito de você.

– Então me dá as vacas – insistiu ela. – Eu quero elas *agora*.

Eu não sabia se a confusão se devia à mudança iminente. Fazer Jodie perceber que ir embora era um processo que tinha de ser sutil e gradual. É claro que eu nunca disse "Você vai embora desta casa, Jodie" – o que a faria sentir-se rejeitada, passando a negar o que havia de bom em High Oaks, que estávamos alimentando cuidadosamente. Ao contrário, estávamos levando-a a compreender que ela iria para High Oaks no futuro próximo, primeiro para uma visita em que ela teria seu próprio quarto e passaria a noite, e iria se divertir bastante. Tudo teria de ser feito com muita tranquilidade. Ela parecia escutar quando eu enfatizava todo o progresso que ela fizera durante o tempo em que esteve conosco, quanto ela gostaria de High Oaks com Ron e Betty, como todos nós sentiríamos a falta dela, e que iríamos visitá-la.

– A minha mãe e o meu pai vão me visitar? – perguntou ela.

– Não. De modo algum, não vão.

Se, no passado, isso lhe trazia um pouco de tranquilidade, ela agora parecia encarar como mais uma rejeição.

– *Vocês!* Vocês todos são a mesma coisa! Eu detesto vocês! Sai *daquiii!*

De repente, Reg aparecia e arremetia contra mim, xingando-me aos berros. Eu corria para fora do quarto dela, fechava a porta e ficava parada ali, perto da escada. Dez minutos depois, a porta se abria e aparecia Amy, com o dedo na boca e o pijama molhado.

Aquela era uma medida de quanto a nossa vida havia se tornado estranha e distorcida: eu gostava de ver o Reg e a Amy de volta. Isso queria dizer que alguma "normalidade" estava de volta.

Conforme ia chegando o dia da próxima visita a High Oaks, Jodie saltava da letargia mais séria para a raiva mais violenta, por isso eu estava administrando conforto e disciplina em quantidades iguais, às vezes no mesmo instante. Eu também lutava para aceitar a ideia de que ela iria embora e, ao mesmo tempo, procurava manter elevado o ânimo da família. Eu tinha a sensação de estar sendo espichada em todas as direções.

Finalmente chegou a manhã da quarta-feira, e nos vimos em High Oaks de novo, desta vez com a sacola com o pijama e a escova de dentes de Jodie. Ela tocou a campainha entusiasticamente, e Ron e Betty abriram a porta. Eles haviam me aconselhado a manter as despedidas as mais curtas possíveis, mas, na prática, não tive escolha. Jodie não queria nada comigo, transferindo instantaneamente seu afeto e atenção para Betty.

– Adeus, então, Jodie... Aproveite bastante – disse alegremente. – Amanhã venho buscar você.

Ela não disse nada e, emburrada, recusou meu oferecimento de um beijo e um abraço. Betty me deu um sorriso simpático, como que dizendo "não tome isso pessoalmente" – mas isso não me impediu de sentir a pontada de rejeição. Jodie e eu estávamos juntas quase constantemente há um ano todo, e eu sentia que tudo o que havíamos passado nos ligara e nos aproximara. Era duro vê-la virar as costas para mim e ir embora sem pensar duas vezes.

Não era culpa dela, lembrei a mim mesma. A incapacidade de construir ligações era mais um pedaço embotado de sua personalidade retardada pelos maus-tratos físicos e emocionais. Eu é que era normal, não ela, e eu devia me sentir grata por ter a capacidade de amar e sentir a falta de certas pessoas. A caminho de casa, contudo, tive de parar para tomar um café preto bem forte e passar algum tempo calma para me recuperar.

Quando cheguei, não restava muito do dia. Fiz o jantar das crianças, lavei a louça e desabei na frente da televisão.

Depois de uma noite de sono intermitente, voltei para apanhá-la às 13 horas. Contudo, desta vez o encontro não tinha dado tão certo quanto a primeira visita. Ron me levou para um canto na estradinha de cascalho e me pôs a par do que havia acontecido.

– Ela teve uns dois ou três chiliques violentos, que foram totalmente inesperados. Betty teve de contê-la uma vez, depois que ela atacou um dos meninos. Mas, por favor, Cathy, não se preocupe. Essa mudança evidentemente causará uma reação. Estamos muito bem preparados para isso.

Dentro de apenas cinco dias, Jodie deveria se mudar permanentemente para lá, e eu agora estava apreensiva com o prazo.

– Você não acha que deveríamos pensar em adiar um pouco a mudança, para dar mais tempo para ela se adaptar? – perguntei.

– Não – ele respondeu com firmeza. – Pela minha experiência, retardar agora só a confundiria e pioraria tudo.

Quando chegamos ao saguão, Betty e Jodie vinham da sala de brincadeiras. Jodie não estava nada satisfeita.

– O que você está fazendo aqui? – ela perguntou zangada. – Por que você está sempre querendo impedir que eu me divirta?

– Está na hora de ir para casa, Jodie – respondi pacientemente.

– Mas eu quero ficar aqui. Por que você não deixa eu ficar?

A velha Jodie, com suas insondáveis reviravoltas e birras.

– Você poderá ficar aqui daqui a pouco, Jodie, mas não hoje, está bem? Agora vamos, temos de pegar a estrada.

Ron e Betty a viram entrar no carro com sua sacola.

Ficamos acordadas a maior parte da noite. Jodie estava apavorada e desorientada, e dizia categoricamente que havia gente no seu quarto. Na manhã seguinte, eu estava exausta, mas fiquei ocupada com uma série de telefonemas dos diversos profissionais envolvidos no caso de Jodie, todos querendo as atualizações e combinando suas últimas visitas. Sally, a guardiã, veio se despedir. O relatório dela agora estava completo, portanto seu envolvimento com Jodie estava encerrado. Quando ela explicou isso para Jodie, notei que havia criado um afeto genuíno pela menina. Percebi quanto seu trabalho devia ser difícil, tendo de estar sempre se despedindo. Entretanto, Jodie não conseguia lembrar quem era Sally e a mandou se foder.

Jill chegou no dia seguinte e deu a Jodie um presente para o quarto novo. Era um enfeite, um lindo gatinho de porcelana, que Jodie pareceu gostar e até agradeceu.

Agora que Jodie estava me deixando, sua ligação com o caso estaria encerrada, por isso Jill quis voltar e se despedir direito dela. Não apenas porque Jill era uma boa pessoa – parte do bom trabalho de assistência social é despedir-se das crianças quando não serão mais vistas. Para uma criança que está sempre se mudando e encontrando uma porção de adultos novos, pode ser desorientador quando as pessoas simplesmente desaparecem da vida delas, sem nenhuma explicação, e isso pode fazer com que elas se sintam ainda mais abandonadas e descontroladas. Por isso, quando as crianças vão embora, há sempre visitas e adeuses, uma festinha de despedida.

– Adeus, Jodie. Eu desejo muita sorte para você – disse Jill quando estava saindo.

– Diga adeus para a Jill – eu disse para Jodie, e ela obediente acenou um adeus.

Contudo, assim que Jill se foi, Jodie atirou o gatinho de porcelana no chão, deixando-o em cacos.

A doutora Burrows ligou naquela tarde e disse que precisava ver Jodie uma última vez antes de completar sua avaliação para o juiz. Para alívio meu, ela acrescentou que preferia deixar isso para depois, quando Jodie estivesse instalada em High Oaks, para incluir no relatório.

A visitante final, dois dias antes da mudança, foi Eileen, que apareceu inesperadamente com mais de uma hora de atraso, sem oferecer nenhuma explicação ou desculpa. Em seu caso, não era nenhuma despedida, pois Eileen ainda seria a assistente social de Jodie e deveria visitá-la e acompanhar seu progresso. Eu me sentia um pouco triste, porque a única pessoa que deveria permanecer em contato oficial com Jodie era justamente a única que parecia menos se preocupar com ela – mas eu não poderia fazer muito a respeito disso.

– Você está gostando de ir embora? – perguntou ela com sensibilidade zero. – Você vai viver com outros meninos e meninas exatamente como você...

– Eu vou *matá* todos eles! – berrou Jodie, respondendo à altura. – Vou arrancar a cabeça deles. E a sua, *sua* vaca nojenta!

Eileen recusou o café que ofereci e esteve conosco por *apenas* quinze minutos, como sempre. Talvez fosse a última vez que eu tivesse de ver Eileen – outra assistente social teria continuado a conexão, mantendo-me informada por simples cortesia, mas eu tinha a impressão de que isso não aconteceria nesse caso. E não consegui conter uma sensação de alívio por saber que eu não precisaria tratar de mais nada com ela.

Mostrei-lhe a porta, e ela se virou jovial e despreocupada.

– Adeus, então!

Não houve nenhuma palavra de agradecimento pelo trabalho duro que eu dedicara a Jodie no ano anterior e nenhuma sensação de que estivéramos ligadas por essa menininha tão trágica.

– Adeus, Eileen – eu disse.

Se alguém tinha precisado de uma boa assistente social dos infernos era Jodie, mas, talvez entre nós, a doutora Burrows, Sally, Jill e eu tenhamos feito o melhor para cobrir o lugar dela.

Depois que Eileen saiu, levei uma hora para acalmar Jodie mais uma vez, e prometi que ela não teria de vê-la muito mais. Dado o empenho de Eileen até então, provavelmente era verdade.

Apesar das explosões negativas de Jodie em relação a High Oaks, ela também disse, em mais de uma ocasião, que queria "ir pra viver com as vacas". Na tarde seguinte, eu a encontrei na cozinha, tentando abrir as portas do armário.

– O que você está procurando, Jodie?

– Sacolas – ela resmungou, como se não fosse da minha conta.

– Você pode me dizer por quê? Talvez eu possa ajudar...

– Preciso arrumar as minhas coisas – respondeu ela, com ar de exaustão.

Levei-a para cima, peguei as malas que estavam em cima do meu armário e levei-as para o quarto dela. Arrumamos tudo devagar, lado a lado.

– É que nem sair de férias – disse ela, enfiando pilhas de brinquedos nas sacolas de viagem.

– É, parece... Você já saiu de férias, Jodie?

Ela olhou para mim como se não compreendesse e só então me dei conta de que, assim como inúmeras crianças carentes, ela nunca devia ter tido férias de verdade, estava apenas repetindo o que vira na escola ou na televisão.

– Acho que parece mais mudar de casa – acrescentei, era algo que ela poderia relacionar melhor.

Senti uma pontada de tristeza porque, se as coisas tivessem sido diferentes, eu poderia ter levado Jodie para suas primeiras férias.

Naqueles últimos dias, Adrian, Lucy e Paula estavam muito calmos, o que ultimamente não era assim tão comum, e mostravam uma paciência infinita diante dos chiliques e insultos de Jodie. Eu sei que eles, como eu, achavam a partida de Jodie mais difícil do que a de qualquer outra criança que tivéssemos acolhido. Dizer adeus a uma criança que estava retornando a pais que haviam superado seus problemas é uma sensação otimista de algo que deu certo. Até mesmo as crianças que não podem voltar para casa e seguem para famílias adotivas ou para acolhimentos de longo prazo estão indo embora para um novo começo e sabendo que serão bem recebidas e amadas por novos pais. A única forma de consolo que tínhamos no caso de Jodie era saber que ela estaria em mãos seguras e finalmente receberia a terapia que, eu esperava, a levasse para a trilha da recuperação.

CAPÍTULO TRINTA E TRÊS

ADEUS

Na manhã da mudança, Jodie recusou o café da manhã e sentou-se à mesa da cozinha, aguardando com impaciência. Terminei o café e comecei a empilhar as malas e sacolas dela no corredor. Ela ficou parada nos primeiros degraus da escada, observando-me, mas virou as costas quando perguntei se queria ajudar. Mais tarde, toda a bagagem estava empilhada, exatamente como no ano anterior.

– Pra onde nós estamos indo? – perguntou Jodie, tentando pegar o casaco.

Peguei para ela.

– Para High Oaks. Não Lembra? Você está indo para a sua casa nova.

– Aaah, bom... É hoje? Eu pensava que era no ano que vem.

Ano que vem, semana que vem, era tudo a mesma coisa para Jodie.

Adrian, Lucy e Paula levantaram cedo para poderem nos ver antes de irem para a escola. Eles se reuniram na entrada da casa, sem saber o que dizer. Paula tomou a frente e quis dar um abraço em Jodie, mas ela mostrou a língua e se virou de lado.

– Vamos sentir falta de você, Jodie – disse Lucy. – Mas nós vamos falar com você daqui a pouco tempo.

Jodie apenas deu de ombros. Ela parecia estar bastante indiferente à separação, embora estivesse evidente que Paula e Lucy se sentissem muito perturbadas. Os três me ajudaram a levar as coisas para o carro, depois pararam na porta acenando.

– Você vai pra casa? – perguntou Jodie, assim que saímos de vista.

– Vou, depois que tiver levado você... Vou sim.

– É, muito bom. Eu não quero você. Agora eu tenho a Betty. Você pode ir pra casa, Cathy.

Eu sabia que aquele era o jeito que ela tinha de lidar com a separação. Era sua forma de expressar sua emoção, mas não podia admitir nem mesmo o que sentia.

– Vou ligar para você no sábado – eu disse. – E quando o Ron e a Betty me disserem que está bem, todos nós vamos lá visitar você.

– Não quero – disse ela de novo. – Eu detesto vocês todos.

Ela estava acordada há apenas uma hora, mas logo adormeceu de novo. Havia passado uma noite razoavelmente calma, mas enquanto a espiava ali, deitada no banco do carro, eu me perguntava se realmente teria dormido bem. Liguei o rádio baixinho, mas o desliguei de novo; o quarteto de cordas só aumentava a minha tristeza. Concentrei-me na direção e fui me lembrando de todos os aspectos bons do lugar para onde Jodie estava indo. Mesmo assim, eu voltava sempre à questão da culpa a qual me deixava uma sensação de vazio por dentro: será que eu realmente tinha feito tudo o que podia para ajudá-la?

Quando chegamos a High Oaks, Jodie ainda estava de olhos fechados, mas tive a impressão de que não estava dormindo.

– Jodie, minha bonequinha... – delicadamente, sacudi seu ombro. – Chegamos. Vamos procurar o Ron e a Betty?

As pálpebras dela estremeceram, depois abriram, e ela sorriu diretamente para mim. Deu-me a mão e eu a ajudei a sair do carro. Ron e Betty apareceram no alto da escada da entrada, mas Jodie passou correndo por eles e subiu para seu quarto. Nós três entramos e fomos tomar um café na sala de estar. Como era um dia de semana, as crianças estavam fazendo lições na sala de brinquedos, e eu podia escutar o sussurro uniforme das vozes enquanto conversávamos. Terminamos a papelada e entreguei a eles a caderneta do banco de Jodie, onde eu havia depositado cinco libras por semana. A mesada do Serviço Social que deveria cobrir as pequenas despesas e as gulodices é minúscula, por isso eu completava com meu próprio dinheiro para chegar a uma importância mais ou menos decente, de modo a proporcionar um pequeno fundo para o futuro. Aquele seria o único dinheiro que Jodie realmente teria um dia.

Também entreguei o caderno em que eu anotara o que havíamos feito, e que eu sabia que seria parte do trabalho da história da vida de Jodie.

– Isso me parece muito bom – disse Ron, folheando as páginas e vendo as fotografias de nós todos, os lugares em que estivéramos.

Eu havia colado desenhos, passagens de ônibus e de trem, panfletos e outras *memorabilia* de dias passados e escrevera algumas linhas sob cada entrada, com uma explicação e a data.

– Excelente! – disse ele. – Isso realmente ajudará com o trabalho da história da vida dela, é claro que continuaremos aqui também. É um dos melhores que já vi. Muitos pais acolhedores parecem não ter tempo de fazer isso, e é muito importante para essas crianças terem uma comprovação de seu passado, especialmente quando começam a terapia. Espero que a assistente social possa nos dar algo assim também, de antes de Jodie chegar a você.

"Não contem com isso...", pensei, mas não disse nada.

Ron sorriu.

– Você fez um trabalho magnífico com Jodie... realmente! Obrigado, Cathy. Ela não poderia ter desejado nada melhor.

Adorei o elogio de Ron. Eu já estava admirando imensamente o trabalho que ele e Betty faziam em High Oaks, e um cumprimento de sua parte era valiosíssimo.

Antes que eu me desse conta, estava na hora de ir embora. Ron me aconselhou a fazer minhas despedidas da forma mais breve e discreta possível. Enquanto Jodie se confinava no quarto, descarregamos a bagagem dela e empilhamos tudo no corredor. Quando terminamos, fiquei ali sem saber o que fazer, perguntando-me se deveria simplesmente escapulir.

– Vou buscá-la – disse Betty, percebendo a minha indecisão. – É importante se despedir.

Esperei ao lado de Ron, enquanto Betty desaparecia lá em cima. Uma voz infantil irrompeu na sala dos brinquedos, seguida pelo tom calmo da professora.

– Procure não se preocupar – disse Ron. – Pode ter a certeza de que ela estará bem.

Betty reapareceu no alto da escada, segurando a mão de Jodie e, enquanto desciam, vinham contando juntas os degraus, exatamente como fazíamos lá em casa.

– Onze, doze, treze... – Jodie hesitou.

– Catorze...? – ofereci.

– Isso mesmo, Cathy... mas deixe a Betty fazer isso. Agora é o trabalho dela.

Não consegui evitar um sorriso.

– Estou indo embora, Jodie. Você não quer me dar um abraço de despedida?

Ela revirou os olhos, depois estendeu os braços meio emburrada, esperando que eu fosse até ela. Fui, aproximei-me e passei os braços em torno dela, que estava dura e sem disposição – mas, quando me mexi para me afastar, de repente senti os braços dela apertando a minha cintura. A cabeça dela estava apertada contra o meu estômago. Passei a mão em seus cabelos e pisquei para não deixar as lágrimas correrem. Aquela seria a última vez que eu a abraçaria assim, eu sabia... Tentei transmitir tudo o que podia naquele último abraço: quanto eu me importava com ela, quanto esperava que ela melhorasse... e quanto lamentava não ter sido capaz de ajudá-la como ela precisava. Ela havia sido a mais difícil de todas as crianças acolhidas por mim e, mesmo assim, isso tinha criado uma ligação de tal proximidade que era difícil largar, ainda que eu soubesse que era por bem.

Depois de alguns momentos, afrouxei o aperto e me afastei.

– Está bem, minha querida, agora tenho de ir... vou deixar você arrumar as suas coisas. Daqui a uns dois ou três dias, eu telefono.

– Aonde você está indo? – perguntou ela, franzindo a testa.

– Para casa, minha bonequinha. Tenho de fazer os trabalhos da casa e depois o jantar de Adrian, Lucy e Paula. Você também vai estar muito ocupada...

Ela foi para Betty, passou os braços em torno da cintura dela e se aconchegou a seu lado.

– Está bem, Cathy, eu compreendo. Esta é a minha casa agora, e a casa da Amy. Vai. Tchau!

Olhei para Betty, depois me virei para a porta. Jodie estava atrás de mim, repetindo sua explicação para Amy.

– A Betty vai cuidar de nós agora.

Ron abriu a porta da frente, atravessei o cascalho até o carro. Não olhei para trás até estar sentada. Os três me acenaram um adeusinho e desapareceram dentro de casa.

CAPÍTULO TRINTA E QUATRO

PROGRESSO

A casa estava calma, a não ser pelo toque intermitente do telefone. Eu escutava quando a secretária eletrônica do telefone fazia um clique, depois me virava para o outro lado e fechava os olhos. Seria a mesma pessoa ou uma série de pessoas diferentes? Não tinha importância. Eu lidaria com aquilo quando estivesse pronta.

Era o dia seguinte em que Jodie havia ido embora. Eu tinha voltado para a cama depois de ver as crianças saírem para a escola, e embora não tivesse adormecido, o acolchoado quentinho me envolvia, abraçava-me, era um casulo seguro. Será que ela dormiu, eu me perguntava, ou será que foi assaltada pelos demônios noturnos? O que estaria ela fazendo agora? Metade da manhã. Será que ela estava na sala de brinquedos, teria saído para dar uma caminhada, estaria terminando de arrumar suas coisas? Estaria feliz? Ou teria sido tomada por uma de suas personalidades? Como estaria se dando com as outras crianças? Essa era a minha maior preocupação. Elas seriam tolerantes, teriam passado por experiências semelhantes às dela? Ou será que sua fúria e amargura se voltariam contra a estranha ali no meio delas? Eu temia por ela, mas sabia que tinha de soltá-la.

O telefone tocou mais uma vez e atendi.

– Cathy? – era Jill. – Desculpe incomodar você, mas achei que você gostará de saber. A polícia pegou os pais de Jodie e três dos *avôs* e *tios*, e vai acusá-los. Os Smiths os acusaram de estuprar a filha deles e, desta vez, a polícia tem provas!

Minha cabeça entrou em foco enquanto eu saía da cama.

– Os Smiths!

– Lembra? Os vizinhos de Jodie? Eles pegaram a filha deles, Louise, que tinha ido brincar ali perto.

– Sim, sim, eu sei... mas pensei que eles quiseram dar boas referências dos pais dela!

– Pois é, eles deram, até que apareceu isso. O DNA identificou os pais de Jodie e os outros. A polícia revirou a casa de alto a baixo e encontrou milhares de fotografias. É um círculo de pedófilos, e parece bastante disseminado.

Olhei para as cortinas florais, iluminadas pelo sol da manhã. A enormidade do que estava acontecendo de repente me atingiu. Havia uma chance de que ela obtivesse a justiça e que aquela gente ruim que a havia maltratado e abusado fosse punida.

– Eileen quer saber se você apresentará as provas. Eu disse que certamente apresentará. E eles vão precisar do seu diário de bordo. Vou pedir para alguém apanhá-lo.

Eu ainda estava olhando direto para frente, vendo as peônias das cortinas rebrilharem num vermelho flamejante.

– Sim, claro, qualquer coisa... Ah, graças a Deus! Eles já sabem quando aquilo começou? Eles têm alguma ideia?

– Ainda estão investigando, mas parece que algumas das fotos mostram a Jodie muito pequena.

Ela fez uma pausa. Eu disse:

– Dezoito meses. É quando o desenvolvimento dela parou.

– É! Tem mais, antes disso. Vou manter você informada.

Pus o telefone no gancho e fiquei sentada na cama. Pensei na pobre Louise, que sofreu porque, apesar de terem sido avisados, seus pais deixaram de tomar providências. Quantas outras crianças mais tiveram a vida arruinada porque Jodie foi deixada de lado? Durante todos aqueles anos, ela estivera no registro de "em risco", supostamente recebendo a visita de assistentes sociais e, mesmo assim, ninguém notou nada desfavorável.

Pensei nos pais de Jodie e lembrei-me de algo que me disseram durante o meu curso de preparação sobre o estupro, há alguns anos. O palestrante disse que era mais difícil pegar os pedófilos do que os outros criminosos, porque eles não achavam que estivessem fazendo nada de errado, por isso não agiam como culpados.

Saí da cama, passei pelo corredor e entrei no quarto de Jodie. O vazio era completo em relação ao caos da bagunça de antes. O quarto ainda tinha o cheiro de Jodie, aquele odor pessoal que individualiza a cada um, e que é o lembrete mais evocativo de um parente ou amigo ausente. Olhei para a cama, que não havia sido tocada desde que ela fora embora. Partículas de pó dançavam no raio de luz do sol. Fiquei ali calada, absorvendo a presença de Jodie, ainda palpável, como se a qualquer momento ela pudesse estender a mão e me tocar. Quando eu ia me virando para sair, avistei um envelope lançado em cima da cômoda, atrás da porta. "Cathy" estava escrito na frente, com o que me pareceu ser a letra da Paula. Peguei e abri. Dentro estava uma folha de papel com linhas, arrancada de um caderno.

Querida Cathy,

A Paula está escrevendo isso porque eu não sei as minhas palavras. Foi muito bom você ter cuidado de mim, e eu gostaria de ter ficado. Desculpe todas as coisas ruins que eu fiz. Eu não conseguia evitar. Tem uma coisa que me faz fazer isso. Você é a única pessoa que cuidou de mim e não ficou zangada. Acho que você entende. Espero que você me desculpe. O Adrian, a Lucy e a Paula são muito sortudos. Quando eu melho-

rar, posso ir morar com você? Você pode ser a minha nova mãe? Eu não quero a velha.

Com amor,

Jodie

Ela mesma assinou seu nome e o resto da página estava coberto de beijos feitos com giz de cera vermelho. Olhei para cima, meus olhos se encheram de lágrimas. De alguma forma, eu chegara até ela. Isso fazia tudo valer a pena. Ajudou a abrandar a minha sensação de ter falhado.

"Sim, Jodie, claro que vou. Assim que você estiver pronta, minha bonequinha!"

EPÍLOGO

Inicialmente a mudança foi bastante difícil para Jodie. Clare e Val eram as duas acolhedoras em tempo integral, designadas unicamente para ela, trabalhando em turnos. Não me disseram muito a respeito do progresso de Jodie, pois eu não tinha mais um papel oficial – não era parente nem sua acolhedora, apenas uma visitante. Não obstante, consegui saber que ela, muitas vezes, era violenta e problemática, e continuava mais ou menos com os mesmos padrões de comportamento que tinha durante os últimos meses que passara comigo.

Naqueles primeiros meses, ela telefonava periodicamente. Clare ou Val faziam a ligação, batíamos um papinho rápido e então passavam o telefone para Jodie. Normalmente ela ligava para reclamar de Clare ou de Val, porque não a deixavam fazer exatamente o que ela desejava. Eu escutava pacientemente quando a voz tão familiar berrava "Eu vou dar uns pontapés naquelas idiotas!" e tentava argumentar a questão com ela, fazer com que entendesse que as exigências das acolhedoras eram para seu próprio bem, como as minhas tinham sido.

Embora estivéssemos em contato com bastante frequência, raramente Jodie mostrava qualquer sinal de ligação afetiva conosco. Eu sabia que ela se sentia rejeitada e perturbada com a mudança, e ela deixava isso muito claro sempre que eu a visitava. Sempre que nos preparávamos para sair eu tentava abraçá-la, mas, em vez de retornar o carinho, ela me dava um soco violento no braço ou, o que era pior, ficava emburrada e calada.

O que fazíamos durante as visitas variava bastante, dependendo da disposição de Jodie. Se o seu humor estivesse razoavelmente estável, íamos ao boliche, ao parque ou a algum lugar interessante. Em geral, esse passeio era seguido de uma grande pizza, que agora era sua preferência. Se estivesse num dia ruim, ficávamos por ali, brincando no canto da casinha, e Jodie fazia o jantar no fogão de brinquedo ou ralhava com a boneca.

Em todo caso, por mais hostil que estivesse, ela sempre perguntava quando seria a próxima visita e telefonava durante a semana. Depois de uns seis meses, ela conseguia se despedir adequadamente no fim da visita, sem me chutar – e aquilo parecia um avanço. Nós a elogiávamos imensamente. Jodie jamais falava de seus sentimentos, a não ser do ódio que ainda sentia pelo pai, de modo que só se podia tentar interpretar uma ou outra das poucas pistas que ela dava. Ela nunca me disse que se ressentia comigo ou que se sentia rejeitada. Também nunca disse que sentia a nossa falta ou que ansiasse por nos ver novamente. Achei que finalmente ser capaz de se despedir já era um bom sinal, pois, no mínimo, significava que se reconciliara com a ideia de estar em High Oaks.

Durante esse tempo, houve alguma discussão a respeito de começar ou não a fazer o contato entre Jodie e seu irmão e sua irmã, que haviam encontrado uma família adotiva. No final, preferimos deixar as coisas como estavam. Dificilmente Jodie mencionava seus irmãos, a não ser durante a terapia, e a impressão geral era de que não fossem muito próximos, o melhor seria deixar Ben e Chelsea terem um bom recomeço. Em muitos aspectos, Jodie havia perdido sua infância, mas os irmãozinhos ainda tinham a deles, pois haviam sido levados para o acolhimento ainda muito pequenos e pensava-se que tivessem escapado do tipo de maus-tratos e abusos que Jodie sofrera.

Jodie fez progressos em High Oaks, mas a terapia e sua recuperação eram restritas pelas dificuldades que ela tinha. Uma tomografia revelou danos cerebrais, provavelmente causados por repetidos golpes na cabeça quando ela ainda era um bebê. Talvez o pouco avanço na educação, na fala ou nas habilidades motoras de Jodie fosse consequência disso, ainda que seu comportamento apresentasse certa melhora.

Jodie aumentou bastante seu peso em High Oaks – e muito depressa. Ela tinha excesso de peso quando foi para mim, mas eu havia conseguido estabilizar aquilo. Contudo, em High Oaks, algumas das crianças eram anoréxicas, por isso a política da casa era permitir que as crianças comessem tanto quanto quisessem. Jodie, sem rédeas, servia-se duas vezes de tudo e, em poucos meses, os rolinhos de gordura reapareceram em sua barriga e nas coxas.

Poucos meses depois que Jodie nos deixou, houve dois julgamentos: a audiência final do acolhimento e a condenação criminal dos abusadores. A audiência do acolhimento aconteceu primeiro e resultou em ordens de acolhimento definitivo para Jodie, Ben e Chelsea, o que, na prática, significava que permaneceriam onde estavam.

Na audiência do acolhimento, os meus diários de bordo foram requisitados pelo juiz, para serem usados como prova, mas não precisei estar presente.

Alguns meses depois, houve a audiência do caso criminal. Na verdade, os crimes contra Jodie não faziam parte das acusações, pois consideraram não haver provas suficientes. Em vez disso, o pai de Jodie e os outros homens foram acusados com relação a outra criança e pela posse e produção de fotografias indecentes. Mais uma vez, não tive nenhum envolvimento no tribunal e só soube do resultado pela Jill. O pai de Jodie e dois outros homens foram considerados culpados de todas as acusações. A mãe de Jodie e duas outras rés foram absolvidas. Os três homens condenados receberam sentenças de encarceramento.

Jodie esteve no registro de alto risco desde que nasceu e, quando foi levada para o acolhimento, ela já tivera mais de cinquenta consultas médicas ou hospitalares por ferimentos variados, entre os quais ossos quebrados, queimaduras, escaldaduras e cortes. Os arquivos de Jodie no Serviço Social eram tão grandes que encheram duas malas.

O histórico do caso de Jodie era um catálogo de erros e uma vergonhosa acusação das falhas do Serviço Social. O fato de Jodie ter estado no registro de alto risco por oito anos já era péssimo por si só. As crianças vão para esse registro para permitir que o Serviço Social monitore e investigue – neste caso, ou há uma investigação ou o Serviço Social se satisfaz, assegurando-se de que está tudo em ordem, e a criança sai do registro. No caso de Jodie, nada disso aconteceu.

Uma das razões para isso parece ter sido a alta rotatividade dos assistentes sociais: no caso de Jodie, foram envolvidos mais de vinte. Parece que os assistentes sociais de Jodie evitavam fazer visitas à casa dela ou se deixavam intimidar e não faziam as perguntas certas. Por causa dessa intimidação, a família era sempre repassada a novos assistentes sociais.

Por pior que isso soe, eu sentia alguma solidariedade. A maioria dos assistentes sociais são mulheres e devem fazer visitas a famílias violentas. É muito frequente serem atacadas, mas dificilmente fazem alguma acusação, porque seu trabalho exige que procurem criar um relacionamento com esses pais. Por causa disso, os pais que conhecem o sistema sabem muito bem que podem tratar mal os assistentes sociais, sem qualquer punição em vista. Em tal contexto, não é de se espantar que alguns assistentes sociais evitem visitar famílias agressivas ou aceitem desculpas nada convincentes.

Conforme a família Brown era repassada de um assistente social exausto para outro, seu arquivo no Serviço Social rapidamente se expandia – os assistentes sociais estão sempre sobrecarregados de papelada. O arquivo logo se tornou proibitivamente grande, e seu tamanho significava que nenhum envolvido no caso parecia ter tempo de ler toda aquela coisa. Se alguém tivesse examinado todo o quadro, sem esquecer as constantes consultas hospitalares de Jodie, certamente teriam agido mais cedo. Não obstante, o caso de Jodie não foi o primeiro a ser negligenciado assim e, tristemente, duvido que venha a ser o último.

Hoje, passados três anos, Jodie continua a fazer, muito devagar, limitados progressos. Boa parte de sua ansiedade desapareceu; é bem provável que ela esteja tão feliz quanto possa vir a ser em sua vida. A terapia intensa ajudou a reunir as diversas partes de sua personalidade, e agora tem sido raro Amy e Reg aparecerem. Ela se sente segura em High Oaks e sabe que não precisa mais da proteção dessas identidades.

Jodie está hoje em uma escola especial. Conforme cresce, suas dificuldades de aprendizagem se tornam cada vez mais aparentes. Quando eu a levo para passear, as pessoas agora a tratam como uma criança deficiente, esforçam-se para conversar com ela, comportam-se com exagerada bondade. Ela está muito acima do peso, e isso a torna bem mais desajeitada e passível de se acidentar. Seu desenvolvimento retardado e seu discurso pobre também são óbvios e, a cada ano, ela está mais atrasada em relação aos colegas. A certa altura, talvez já esteja bem perto, ela atingirá o teto em termos do que pode aprender, e sua deficiência irá se tornar ainda mais acentuada em relação aos colegas.

Agora ela raramente menciona os pais fora do contexto da terapia em andamento. Ela envia cartões de aniversário e Natal para Ben e Chelsea, e também recebe; uma vez até falou com eles ao telefone. O telefonema não deu muito certo, e é bastante improvável que venha a se repetir, porque ela ficou muito confusa e hostil. Muito do que aconteceu com Jodie permanece profundamente enterrado, talvez continue enterrado indefinidamente. Só o tempo dirá.

As crianças e eu ainda visitamos Jodie, fazendo a viagem de trezentos e poucos quilômetros – só de volta – a cada mês ou mês e meio. Falamos ao telefone quase todas as semanas. Em nossa visita mais recente, Paula e eu a levamos a uma churrascaria (para variar da *pizza*) e, enquanto esperávamos o nosso pedido chegar, Jodie de repente olhou diretamente para Paula e disse:

– Eu gosto da sua blusa. É muito bonita.

Ficamos encantadas. Era o primeiro elogio que jamais tínhamos escutado de Jodie; indicava um verdadeiro avanço, porque mostrava o início da empatia. Jodie havia cumprimentado Paula porque desejou fazer com que ela se sentisse bem, e queria que gostássemos dela.

Ainda acho muito difícil compreender o que aconteceu com Jodie. Posso até aceitar a ideia de que existem pais que não cuidam bem de seus filhos, por causa de bebidas, drogas ou doenças mentais, e cuja crueldade é um efeito colateral de outros problemas. No entanto, o pavoroso abismo em que Jodie viveu é um mistério tão sinistro e tão perverso que é preciso implorar que alguém acredite. Quando olho para meus próprios filhos e, graças a Deus, para a maioria das crianças, que são amadas, cuidadas, acariciadas, criadas, é difícil compreender o que passa pela cabeça de pais que parecem não importar nada com sua filha e não apenas não cuidam dela, mas se empenham em destruí-la para seu próprio deleite perverso.

Jodie é uma criança machucada. Ela foi vandalizada. Suas emoções e seus processos mentais foram destruídos. Duvido que algum dia se recupere o suficiente para levar uma vida normal; ela jamais obterá da vida o prazer que deveria sentir. Jodie foi condenada a uma punição sem fim pelas mesmas pessoas que mais deveriam tê-la protegido. Para mim, esse é o pior crime imaginável.

Continuo visitando Jodie em High Oaks. Muitas das crianças que lá estavam quando Jodie chegou já foram embora, depois de terem se recuperado o suficiente para mudarem para a casa de famílias acolhedoras por longo prazo. Se Jodie algum dia será capaz de ter o mesmo, ainda é um mistério, e, se ela realmente conseguir, não sou tão velha assim: minha oferta está de pé. E eu continuo acolhendo. Há sempre outra criança por aí que precisa de ajuda.